シラユキ・スノーホワイト
――氷の魔法使い
フレイア・ガーラント
――炎の魔法使い
ナツキ・ホシミヤ
――奇跡の勇者……になるかもしれない
つつつつつつつ

アイカ
――謎の美少女
クレア・ライトニング
――光の魔法使い
ロゼッタ・デア・ゲルマイアー
――力の女戦士
ネルネル・スパルベンド・モルホルシーピング
――闇の魔法使い
レジーナ・ブライアース
――剣の聖騎士

CONTENTS

presented by
Minamoto Toka

illustration
Neshia

姉喰い勇者と貞操逆転帝国のお姉ちゃん！1

～ゴミスキルとバカにされ続けた姉喰いギフトの少年、スキル覚醒し帝国最強七大女将軍を堕としまくる。～

みなもと十華

プロローグ

城門を守るように立ち塞がる女。燃えるような赤い髪に、パッチリとした大きな目には黄玉（トパーズ）のような美しい瞳。悩ましげに長い髪をかき上げる仕草は、一撃で男を悩殺しそうな破壊力だ。全体的に露出度の高いローブを着ているためか、胸元や太ももは大胆に見えまくっている。特にムチッと張り出した巨乳は深い谷間が強調され、目のやり場に困るくらいに。

戦闘による興奮のためなのか残暑のせいなのか、その胸元には玉のような汗が浮かび、ツツーッと汗が流れ胸の谷間に消えてゆく。

もし、その艶やかで張りがあるムッチムチの双丘に顔を埋めることが可能なら、きっと良い匂いがするに違いない。

この女こそ、近隣諸国を征服し巨大な領土を持つルーテシア帝国が誇る最強の女将軍が一人、炎の魔法使いフレイア・ガーラントである。

二〇歳（はたち）そこそこにしか見えないが、巨大な帝国に君臨する七大女将軍の一人であり、誰もが恐れる一騎当千の強者（つわもの）であった。

「ふっ、一人で攻め込むとは私も舐められたものだ。だが、その勇気に免じて、この炎のフレイアが直々（じきじき）に相手してやろう！」

女将軍フレイアが言い放つ。可愛い顔からは想像できない凛々（りり）しい声を出して。

「ああっ……な、何でボクがこんな目に……でも」

まだ若い少年が呟（つぶや）いた――

フレイアと対するこちら側。何故か一人で女将軍が守る砦（とりで）に攻め込むことになった勇者志望の男。

少年の名はナツキ・ホシミヤ。まだ幼い顔をした男子だ。サラサラした栗色の髪に黒い瞳。お人好しそうな顔は、騙されたり貧乏くじを引きそうなタイプに見える。一見すると女の子にも見えてしまいそうな、ある特定の性癖を持つ女性に狙われそうな男だった。

「はぁ、はぁ、はぁ……はぁぁん♡　何なのこの子。調子狂っちゃう♡　もうギッタギタのボッコボコにしちゃうから覚悟なさいっ！」

さっきの凛々（りり）しい声とは違い、上気した顔で言い放つフレイア。その表情は戦闘というより、ベッドの上でエッチなことをする時の顔に似ていた。

時は少し巻き戻り、ナツキ幼年学校入学の日――

ここ、デノア王国幼年学校では、入学時に天の祝福（ギフト）と呼ばれる固有能力を調べる儀式をする。その生まれ持ったスキルによって剣士や魔法使いなど、各個人の適正を伸ばし将来の士官候補としているのだ。

「次、前に出ろ」

試験官が声を上げると、並んでいる少年少女たちが一人ずつギフトを判別する神聖石に手をかざしてゆく。

「はい」

「よし、光魔法レベル3」

「よっしゃーっ!」

ギフトを読み上げられた少年がガッツポーズをする。

次々と生徒たちのギフトが明らかになってゆく。皆、剣士や魔法など実践的な能力だ。戦士となった暁には ギフトのスキルで活躍するのが夢なのだから。

「次、ナツキ・ホシミヤ、前に出ろ」

「はい」

ナツキの番がきて神聖石に手をかざす。

「よしっ、ボクは国を守る勇者になるのが夢なんだ。頑張るぞぉ!」

シュパァァァァーッ!

神聖石が不思議な色に輝いた。

「ん? これは珍しいギフトだ。なんだこりゃ、姉喰いレベル10だと!」

くすくすくす——

試験官の声で会場からクスクスと笑いが起こる。

「こんなギフトは聞いたことがないな。ぷっ、ふふっ、姉喰い……これは戦闘には役に立たないゴミスキルだろう。はははは っ！」

笑いを堪えながら説明していた試験官が、つい我慢できずに爆笑してしまった。それほどのインパクトだったのだろう。

「そ、そんな……ボクのギフトがゴミスキル……」

ナツキがトボトボと下がってゆく。勇者として活躍するのを夢見ていたのに、ゴミスキルで活躍の機会が皆無なのはあんまりだろう。ナツキ・ホシミヤ、若くして夢破れた瞬間である。

そんなゴミスキルのナツキは、クラスメイトから恰好の的にされてしまうのだ。

「うっわっ、見ろよ。あいつゴミスキルだぜ」

「剣も魔法も使えねえのかよ。ダッサ」

「やだぁ、ゴミスキルだなんて、まるでゴミ男子ね」

「使えない男子はゴミよね～」

ヒソヒソとナツキのことを噂する声が聞こえる。入学したばかりの生徒の間では、スキルの強さでクラス内カーストが決まると言っても過言ではないだろう。

それからのナツキは最悪だった。事ある毎(ごと)に同級生の男子からは、『やーい、ゴミスキル！』と言われ、女子からは『ふふっ、ナツキ君って何の役にも立たないんでしょ』などとからかわれてしまうのだ。

特にダニーをリーダーとする悪ガキグループからは頻繁に暴言を受けていた。

「おい、まだ練習してるのかよ、ナツキ！　ゴミスキルはいくらやってもゴミにしかならねえぞ！」

これにザンとウォールも続く。

「違いねえ！　無駄無駄！」

「ザコが必死になってるぜ！」

金魚のフンのカスが笑う。

「ギャハハ！　それな！」

調子に乗ってイキり散らす悪ガキを無視したナツキは、黙ったまま剣を振り続けた。

「はぁ……今日も上手くできなかったな。ボクが強くなれる日は来るのだろうか」

学校からの帰り道のナツキ。そこに、商店街の店主から声がかかる。

「よお、ナツキ君。なんだ元気がないじゃないか。これ、売れ残りだけど食べるかい？」

パン屋の店主がナツキにパンを渡す。人の良さそうな顔の中年男性だ。

「いつもありがとうございます」

「ははっ、良いってことよ。それ食べて元気だすんだぞ」

「はい」

ナツキはパンを受け取ると、ちょこんとお辞儀をした。

（パン屋のおじさんは優しいな。ボクを気遣ってくれている）

いつもの公園で座り、もらったパンを袋から出すと、痩せたネコがやってきた。

「にゃぁ〜」

「どうした。お腹が空いてるのかな？」

「にゃあ」

「これ、欲しいのか？」

「にゃう」

シュタッ！

ナツキがパンに挟まっている白身魚を差し出すと、ネコが咥えて去っていった。何度も振り向きながら。

「あのネコもボクみたいに弱いのかな？　あんなに痩せて……」

幼い時に両親を亡くし一人で生きてきたナツキには、その痩せた野良猫が自分と重なって見えたのかもしれない。

「ボクも強いギフトが欲しかったな。強いスキルが使えればゴミだなんて言われないのに。ボクはゴミじゃない……ゴミじゃないのに。ボクだって……誰かに求められる……必要とされる人間になりたい。人々を救う勇者になってボクをバカにした人を見返したい……」

悔しさで唇を噛む。

「だ、ダメだダメだ、もっと頑張らないと。ボクもいつか国を守る勇者になるんだから。じ、時間はかかるかもしれないけど……」

具の無くなったパンをかじりながらナツキが呟いた――

そんなナツキに転機が訪れたのは、幼年学校も最終学年となった一四歳の時である。

北方の巨大な軍事国家であるルーテシア帝国が、緩衝地帯となっていた隣国のリリアナ王国に侵攻したのだ。超強力な軍事力を誇るルーテシアは、一気にリリアナを支配下に置き、あっという間にデノア王国と国境を接することとなる。

そして、次はデノアに侵攻するのではとの噂が駆け巡り、国中が大混乱になってしまう。ナツキのいる幼年学校も他人事ではなかった。

「どどど、どうしよう！　帝国が攻めてきたら」

「俺たち、家畜にされちゃうのか？」

「だ、男子は家畜だけど、私たち女子はどうなっちゃうのかしら」

クラスの誰もが恐れおののき不安を口にする。

それもそのはず。ルーテシア帝国は貞操逆転世界だの、女尊男卑だの、男は奴隷だのと、恐ろしい噂が飛び交う女性が支配する独裁国家なのだ。

皇帝も女性、貴族も政治家も女性、軍の要職も全て女性という、完全なる女性優位社会。男は奴隷か家畜にされるともっぱらの噂である。

中でも帝国最強七大女将軍の名は世界中に知れ渡っていた。

悪魔のように凶悪な女、炎の大将軍フレイア。

狡猾で残忍な女、氷の大将軍シラユキ。

高飛車で性格最悪の女、光の大将軍クレア。

変態性癖で性欲絶倫女、闇の大将軍ネルネル。

長身怪力の暴力女、力の大将軍ロゼッタ。

騎士にあるまじき卑怯な女、剣の大将軍レジーナ。

嗜虐心から男を調教しまくるドＳ女、カワイイ大将軍マミカ。

若干、誇張されている気もするが、征服された国々からの噂である。しかし、あながち嘘とも言い切れない。

彼女らは生まれつき超強力なギフトを持っており、とにかく強過ぎて誰も太刀打ちできないのだから。

そう、彼女たちルーテシア帝国大将軍（通称七大女将軍）は、人間が到達しうる極限の至高。スキルレベル10所持者なのだ。

※スキルレベル：一般的にはレベル１や２が多く、レベル３になると優秀とされる。レベル５を超えると英雄レベルの強さと言われ、レベル７以上になると伝説になるほどだ。レベル７～10は存在自体が希少で確認できる者は殆どいない。帝国に於けるレベル10は大将

軍の七人だけである。

そんなこんなでデノア王国正規軍から退役する者が続出し、弱いながらも成り立っていた軍隊は崩壊してしまう。誰もが凶悪な七大女将軍を恐れているのだ。

そして、ナツキのいる幼年学校にも動員が掛かるものの、女将軍の家畜や奴隷にされるのを恐れる生徒が次々と辞退し……遂にナツキが徴兵される順番が回ってた。

「あ、あの、マリー先生……」

マリーという女教師に呼び出されたナツキが、恐る恐る訊ねてみる。

「そ、その、ナツキ君。はぁ♡ 今日も良い感じね♡」

徴兵の話をしているはずなのに、マリーの体が火照っている。話を切り出さずに、今にも舌なめずりしそうな顔でナツキを見つめているのだ。

何故かナツキは幼少の頃から女子にちょっかいを掛けられることが多い。特に、それは年上女性からは顕著に表れていて、上級生のお姉さんや女教師から狙われることが多いのだ。

「マリー先生、どうかしましたか？」

「はあぁぁん♡ ナツキ君、そんなに見つめないでぇ♡」

ナツキ本人も気付いていないのだが、彼の持つ姉喰いスキルは、年頃の姉属性女性を発情させる恐るべき能力なのかもしれない。まだ力の制御ができないナツキは、勝手にスキルが漏れ出ている状態であった。

「はぁ、はぁ、はぁ♡　ちょ、ちょっと暑いわね♡」

「マリー先生、腋（わき）汗が凄いですよ。シミに……」

「あぁ～ん♡　ダメよぉ、腋（わき）を見ないでぇ♡」

興奮したマリーが色々な部分に汗染みを作る。そんな彼女の発情も知らないナツキは、無邪気なまま指摘しているのだ。

「な、ナツキ君……もう許してぇ♡　何でもするからぁ♡　ナツキ君が軍に入ってくれないとぉ、先生おかしくなっちゃいそうなのよぉ♡」

誤解してはいけない。彼女は、ナツキを軍に入隊するよう説得しているだけなのだ。

「えっと、マリー先生は、いつもおかしいけど……あっ、すみません」

とにかくナツキが話に同意しなければ、教え子の前で羞恥のアヘ顔を晒してしまいそうで、女教師マリー二四歳彼氏いない歴イコール年齢がピンチなのだ。年上なのに汗ビッショリで必死の懇願（こんがん）をしていた。

「わ、分かりました」

ナツキが首を縦に振る。

「ほ、ホント？」

「はい、ボクは弱いけど……。でも皆を守るために頑張ります。ボクは国を守る勇者になるのが夢なんだから！」

こうしてナツキ・ホシミヤはデノア王国正規軍に入隊した。後(のち)に、たった一人で帝国七大将軍を打ち破った『奇跡の勇者ナツキ』と、その名を轟かせることになる英雄である。

女教師マリー二四歳彼氏いない歴イコール年齢の必死の懇願(こんがん)で、仕方なく軍に入隊することになったナツキ。指定された訓練場に向かうが、そこで信じられない現実を突きつけられてしまった。

ヒュウウウウーッ！

訓練場にいる男は、ナツキ一人だけだった。

「あ、あの、質問よろしいでしょうか？」

ナツキが目の前にいる怖そうな女教官に声をかけた。

「なんだ少年！」

女鬼軍曹(ぐんそう)みたいな雰囲気の女性が答えた。どうやら、この女教官が訓練を行うようだ。

「あの、訓練を受ける人が女子ばかりで、男子はボク一人なんですか？」

「その通りだ！　男子は七大ドS女将軍に恐怖し、貴様以外は全員辞退した」

予想外の返答だ。世界最大の大帝国が攻めてこようという時に、まさかの自分以外が全員辞退など意味不明である。

「えええ……ぼ、ボクも辞退しようかな？」

「ならぬ！　貴様はもう登録済みだ。今更辞退などできぬ！　ふふっ、男子が一人だけとあらば仕方がない。貴様は私が手取り足取り腰取り……ペロッ、ミッチリ指導してやるから覚悟しろっ！」

腰取りのところで女鬼軍曹の顔が緩み、赤い舌でくちびるをペロッと舐め回した。もう嫌な予感しかしない。

「そ、そんな……てか、腰取りって何ですか？」

「バカもんっ、口答えはするな！　返事は全て『イエス、マム』いや、『サー、イエッサー』だ！」

「サー、イエッサー」

こんな戦力で帝国と戦えるはずもないのだが、形ばかりの軍事訓練が始まってしまう。

「よし、貴様は剣も魔法もスキルを持っていないようだから、敵の女将軍と戦う時は格闘戦に持ち込むのだ。それしか勝機はない」

「サー、イエッサー」

いきなり格闘術の指導になり、欲求不満そうなアラサー女教官が組み付いてきた。ベタベタとナツキの体を触り出す。明らかに手つきが怪しい。

「もっと中に入り込め！　そうだ、胸を掴むんだ。もう片方の手は腰に回せ」

「サー、イエッサー」

「もっと強く抱きしめろ！　愛する女をベッドで滅茶苦茶にするようにだ！」

ちょっと意味が分からない。

「ええっ？」

「返事は！」

「サー、イエッサー」

「もっと強くだ！」

「サー、イエッサー」

「うぐっ♡　ああっ♡　もう限界だぁ♡」

ドサッ！

抱きついているだけなのに、勝手に女教官が倒れ込んでしまった。我慢していた何かが弾けて陥落したのかもしれない。

「うっ、もう貴様に教えることは何も無い」

「サー、イエッサー」

「貴様は立派な戦士だ。戦地でも一層励め」

「サー、イエッサー」

「今夜は私の部屋に来い。朝までベッドでミッチリ夜の特訓だ」

「サー……って、なに言ってるんですか！」

「お、惜しい。あと少しで味見できたのに…………」

「いやいやいや！　おかしいって！」

危うく事案発生になりそうなところで訓練は終了した。こんないい加減な訓練で実戦投入される身にもなってほしい。

あれよあれよという間に、ルーテシア帝国がデノア王国に宣戦布告し、国境線にあるリリアナ南部都市の砦（とりで）に軍を進めてしまう。作戦の指揮を執（と）っているのは、かの七大女将軍の一人、炎の魔法使いフレイア・ガーラントであった。

こんな非常事態にもかかわらず、デノア王国正規軍は事実上壊滅状態である。正規軍は崩壊。男子は徴兵拒否。軍は苦し紛れに幼年学校女子を動員する始末だ。しかも、それさえ十分な戦力も揃えられず。

そう、ナツキ以外の男は誰もいないのだ。

若い女子とナツキだけで編成されたデノア正規軍は、帝国が支配するリリアナとの国境付近まで兵を進めていた。

そして、何故か部隊の指揮を執（と）るのは、幼年学校教師でありながら軍に召集された女教師マリー二四歳彼氏いない歴イコール年齢だ。完全な負け戦（いくさ）なのは誰が見ても明らかである。軍の上層部は王国内に引きこもったまま出陣せず、急遽(きゅうきょ)掻き集めた少数の兵のみを前線に送ったのだ。

「どうしよう、こっちは五〇人弱しかいないのに、敵は数万もいる。こんなの勝てるわけないよ」

そうナツキが呟(つぶや)く。

こんな理不尽な戦闘などあり得ないと。

「ナツキ、あんたが先陣を切りなさいよ。あんた年増(とし ま)女にモテるでしょ。きっとフレイアとかいう大将軍に捕まっても助けてもらえるかもよ」

幼年学校でクラスメイトのミア・フォスターが勝手なことを言う。まだ若いフレイアが年増(とし ま)扱いされているのを聞いたら激怒しそうだ。

「ヒドいよ、ミア」

ナツキがミアに文句を言う。

同じクラスで幼馴染(おさななじみ)のミアは、何かとナツキに絡んでくることが多かった。ショートカットのオレンジ色の髪。生意気そうだが、見ようによっては愛くるしくも見えなくもないメスガキっぽい顔。

ナツキにとっては、小うるさい同級生としか思っていないのだが。

そして、ミアの話を聞いていた他の女子たちまで同調してしまう。

「そうよそうよ。あなた男でしょ」

「男子は女子を守るものよね」

「だよねー」

「まあ、あんたはゴミスキルだけどね」

「私たちは撤退しましょうよ」

皆が勝手なことを言い出した。

「ちょっと、さすがにそれはナツキが可哀想というか……」

火付け役のミアが止めに入る。自分で言い出したにもかかわらず、他の女子がキツくあたるのは嫌なのだ。少しは幼馴染として心配する心もあったのだろう。

「ちょっと、ミア。あんた男子の味方するの？」

「もしかして、ナツキと付き合ってるとか？」

「ええぇ～！　そうなんだ？」

「ち、違うわよ！　そんなんじゃないから」

女子同士で揉め始めてしまう。必死にミアが付き合っているのを否定しているが、今はそんな場合ではない。

「ううう……これ、完全に全滅フラグだよな。ボクも撤退したい。ちゃんと軍を立て直さないと戦えるわけないよ」

ナツキまで諦めムードになっているところに、軍の指揮を執る女教師マリー二四歳彼氏いない歴イコール年齢が迫ってきた。

「ナツキ君！　先生ね、まだ独身なのぉ♡　彼氏もいないまま戦死なんて嫌よぉ♡　お願い、ちょっとだけで良いの。先っちょだけ♡　先っちょだけで良いからっ♡」

「マリー先生、だ、ダメですって。先っちょって何ですか？」

「大丈夫よぉ♡　私に任せてぇ♡　痛くしないからぁ♡」

相変わらず意味不明なマリー。彼氏いない歴イコール年齢が彼女をそうさせるのか。

どうやらナツキのスキル姉喰いは、小娘の同級生にはかかりづらいのだが、年上で姉属性で欲求不満なマリーにはクリティカルでかかってしまうようなのだ。

「お願いよぉ♡　先生まだ死にたくないのぉ♡　せめて彼氏とイチャイチャしてからにしたいのよぉ♡」

「せ、先生、腋汗が凄いです。ビッチョリです」

「腋汗はどうでもいいからぁ♡　先生、変になっちゃいそうなのぉ♡」

「マリー先生は、いつも変じゃないですか！」

恐怖と興奮と性欲で汗染みを作りまくるマリー。迫りくるマリーを止めようと手を伸ばしたナツキも、彼女の腋を掴んでしまいベトベトだ。

「わ、分かりました。ボクが一人で大将軍のところに行って説得します。マリー先生や皆は、その隙に撤退してください。ボクも後から追いつきますから」

パニックになるマリーたちを安心させようと、ナツキが一人で行くと決断してしまった。

若干、腋汗でマーキングされそうなのが怖かったからなのだが。

「そ、そうなの。ナツキ君、気をつけてね。無理しちゃダメよ」

「な、ナツキ……あんたホントに一人で……」

マリーもミアも心配そうな顔をする。いざ一人で行くとなれば、無事に戻ってこられるのか分からないのだ。もう二度と会えないかもしれない。

こうして、デノア王国正規軍はナツキ一人を残し撤退を始めた。マリーとミアが、何度も心配そうな顔で振り返りながら。

ヒュウウウウーッ！

そして誰もいなくなった――

「ううっ、何でボクがこんな目に……。いくら何でも滅茶苦茶だよ。戦闘経験もない女子生徒が正規軍だなんて。で、でも、ボクは国を守る勇者になるって決めたんだ。ゴミスキルだけど……」

不安を口にしながら一人で敵の砦へと向かうナツキ。お人好しもここまでくると奇特かもしれない。

まさか帝国軍も、敵が一人で攻めてくるとは思ってもいないだろう。

ルーテシア帝国リリアナ南部城塞都市。その砦（とりで）がある城の執務室でお茶を飲んでいるフレイアのところに、側近の女騎士が報告に来た。

「フレイア様、我が軍前方から敵が向かってきております」

カチャ――

若い女騎士の報告を色っぽい流し目で受けたフレイアが、優雅な仕草でティーカップを置く。

「ほう、それで敵は何万だ？」

「そ、それが……」

「なんだ、申してみよ」

「ひ、一人です」

「はあ？」

帝国最強の七大女将軍の一人であるフレイアも、さすがに耳を疑ってしまった。

「ははっ、はははは！　我らも見くびられたものだな。ルーテシア帝国精鋭五万に対して、たった一人で向かってくるだと！　これは、この炎のフレイアが直々（じきじき）に相手してやるしかあるまい」

フレイアが立ち上がる。

「どれ、デノア王国は最強の勇者でも送り込んできたのか。これは楽しみだ。どのようなスキルを使おうと、私の火炎魔法の敵ではないがな！」

こうして、姉喰いショタ勇者と帝国最強姉属性七大女将軍との戦いが始まった。

第一章　貞操逆転、炎の大将軍フレイア

国境線リリアナ南部都市の城門前に立つ帝国最強七大女将軍の一人、炎の魔法使いフレイア・ガーラント。

対するは、デノア王国幼年学校で、天の祝福（ギフト）がゴミスキルと呼ばれているナツキ・ホシミヤ。攻撃力というより見た目の破壊力が凄い露出度高めのムッチリ巨乳女と、まだ幼さの残る一見少女のような少年の戦いである。

「くっ、やりづらいわね。なんなの、この弱そうな少年。こんなの本気で攻撃したら後味が悪いじゃない。そ、それに、さっきから何か変な気分に……あんっ♡」

フレイアが攻撃態勢をとりながら文句を言う。一人で来た相手が歴戦の勇者だと思って出撃したのに、こんな弱そうな若い少年で調子が狂っているようだ。

「あ、あの、フレイアさん」

ナツキがフレイアに呼びかけた。

「な、何だ！　気安く私の名前を呼ぶな！」

「えっ、あの、じゃあ、お姉さん」

ずきゅぅぅぅぅーん♡

「ぐっはっ♡　ううっ、な、何という破壊力だぁ♡　き、貴様ぁ！　何か精神系のスキルを

使っているな！　見た目に騙された私が愚かだったわ！」

「えええ……ボク、何もしてないのに」

ナツキが『お姉さん』と呼びかけただけで、フレイアが大ダメージを受けた。

実はこのフレイア、エロくて破壊力抜群のボディと気の強そうな見た目から『悪魔のように凶悪な女』と評されているが、実は可愛い男の子大好きな超姉属性女だった。

しかも噂が独り歩きして、男が怖がって誰も近寄らない。貞操逆転世界であるルーテシア帝国において、男に怖がられているフレイアは、まるで童貞を拗（こじ）らせた男と同じなのだ。

欲求不満が溜まりまくり、日々エロいことばかり考えているドスケベさんなのである。

「お、お、おのれ！　デノア王国め！　こんな恐ろしい敵を送り込んでくるとは！　この最強の女将軍である私を恐怖させるなんて……あぁぁ♡」

ナツキの姉喰いスキルがクリティカルで効いているフレイア。もう陥落寸前の体を奮い立たせ、強靭（きょうじん）な精神力によってギリギリのところで踏みとどまっているのだ。

「あの、ボクの話を聞いてください」

「くぁあぁん♡　ボクとか可愛く言うなぁ」

「デノア王国は軍が崩壊し戦える状態じゃないんです」

「あぁぁ♡　少年の可愛い声が頭と腰の奥に響くぅ♡」

「だから兵を退いてくれませんか？」

「んあぁぁ♡　もう限界ぃぃ〜っ♡」

全く話が噛み合っていない。

「はぁん♡　もう、何だか分からないけど、戦いで決着をつけるわよ！　少年が勝ったら何でも言うことを聞いてあげる！」

「ホントですか！　な、何でも……分かりました。じゃあ、勝負しましょう」

フレイアが自分に勝ったら何でもすると約束してしまった。これが、そこらの男だったら必ずエロいことを考えるものだが、この時のナツキはマリーや幼年学校の女子生徒を無事に逃がすことしか考えていなかった。

そして、純粋故にフレイアにとっては最強の敵だったのだが。

ナツキは考えていた。帝国最強の大将軍フレイアに勝つ方法を。

（そうだ……ボクは軍事訓練を受けたんだ。小一時間だけど。あの名前も知らない教官の話を思い出せ！　確か、懐に入り込み……おっぱいとお尻を掴んで……ベッドで無茶苦茶するように強く抱きしめる……）

「よしっ！　ボクはやってやる！　ゴミスキルだって、頑張れば何とかなるはずだ！」

真面目な顔でナツキが叫ぶ。短剣を構えながら。

フレイアは考えていた。デノア王国最強の刺客……と思い込んでいる少年とラッキースケベする方法を。

（そうだ……私は帝国最強の七大女将軍なのよ。あんな少年に負けるはずがない。ちょっと私の大魔法でビビらせてやれば降参するだろう。ついでに少年がよろけて私の方に倒れ込み、うっかりおっぱいをタッチしちゃったり、太ももの上にダイブしてイケナイところをチョメチョメしちゃったり……）

「ぐっはぁ♡　たまんないわぁ〜！　若い少年最高♡　私ならやれる！　なんたって最強スキルなんだから。楽勝でラッキードスケベよっ！」

妄想が漏れまくっているフレイアが叫ぶ。何も隠れていない。

「行きます！」

「来なさい！」

ナツキが飛び掛かろうとした瞬間、フレイアの体から獄炎のようなオーラが立ち上がった。

これが炎系スキル世界最強の力なのだ。

「全てを焼き尽くす深淵なる炎よ、我が力で顕現（けんげん）して敵を討て！　獄炎の矢（ギーライーテ）！」

ゴバアアアアアァァァァァァーッ！

フレイアの詠唱で直上に巨大な炎の矢が出現する。

「えっ、ええっ！　す、凄い！」

ナツキが本気で驚いている。未だかつて、これほどに強力な炎スキルを使う者を見たことがないからだ。

ゴオオオオオッ！

フレイアの真紅の髪が揺れ、体から立ち上るオーラで煌めいている。黄玉のような美しい瞳と、露出度高めなローブから見える肉感的で魅惑的な胸や太ももが艶めかしい。

絶体絶命の状態にもかかわらず、ナツキはフレイアの美しさに見惚れてしまっていた。

「き、綺麗だ……」

「へっ？」

「お姉さん、凄く綺麗」

「き、き、綺麗って、ななな、なに言ってんのよ！」

グワンッ！　ズドドドドドドドドォォォォーン！

予期せぬナツキの誉め言葉に真っ赤になったフレイアが、天に伸ばしていた腕を振り下ろす。上空に留まっていた巨大な炎の矢が発射され、凄まじい轟音と共にナツキの遥か後方の地面に着弾した。

当然、わざと外したのだ。あんな超強力な攻撃を受けたら、骨まで跡形もなく消え去ってしまうだろう。

「うわあああっ！」

「きゃっ♡」

後方からの爆風で飛ばされたナツキが、見事フレイアの体に飛び込み、胸の谷間にホールインワンした。

もみっもみっ！　むにっ！

「あ、ああ、あの、ごめんなさ……」

「ラッキースケベ、キタァァァァーッ！」

この場合のラッキースケベは逆である。

謝ろうとしたナツキに対し、フレイアの方は初心な男子に抱きつかれて大喜びだ。

汗ばんだ胸の谷間に顔を埋めたナツキは、フレイアの甘ったるい匂いと柔らかなおっぱいに包まれてアタフタしている。

デノア王国で女子の胸を触ろうものならば、セクハラだと訴えられたりビンタでも飛んできそうなものだ。しかし、ルーテシア帝国では逆なのだ。ラッキースケベとは女子が男子にするものである。

「あっ、そうだ！　胸とお尻を掴んで強く抱きしめるんだった」

軍事訓練を思い出し、ナツキはフレイアを強く抱きしめ、重力に逆らうように突き出た巨乳とムッチリ感満載の尻を掴む。

「はああぁぁん♡　こ、この子、純な見た目なのに積極的ぃ♡」

「え、ええっ！　ここからどうすれば」

ここまでしかナツキは教わっていなかった。やはり、女教官の誘いを快諾し、ベッドで夜の特訓を受けるべきだったのかもしれない。まさに手取り足取り腰取りだ。

「くぅぅ～っ、はあぁぁん♡　こんなの初めてぇ♡　負けちゃう♡」

ナツキの姉喰いスキルを直で受けたフレイアが陥落した。勿論(もちろん)、初めて男に胸や尻を触られた興奮もある。何かもう、いっぱいいっぱいだ。

「あの……もしかして、ボクの勝ちですか？」

「あんっ♡　それは……その……そ、そうとも言うかしら？　ま、まあ、そういうことにしといてあげるわ」

半信半疑のナツキがフレイアに確認すると、上気した顔と火照(ほて)った体のフレイアが遠回しに認める。

「じゃあ、何でも言うことを聞いてくれるんですよね？」

「ひゃうっ！　な、何でも……う、うん♡」

「ほ、本当に何でもですか！」

「うん……キミになら……い、いいよ。ううっ♡」

敵将が何でも言うことを聞いてくれるとあって、ナツキは心の中で歓喜した。

(やったぁぁぁっ！　これでマリー先生や学校の皆が助かるぞ。平和的に解決できて良かった。これでボクも少しは強くなれたのかな)

敵の勇者が何でも命令するとあって、フレイアは心の中で歓喜した。

(やったわぁぁぁぁっ！　これで少年がエッチな命令をしてくるわね。合法的に少年とエッチ

できて良かったぁ♡　遂に私も処女卒業ね♡）

※ちなみにルーテシア帝国ではナツキの年齢は合法である。

ここに、お互いの想いと欲望が合致して、デノア王国とルーテシア帝国のリリアナ国境会戦が終結した。

ナツキは一人の犠牲者も出すことなく帝国最強七大女将軍の一人を打ち破ったのだ。かつて誰もが成し得なかった、帝国の大将軍に初めて土をつけた偉業である。

だがナツキよ、油断してはいけない。フレイアは帝国七大女将軍の中で一番ショタ好きなのだ。他にも恐ろしいドS女将軍が待っている。

進めナツキ。負けるなナツキ。夜の特訓も頑張れナツキ。帝国の大軍を退け救国の勇者となるのだ。

ルーテシア帝国リリアナ南部城塞都市、執務室。

フレイアの敗北により、一時的休戦に応じた帝国は撤退するデノア軍への追撃を行わなかった。何でもすると約束したフレイアにナツキが命じたのは、撤退するデノア軍への追撃の中止と停戦だからである。

　ここ、城の執務室に招かれたナツキは、大きなテーブルを挟んでフレイアとお茶を飲んでいた。

「むっすぅぅぅぅーっ……」

　当然、この命令にフレイアは不満ばかりだ。てっきりナツキがエッチな命令をするものだと思っていたのに、相手にその気が全く無いのだから困ったものである。

「あ、あの、お姉さん……」

　ナツキが話しかけても、フレイアはそっぽを向いたままだ。

「あの、ボクの頼みを聞いてくれてありがとうございます」

「……まあ、約束したし」

「フレイアお姉さんって良い人ですね」

　ずきゅぅぅぅぅーん♡

「ぐつはぁ♡　それダメぇ♡」

　姉喰いスキルを使った『お姉さん』呼びで、姉属性のフレイアが再び大ダメージを受けてしまう。

「だ、大丈夫ですか？」

「大丈夫じゃなぁーい！　おい、少年！　スキルを使うな」

「ええっ、使ってません」

帝国においては、男は女を立て三歩下がって歩くのが常識だから。

若い男に堕とされているのでは沽券に関わる事態だ。

姉属性のフレイアであったが、女性上位社会のルーテシア帝国において、大将軍のフレイアが

またしてもナツキの漏れ出した姉喰いスキルで屈服させられてしまうフレイア。少年大好き

「もぉっ♡　それ、無意識なの……」

「はぁ、はぁ、はぁ……おい、少年、それ以上こっちに来るんじゃない」

少し休んで回復したフレイアがナツキに命じた。

「はい、あ、あの、ボクってゴミスキルじゃないんですか？」

「帝国最強の私に勝った男がゴミスキルなはずがないでしょ！」

「た、確かに……」

慎重に距離を取りながらフレイアが会話する。

「いいか、少年のスキルは精神系の能力のようだ。むやみやたらに能力を解放するんじゃない」

「で、でも……ボクはどうしたら？」

「そうね……私がキミの能力をコントロールできるように特訓してあげるわ。感謝しなさい！」

「は、はい。ありがとうございます」

こうして、敵の女将軍にスキルの手ほどきを受けることになってしまう。しかし、これにはお互いに利益があるのだ。


ナツキは心の中で喜んだ。

あの軍事訓練で教わっていない夜の特訓を、敵であるフレイアがつけてくれるのだから。

(やった！　これでボクも一人前に戦うことができるぞ。スキルをコントロールして強くなるんだ。ゴミスキルなんて言ってバカにしたクラスメイトたちを見返してやる)


フレイアは心の中で喜んだ。

目の前の美味しそうな少年と、スキル訓練と称してイチャイチャし放題なのだから。

(ぐへ、ぐへへぇ♡　これで少年が私のものにぃ♡　スキルの特訓だなんて信じちゃうとかバカな子。まあ、コントロールは覚えさせて、ベッドの上でだけ気持ちよくなっちゃうけどね)

ウィンウィンであった――

「さっ、特訓に行くわよ、少年」

「ナツキです。ボクの名前」

「よし、今日からキミはナツキ少年だ！」

「はい、フレイアお姉さん」

「んあぁぁ♡ って、まだ早い」

若干、危なっかしいが二人っきりでフレイアのベッドルームへと向かった。

シャキッ！

フレイアが自室の前まで行くと、ドアの前を守っている二人の女従者が敬礼する。

その者たちに頷いたフレイアは、威厳のある声で命じた。

「私はこれから敵の少年を味わう。よいか、貴様らは暫くの間席を外しておれ。決して近づくでないぞ」

「「はっ、畏まりました」」

バタンッ！

ナツキとフレイアが部屋の中に入ってから、警備の女従者たちが歩きながらコソコソ話を始める。

「大将軍も好き者でありますね」

「そうだな、フレイア様が負けたと聞いた時は耳を疑ったが、きっと負けたフリをして敵の勇者を味見するおつもりだったのだろう」

「確かに。きっとデノア王国の男を食いまくるのかもしれませんね」

「ははっ、豪胆なお方だ。それでこそ女房関白ルーテシア乙女であるな」

ルーテシア帝国は女房関白（にょうぼうかんぱく）が基本（デフォ）である。

そして、ベッドルームに入った二人は――

「大きなベッドですね。ボクのベッドの何倍もある」

ナツキが大きなベッドに目を輝かせる。

「うむ、私のは特別製だからな」

「ふかふかです」

「うっ、広いベッドだが、私は毎日人肌恋しい夜を……」

ナツキは知らないが、帝国乙女は性欲強めなのだ。その中でも特にエッチなフレイアには男がおらず、広いベッドで寂しい日々を送っていた。

そんなフレイアに、ナツキは感謝でいっぱいだ。

「フレイアお姉さん、ありがとうございます。今まで誰もスキルの使い方を教えてくれなかったので嬉しいです」

ナツキの話にフレイアが釈然（しゃくぜん）としない顔をする。

「おい、ナツキ少年。キミはデノア王国の勇者なのに、誰にもスキルの使い方を教わらなかったのか？」

「はい……実は、ボクの天の祝福（ギフト）はゴミスキルだと判定されて、適正を伸ばす教育はしてこなかったんです」

「は？　それは酷くないか。現にキミは私を倒すほどの強者ではないか。スキルを学ばせたり適正を伸ばすのが本来の教育者であろう。若者の適正を伸ばさずして何の教育か」

「ははっ、ボクは……皆からゴミスキルとからかわれて……戦闘訓練でもボクだけ隅の方で自主練でした。おまえはゴミスキルだからと。だから、ボクは自分のスキルが何の役にも立たないのだと思っていました」

　フレイアの顔が曇った。幼気な少年をイジメるのは許せない。自分にとって少年は癒しなのだから。

「ううぅっ、可哀想……キミ、苦労したのだな」

「えへっ、やっぱりフレイアお姉さんは良い人ですね」

　ずきゅぅぅぅぅーん♡

「ぐっはぁ♡　お姉さん呼びキタァアアアーッ！」

　またしても姉喰いスキルがのった『お姉さん』で、フレイアが大ダメージになった。

「と、とにかく練習よ！　集中しなさい。頭の中でスキルを形にするような感じに思い描くの」

「サー、イエッサー」

　ナツキが、鬼軍曹のような女教官を思い出し返事をする。

「キミのは精神系スキルみたいだから、攻撃時は指向性を持たせる感じにするのよ。普段は周囲に漏れ出ているみたいだから、栓をするように内側に閉じ込めて。使う時だけ相手に向けて魔法を当てるかのように」

「サー、イエッサー」

ナツキは頭の中でスキルの概念を思い描く。目に見えないソレを絞り、フレイアに向けて発射するかのように。

ビビビビビ――

「はあぁぁ〜ん♡　ちょっ、強っ、あっ♡　ダメぇぇ♡」

指向性を持たせた姉喰いスキルの直撃を受けたフレイアがビクビクと痙攣（けいれん）する。当然、漏れ出ていたものと違い、強い力を勢いよく当てられたのだからたまらない。

「サー、イエッサー！　中に潜り込んで、おっぱいとお尻を掴む。そして滅茶苦茶に抱きしめる」

「ああぁん♡　それすっごぉい♡」

「サー、イエッサー！　手取り足取り腰取り」

「おっ、おほっ♡　お、おおっ、わ、私……ダメにされちゃうぅぅ〜っ♡」
※注意：スキルの使い方を指導しているだけです。ナツキは決して如何（いかが）わしいことはしていません。
チュン、チュン、チュン――

気が付けば朝を迎え、窓からやわらかな日差しが入ってきていた。

「やった！　やりましたよ、フレイアお姉さん。かなり使えるようになりました」

喜ぶナツキだが、何度も何度も姉喰いスキルの直撃を受けたフレイアは足腰が立たないほどフラフラだ。

「よ、良かったわね……そ、それ、むやみやたら人に使っちゃダメよ……」

「はい！」

こうして、夜通し続いた特訓により、ナツキがスキルをちょっぴり制御できるようになり、また一歩救国の勇者へと近づいた。


朝食をとるために、二人はダイニングルームへと向かう。足腰がふらつくフレイアはナツキに支えられながら。

まだ制御は不安定だが、とりあえず漏れ出していた姉喰いスキルは止まっているようだ。直接触れているフレイアも発情していない。

「おはようございます。フレイア様」

「おはようございます。大将軍」

女従者たちが挨拶をし、フレイアを席に案内する。ナツキはフレイアの指示で隣に座らされた。

「ねえ、フレイア様は一晩中お楽しみだったのかしら？」

「そりゃ、帝国が誇る大将軍だ。あの少年も気の毒にな。もう、フレイア様の玩具としてご奉仕させられるのだろう」

そこにいる全ての従者やメイドがコソコソ噂している。当然ながらフレイアが少年にイケナイコトしまくったのだと。

ただ、フレイアは不満だらけなのだ。

「あぁ、もう何なのよぉ……」

（この子、積極的に胸やお尻を触ったのかと思えば、そのまま何もしないし。もう、こっちは一晩中生殺し（なまごろし）状態で欲求不満だらけよ！）

ナツキに邪心はなく、デノア軍の皆を逃がしたい一心でフレイアと戦い、スキルの制御を覚えたい一心で特訓したのだ。決してエッチな気持ちではない。

ただただ、フレイアの欲求不満が増幅しただけの一夜なのだ。

「でもでもぉ、そんな初心（うぶ）でピュアなとこも好きぃ♡　すっごぉく好き♡　あぁん、ちょー好きになっちゃってるぅ♡　どうしよぉ」

「えっ、フレイアお姉さん。何か言いましたか？」

小声でブツブツ言うフレイアに、ナツキが耳を近づけてくる。そんな仕草にもドギマギさせられてしまうフレイアだった。

完全にデレデレになってしまったフレイアが、食後のスイーツを食べながらナツキにボディータッチしている。栗色のサラサラヘアーをナデナデしながらニヤニヤが止まらない。

姉喰いスキルを受け続けただけではない。

元からショタ好きなフレイアであったが、一晩中スキルの特訓をするナツキを見て気に入ってしまったのだ。

ひたむきに強くなろうとする真っ直ぐな心。辛い幼年学校時代を過ごしたにもかかわらず、仲間を守りたいという純粋な気持ち。手つきがエッチなのに、実は初心(うぶ)でピュアな少年ハート。

全てがフレイアのドストライクなのだ。

なでなでなでなで――

「はあぁぁ♡　本当にキミは可愛いなぁ♡」

「え、えっと……フレイアお姉さん」

ナツキはフレイアに捕まったまま撫でられていた。

ふと、フレイアが視線を感じ周囲を見渡すと、羨ましそうな顔をした側近女性たちがチラ見しているのに気付く。

「おい、貴様らは席を外していろ」

「「はい、畏(かしこ)まりました」」

フレイアの命令で側近たちが下がってゆく。

ナツキとじゃれている時はデレッデレなのだが、部下に向き合う時は恐怖の女将軍の顔になる。帝国臣民にも恐れられている七大女将軍の威厳は健在だ。

部下が退出し二人っきりになったところで、おもむろにフレイアが話を切り出した。

「ところで、これからキミはどうするつもりなのだい？　も、もし、良ければ……わ、私の側近にならないか？　毎日エッチ……じゃない、待遇は保証してやろう」

「ごめんなさい……それはできません」

ナツキが申し訳なさそうな顔で断った。

「もしかして、報酬や待遇を気にしているのか？　それならデノア王国軍にいた時の何倍も払ってやろう。絶対に後悔はさせない」

「ち、違うんです。フレイアお姉さんは良い人だし、スキルの特訓もしてくれた恩もあります。でも、ボクは国を救う勇者になりたいんです。敵に寝返っちゃダメだと思うので……」

ナツキの真っ直ぐな目で、フレイアが悩殺されそうになる。

「くぅぅ～ん♡　力ずくでも私のものにしたいのに、そんな綺麗な目で言われたら逆らえないぃ♡」

デレたフレイアが元の厳しい顔に戻り、ナツキを真っ直ぐ見て話し始めた。

「これは、言い難いことだが……デノアの滅亡は変えられない。たとえ私が軍を退いたとしても、帝国には他に六人の大将軍がいる」

「そ、それは……」

「大将軍は一人でも一騎当千の猛者だ。そして、それぞれ屈強な騎士や魔法部隊を引き連れている。デノアのような小国では、我らルーテシア帝国の大軍を押し返すのは不可能だ」

　フレイアの話でナツキは黙ってしまう。

　確かにデノア王国の軍は瓦解し戦力もままならない。今ここでフレイアの軍だけ退けても、次々と侵攻する帝国軍を押し返すことなど不可能だろう。

「ナツキ少年、私はキミを失いたくない。このまま戦い続けたら、間違いなくキミは戦死してしまうだろう。わ、私はキミを助けたが、他の大将軍はそうは簡単にいかないぞ。何しろ、とんでもなく性格悪い女とかド変態女ばかりだからな」

　フレイアが自分のことは棚に上げ、他の大将軍をド変態呼ばわりだ。

「デノアが滅ぶのは変えられないのだ。それならいっそ、私の部下になってデノアの統治に協力しないか？　キミの仲間の命だけは保証してやろう。それに、キミをバカにした奴らを守る義理などないだろう」

　フレイアの話を黙って聞いていたナツキが上を向く。真っ直ぐな瞳に強い意志を込めて。

「それでも……それでもボクは戦います。確かにボクは皆から『ゴミスキル』とバカにされてきました。でも、良い人も多いんです。パン屋のおじさんは、いつもボクを気遣ってくれたし。定食屋の御夫婦は、優しく声をかけてくれて、たまに一品サービスしてくれるんです。ボクは、そういう優しい人たちを守りたい」

　きゅぅぅぅぅーん♡

「か、かっこいい♡」

ナツキの真摯な態度を見たフレイアがうっとりしてしまう。瞳の中にハートマークが浮かんでいるみたいに。

「そ、そこまで言うのなら、ちょっとだけ協力してあげても良いんだけどね。べ、別に敵に味方するわけじゃないんだから。キミを失いたくないだけなのよ♡」

「本当ですか、フレイアお姉さん！」

ずきゅぅぅぅぅーん♡

「ちょっ、キミ、スキルが漏れてるからぁ♡」

「あ、ごめんなさい」

何かもう済(な)し崩し的に、フレイアがナツキに協力することになってしまった。ショタ好き姉属性女としては、ナツキの一挙手一投足にドキドキしてたまらないのだ。

ナツキを執務室に連れて行ったフレイアが地図を広げる。

「これが現状の世界だ。この北方の巨大な国がルーテシア帝国。今、私たちはココにいる。併合されたリリアナだ。そして、キミの祖国デノアはリリアナの南にある国」

フレイアが現状の軍事情報を教えてくれるようだ。

「現在ルーテシア帝国は東方のヤマトミコとは不可侵条約を結んでいて、国境線沿いには小規模の軍しか配置していない。そして、西方のフランシーヌ共和国と戦争中であり、軍の半分はそちらに向けている。だが、戦況は一方的であり、帝国の勝利で終わるだろう。やがて帝国は西方の軍を引き揚げるはずだ」

「はい」

「ここリリアナには私が先陣として来ているが、援軍として氷の大将軍シラユキが向かっている。先ずはシラユキを止めねばならないだろう。西方の帝国軍がコチラに移動する前に」

「ありがとうございます。シラユキさんを説得して軍を退いてもらえば良いんですね」

屈託ない笑顔をフレイアに向けるナツキ。それだけでフレイアの顔がデレッと緩んでしまう。

「ぐへっ♡　こ、コホン……だが、シラユキは一筋縄では行かぬぞ。なにしろ、彼女は狡猾で残忍。氷のような心を持った恐ろしい女だ。何やら男嫌いの気があるようだし……。そもそも笑った顔を見たことないというか……」

フレイアの話によると、シラユキは難攻不落の怖い女のようだ。

「分かりました。ボクがシラユキさんと決闘して、何でも言うこと聞かせます」

「あんっ♡　言い方ぁ」

何でも命令させると聞いてフレイアが大きな胸を抱いてクネクネする。何でもさせるのは自分にして欲しいと言わんばかりに。

「やっぱりフレイアお姉さんは良い人ですね」

「はうぅ♡　私を良い人なんて言ってくれるのはキミだけだよぉ」

ナツキに褒められて大喜びのフレイア。体をクネクネ振る度に、露出度高めのローブの巨乳がぷるんぷるんしている。

「ねえねえナツキ少年、一緒にお昼寝しよっか？」

「えっ、でも……」

「何もしないからぁ♡　ちょこっとだけ」

「そうですね……何もしないのなら」

「やったっ♡　らっきぃ♡」

完全にドスケベな顔になったフレイアが、下心丸出しでナツキの腕に抱きつきベッドルームに連れていく。ときおり『ぐへへぇ♡』と変な笑みを浮かべながら。

ナツキ、最大のピンチである。

◆◇◆

その頃――

デノア戦線派遣部隊第二陣、氷の魔法使いシラユキ・スノーホワイト率いる大軍がリリアナ国境都市付近まで迫っていた。

一際豪華な装飾がされた馬車にシラユキが乗っている。まるで彼女の周りだけ冷気が漂っているかのような張り詰めた雰囲気で。

新雪のように煌（きら）めく美しい銀髪。切れ長の鋭い目には、翠玉（エメラルド）のような深い色の瞳。馬車が揺れる度に、精巧な銀細工のような髪がサラサラと流れて一層美しさを際立たせているようだ。

スラッとしたスレンダーな体形は気品が漂い、控え目な胸さえも完璧な造形に思えてしまう。

彼女はフレイアとは正反対に、胸元が隠れたキチッとした上着を身に着けている。

だが、スカートから覗く脚は芸術的な曲線を描き、適度な肉付きの良さで煽情的だ。帝国内でも、密かに彼女の足で踏んで欲しいと願うマニアなフェチが男女ともにいるという。

「到着予定時刻は……？」

シラユキが氷のように冷たい声音で呟いた。

「は、は、はい、もうすぐでございます。明日中には到着いたします」

側近の女性が、緊張からか声を震わせて答える。シラユキの声が冷たいのもあるが、鋭く美しい目で見つめられると、まるで金縛りにあったかのように動けなくなるのだ。

「そう……」

静かにそう呟いたシラユキが、視線を馬車の窓へと向ける。

叱られるのではと恐怖で固まっていた側近が、ホッと息を吐いて力を抜いた。それほどまでにシラユキは恐れられているのだ。

貞操逆転世界であるルーテシア帝国。女は皆ドスケベで超積極的な国民性であるなかで、シラユキは極めて異質な存在であった。

権力のある貴族や軍高官の女性ならば、お気に入りの部下男性や男娼をつまみ食いするのは当たり前の世界だ。

しかし、シラユキはどのようなイケメンにも無反応で興味を示さない。まるで男嫌いのように、冷たい視線であしらうだけである。

自身の氷系魔法レベル10のスキルも相まって、冷酷無比な氷の大将軍と呼ばれ恐れられているのだ。

救国の勇者を目指すナツキに危機が迫っていた。いや、その前に……下心丸出しのフレイアにベッドルームに連れ込まれていて、むしろ貞操の危機な気がする。

第二章　氷の女

ナツキがドスケベ女のフレイアに食べられそうになっている頃、デノア王国第二都市キースまで撤退したマリー率いるデノア正規軍は混乱していた。

「やっと、街が見えてきました。私たちは助かったのですね」

マリーが呟（つぶや）く。何度も後方を気にしながら。

ナツキの同級生女子たちも一緒に後方を気にしながら顔を見合わせていた。一人で大将軍を説得に行ったナツキが戻ってこないのだ。

「ねえ、ナツキ君戻らないね……」

「やっぱりフレイアって大将軍に殺されちゃったとか？」

「あいつ、弱いから瞬殺じゃね？」

「でも、ナツキ君のおかげで私たち……」

皆が口々にナツキの名を挙げ噂する。ゴミスキルとバカにしていたのに、その同級生を守るために犠牲になったのは複雑な心境なのだ。

「やめて！　ナツキは死んでないし！　ぐす、ううっ……あ、あたしが、あんなこと言ったから……あたしのせいでナツキが……」

ミアのメスガキっぽい顔に涙が流れる。いつもキツく当たっていたのだが、本当は優しく一生懸命なナツキを心配していた。

そんな一行がキースの前線司令部に到着した時、暗く沈んだ気分が一変する。前線司令官から、まさかの報告を受けたのだ。

「ええっ！　ルーテシア帝国炎の大将軍が停戦に応じたですって！」

マリーが驚きを口にする。

「い、一体何があったのですか？」

「情報によると、我が王国の若き勇者が一人で帝国軍に攻め入り、炎の大将軍フレイアと一騎打ちの末、見事勝利。そして、その見返りとして一時停戦を実現させたとのことだ！」

前線司令官が述べた。話している本人も半信半疑な顔をしながら。

「も、もしかしてナツキが……」

泣いていたミアの顔がパアッと明るくなった。

「で、でも、あの弱いナツキ君が？」

「もしかしたら、隠れていた能力が覚醒したとか？」

「まさかぁ、御伽噺（おとぎばなし）じゃあるまいし」

「でも、それしか理由が思いつかないけど」

同級生たちもナツキの話で盛り上がる。自分たちがバカにしていた男子が覚醒し、巨大な敵の大将を打ち破ったとなれば恰好のネタだろう。

「あたしたち、助かったのよ！　ナツキがやったの。きっとナツキよ。ナツキが敵の大将軍を倒したのよ！」

ミアが熱く語る。ナツキのおかげで助かったのだと。

女子たちは顔を見合わせる。

「ナツキ君が助けてくれたの……」

「でもさ、よく考えたらナツキ君って凄くない？」

「そうよね。他の男子なんか逃げ出したのに」

「そうそう、ナツキ君は逃げずに戦ってくれた」

「言われてみれば、他の男子ってゴミよね。普段イキがってるのに」

「それな」

「今まで気づかなかったけど、ナツキってイケてね？」

同級生の女子たちが口々にナツキを褒める。

今まで散々『ゴミスキル』だの『使えない男』だのとバカにしていたのに、ここにきてナツキの評価が爆上がりだ。手のひら返しは人の世の常である。

◆　◇　◆

デノア王国でナツキの評価が爆上がりしている頃、当のナツキは最大の危機を迎えていた。

ドスケベお姉さんにベッドルームに連れ込まれ、かつてないほどの貞操の危機である。

「ほら、おいで。お昼寝しよっ♡」

フレイアがベッドに横たわって露出度高めのローブを脱いだ。

「あの……夜は特訓で寝てないので、お昼寝するのは分かるのですが。裸になる必要ってありますか？」

素朴な疑問である。純粋故にナツキは、女に襲われるなどと思っていなかった。

「え、えっと、ルーテシアでは普通よ。寝るときは裸になるのが普通なの。ほら、キミも脱いで脱いでっ♡」

「ちょ、待ってください」

「ぐへへぇ♡　ナツキ少年の肌スベスベぇ♡　もっと触っちゃお♡」

ナツキの服の中に手を突っ込んだフレイアが、ベタベタとお腹を触る。事案発生になりそうだ。

今までも何度か女教師や先輩から狙われることもあったが、毎回ナツキの姉喰いスキルで勝手に相手が陥落し未遂で終わっていた。しかし今回は、スキルの制御を習得したが故に、フレイアにグイグイ攻め込まれているのだ。

「ちょっと待ってください」

「ちょっとだけ、ちょっとだけで良いからぁ♡」

「ダメですって」

「ああぁん、ペロペロさせてぇ♡」

ガタンッ！

ビビビビ――

「ダメって言ってるでしょ！　悪いお姉さんはお仕置きです」

ナツキがフレイアに姉喰いスキルを打ち込んだ。しかも直接体に触れて。

「ひゃあああぁ～ん♡　ダメぇ、許してぇ♡」

強く濃厚なスキルを直接体内に撃ち込まれたフレイアが、これまで感じたことがない強烈な感覚で体を跳ねさせる。それは体の奥深くで、耐えられない程の甘い疼(うず)きを引き起こしてしまった。

「ぷしゅぅぅぅぅ～っ」

フレイアが、とても人には見せられないような体勢になって布団に突っ伏した。これが帝国最強で誰もが恐れる大将軍だとは、傍(はた)から見たら誰も信じないだろう。

ファサッ！

「ほら、裸だと風邪ひきますよ」

あられもない格好で横になっているフレイアに、ナツキが布団をかけてあげた。

「いいですか、え、エッチなのはダメです。そういうのは結婚してからするものですよ」

真面目な顔をしてナツキが説教する。

「け、結婚って、デノアでも婚前交渉くらいするでしょ！」

「それは……する人はいますけど」

「ずるいずるいぃ♡　私もエッチしたいのぉ♡」

「でも、せめて恋人同士でないと」

ナツキが少し譲歩して結婚から恋人に条件変更した。

女性上位で貞操逆転世界のルーテシアでは、女は男を壁ドンでもして強引にベッドに引きずり込むのが普通である。『イヤよイヤよもエッチのうち』という言い回しもあるくらいだから。

ただ、周囲から悪魔のような女と評されている大将軍フレイアは、ほぼ全ての男から怖がられていて食事にでも誘おうものなら泣かれてしまうくらいだった。

そんな悶々とした青春を歩んできたフレイアとしては、溜まりに溜まった欲求不満で爆発寸前なのだ。まるでイケナイコト禁止中の男性くらいに。

「やだやだぁ♡　私も恋人同士になるぅ♡　結婚して♡」

「えええええ……」

何かもう、駄々をこねる子供のようになったフレイアが、ベッドの上で手足をジタバタしている。

スキル云々よりも、素直な笑顔や感謝を向けてくれるナツキに、かつてない程の好きという感情が爆発して止められない状態なのだ。フレイアの人生において、自分を怖がらず懐いてくれた少年は彼だけだったのだから。

「あの、まだ戦争中なので、戦争を終結させて平和になったら考えます」

ガバッ！

ナツキの話を聞いたフレイアがベッドから飛び出した。

「ホント？　戦争が終わったら考えてくれる？」

「は、はい……考えるだけですよ」

「じゃ、じゃあ、彼女候補ってことで♡」

「はい」

「やったやったぁ！　私が第一候補ねっ♡」

悪魔のように恐ろしい女と評される、帝国最強七大女将軍の一人、フレイア・ガーラントがナツキの彼女候補になった瞬間である。もう、鼻の下を伸ばしてデレッデレだ。悪魔のような女の面影は無い。

◆◇◆

翌日、太陽が傾き始めた頃、シラユキの軍勢はフレイアが支配するリリアナ南部の城壁都市へと到達した。

住民としては、恐ろしい女将軍が支配し乱暴な帝国軍女兵士が街を闊歩(かっぽ)している状況での援軍とあらば、とても心穏やかではいられないだろう。

ザッザッザッザッザッ！　ガタガタガタガタ！

数万もの大軍勢が街に入り我が物顔で通りを進んでゆく。街の人々は目をつけられぬよう頭を下げて通り過ぎるのを待つばかりだ。

そして、一際豪華な装飾がされた馬車が通過しようとした時、予想だにしない事件が起きた。

「出ていけ！　侵略者！」

ガンッ！

小さな男の子が車列の前に飛び出し、持っていた石を馬車に投げつけたのだ。その石は豪華な馬車の屋根に当たり、ガラガラと音を立て転がり落ちる。

「貴様！　何をするか！　この馬車が大将軍シラユキ様の馬車と知っての狼藉か！」

すぐに周囲を守っている女騎士が駆け付け、剣を抜き言い放った。

ガバッ！

「お、お待ちください。お許しを。子供のしたことです」

母親と思しき女性が男の子を守るよう覆い被さり弁明する。何度も頭を下げて。

「ならぬ！　大将軍の馬車に石を投げる行為は、即ち帝国に対して反逆を意味する！　即刻、親子ともども首をはね見せしめとする！」

「お許しください。どうか、どうか寛大な御沙汰を」

頭を地面に擦り付け謝る母親に対し、剣を突き付けた女騎士がニマァと下品な笑みを浮かべた。

「そうだな、母親は斬首で構わんが、息子の方は利用価値があるかもしれぬ。遠征で飢えた女兵士が多いからな。若い男は女兵士に与えてイケナイコトしちゃう方が良いだろう」

「あああぁ、お許しを。息子はまだ子供です」

ガチャ！

「待て」

その時、馬車のドアが開き、美しい銀髪をなびかせ全てが完璧な造形美を持つ女が降り立った。大将軍シラユキである。

その女の姿が見えた瞬間に、周囲の兵士も市民も凍り付いたかのように動けなくなる。まるで一気に気温が下がったかのように。

「何故、石を投げた……」

鋭く冷徹な翠玉（エメラルド）の瞳で睨（にら）むシラユキ。余りの恐ろしさで親子がガタガタと震え出す。

「あああ……申し訳ございません」

「うわぁぁ～ん、ごめんなさいぃ」

土下座をした母親は恐怖で固まり、子供は泣き出してしまった。

「うっ……もうよい。先へ進め」

「で、ですが……」

シラユキが母子を無視して先に進むよう命令するが、剣を抜いている女騎士が口を挟んでしまった。

キッ！

「ひはぁ……」

ジョオォオオ――

シラユキに睨まれた女騎士が白目をむいて失禁してしまった。余りの恐怖で体が言うことをきかないのだろう。しゃがみ込んだ地面に水たまりが広がってゆく。

再び街のメインストリートをシラユキの車列は進む。不機嫌そうな顔の彼女が側近の方を向くと、小刻みに震えていたその女性の足がガタガタと大きく振れだした。

「はぁ…………」

溜め息をつくシラユキ。

そして、自分が何か気に障ることをしたのかと勘違いした側近が、余計にビクビクと怖がってしまう。とにかくシラユキは部下や側近にも怖がられているのだ。

結果的に石を投げた子供を助けたのにもかかわらず、更にシラユキのイメージが怖い女になってしまったようだ。

昔からそうだった。完璧過ぎる超絶美形に切れ長の鋭い目つき。無口で不愛想な性格。怒っている訳ではないのに、勝手に周囲から怖がられてしまうのだ。

シラユキは、心の中で毒づいていた――

（何よ！　泣かなくてもいいじゃない。せっかく助けてあげたのに。それに、あの騎士もお・もらしなんかして……。これでまた私のイメージが悪くなっちゃう。きっと、部下にパワハラする鬼将軍とか言われるのよ。何よ、人の気も知らないで)

そう、実はこのシラユキ、単にコミュ障で人から誤解されているだけだった。何となく見た目が美人過ぎたり無口で不愛想なので、勝手に周りが怖いイメージを作り上げているだけなのだ。

本当は、人とのコミュニケーションに飢えた寂しがり屋である。

「はあ………」

溜め息をつくシラユキに、側近が「っひぃぃ～」と声にならない声を上げた。自分が大将軍の機嫌を損ねたのではと勘違いしているのだろう。

もう私は一生男に縁が無く処女なのではないかと、シラユキが諦めムードになりながら馬車は進んでゆく。

リリアナ南部城壁都市にある執務室。本来はフレイアの仕事場であるこの部屋だが、今は甘ったるい雰囲気に包まれていた。

「ほら、ナツキ少年。お菓子をたべるかい♡」

「あ、あの……何でボク、お姉さんの膝の上なんですか？」

イスに座ったフレイアが、自分の膝にナツキを乗せて、後ろから抱きしめているのだ。もうラブラブバカップルのように。

「はい、あーん♡」

お菓子を摘まんでナツキの口元に持ってゆくフレイア。ラブラブカップルのオヤクソク『あーん』で食べさせるアレをやろうとしているようだ。

「だから、ちょっと待ってください。あ、当たってます。お、おっぱいが当たってますから。マズいですよ。まだ付き合ってないのに」

「よいではないか、よいではないかぁ♡　私は彼女候補なのだから、実質もう彼女みたいなもんだろ。ナツキ少年よ」

やはり済し崩し的に恋人同士になろうとしているようだ。ルーテシア乙女のフレイアとしては、押して押して押して押しまくれのドスケベ精神なのかもしれない。

コンコンコン！

「フレイア様――」

そんなフレイアの一方的な性欲全開の執務室に、シラユキが到着したとの知らせが入る。部下の女騎士が部屋に入り報告したのだ。

「うむ、私が出迎えよう」

「はっ！」

報告をした女騎士の目が泳いて、太ももをモジモジと擦り合わせている。目の前のラブラブバカップルな二人を見て興奮しているのだろう。

「なんだ、何か言いたいことでもあるのか。ナツキは私のだ。やらんぞ」

フレイアがギュッと膝の上のナツキを抱きしめながら言う。

「い、いいえ、何でもありません。し、失礼します」

顔を真っ赤にした部下が部屋を出ていった。きっと今夜は眠れない。

◆◇◆

シラユキが城の広間に入ったところで、フレイアが出迎えた。露出度高めで色気を振りまき活発な印象のフレイアと、気品漂い他を寄せ付けないクールな印象のシラユキ。まるで正反対な二人の対面だ。

「よく来たなシラユキ。何も無いがゆっくりしてゆくと良い」

笑顔のフレイアが気さくに声をかける。

「ええ……。それより、途中で耳に入れたけど、停戦したってどういうこと？」

シラユキが全く表情を変えず、停戦した理由を訊ねる。そして、その目はフレイアが抱いている少年を見ていた。

「まあ、細かいことはどうでも良いでしょ。私はデノア王国を滅ぼすより楽しいことを見つけたのだ。男は良いぞぉ♡　あっ、万年非モテの永遠処女シラユキさんには関係無かったわね。ぷーくすくす」

「ちょ、ちょっとフレイアお姉さん」

わざとシラユキを挑発するようなフレイアに、ナツキが諫めようと口を挟んだ。

ピキッ、ピキピキピキピキ――――

シラユキの周囲から冷気のようなオーラが出て、広間の温度が急激に下がる。部下たちが皆「ひぃぃ～」と悲鳴を上げて逃げ出した。

「ぐっ……ぐぐっ……万年非モテ……永遠処女……ううっ」

鋭い目つきを更に険しくしたシラユキがフレイアを睨みつける。

貞操逆転世界のルーテシア帝国において、女性に非モテだの永遠処女だのと言うことは最大の侮蔑であった。女ならば男の一人二人をはべらせるのが普通である。一般社会で童貞イジリをされるくらいの憤慨ものだと思ってもらえれば分かりやすいだろう。

「はあぁ♡　男は良いぞぉ。特に若い男は。もう最高ぉ♡」

デレッデレになったフレイアは、全く周りが見えていない。そもそも自分も処女なのを忘れているようだ。

人は異性関係になるとマウントを取りがちだ。特に、急にモテ期がくると、それは顕著に表れる。大将軍なのに意外と人間が小さいと思われそうだが、今まで男に避けられていたフレイアにやっときた春なのだ。ちょっとくらい多めに見てほしい。

そして、当初の目的を完全に忘れたフレイアが、シラユキを挑発して一触即発の状態になる。本当に困ったお姉さんである。

「フレイアお姉さん！　ボクはシラユキさんを止めようとしているのに、何で怒らせてるんですか！　もうっ、ダメじゃないですか」

ナツキがフレイアを注意する。このままフレイアに喋らせていては大変なことになりそうだ。

「あぁ～ん♡　ごめんなさい。怒らないでよぉ。ちょっと自慢したかったんだもん。またお菓子食べさせてあげるからぁ」

ナツキには弱いフレイアが体をクネクネさせて謝った。

「その少年は誰？」

シラユキが問いかける。喋り方は淡々としているが、漏れ出ている青白いオーラで怒っているのは一目瞭然だ。

「ああ、この子はデノアの勇者だよ。一騎打ちで私が負けて何でも命令を聞くと約束させられたんだ。熱くて逞しいアレを体の芯まで打ち込まれてな。はぁん♡　もう、すっごく良かったのぉ♡」

「フレイアお姉さん！　言い方」

誤解を招きそうなことを言い出すフレイア。とっさにナツキが止めに入る。打ち込まれたのは姉喰いスキルであって、決して如何わしいものではない。

ゴバァ！　ビュウウウウウウーッ！

「フレイア……敵の勇者とエッチして寝返ったの」

シラユキの全身から凄まじいオーラが放出された。それは周囲の空間を凍り付かせる程の迫力で。

「ゆ、許せない……私はボッチなのに、フレイアだけ気持ち良いことして……」

ツッコむところはそこなのかと言われそうだが、長年男から避けられ続けたシラユキの鬱憤は相当なものなのだ。戦争より恋愛関係が大事である。

「ま、待て、シラユキ。男は良いぞぉ」

「お、男なんか……男なんか……私を嫌う男なんか滅べば良いのよ！」

落ち着かせようとしたフレイアの『男は良いぞぉ』発言で、更にシラユキを怒らせてしまったようだ。もう火に油……いや、氷に塩である。

ガバッ！

「待ってください。ボクが戦います。フレイアさんは見ててください」

ナツキがフレイアを庇うように前に出た。

「ちょっと、キミ危ないよ。シラユキは冷酷非情で性格悪いから。あんな氷の女は私が相手するよ」

フレイアもナツキを庇うように前に出る。やはりバカップルみたいに押し合いへし合いしてしまう。

イライライライライラ――

もうシラユキのイライラが増すばかりだ。しかしナツキは予想外の発言をする。

「ダメですよ。人のことを悪く言ったら。ボクはシラユキさんのことをよく知らないけど、勝手なイメージで性格悪いとか決めつけたら傷付くはずです」

ドキッ！

シラユキの氷の心に微かな光が射す。

「ええぇ、でもでもシラユキって、いつも怖い顔してるし部下を泣かせてるし。それにシラユキ・スノーホワイトって、名前と苗字がかぶってるし」

そこはシラユキが一番気にしているところだ。シラユキもスノーホワイトも、どっちも白雪みたいである。

せっかくナツキの言葉で少しだけ雪解けしそうなシラユキの心だったが、フレイアのツッコみで余計にイライラが増してしまった。

「ボクは良い名前だと思いますよ」

「えっ？」

まさかの敵であるデノアの勇者から援護が入り、シラユキが聞き返した。

「だって、とても響きの良い名前じゃないですか。シラユキさんの綺麗な銀髪にピッタリです。きっと、ご両親が、新雪のように純白の穢れ無い心を持った女性になって欲しいと願って付けた名前かもしれませんよ」

ドキドキ！

再び凍り付いていたシラユキの心に灯った微かな光が広がってゆく。それは、カチカチに固まった心と体を解かし、諦めかけていた男との初体験に心ときめかすくらいに。

「う、うるさい。そんなの、あなたには関係無い」

うるさいとか言いながらも、内心嬉しいシラユキ。

「ボクはデノア王国を守ります。戦争を終結させて平和にするんです」

「あなた一人で変えられるわけない」

「確かにボクは弱い。でも、守るって決めたんです。ボクと勝負してください」

ナツキがシラユキに勝負を挑んだ。フレイアが『危ないよ。やめなよ』と過保護感満載で止めようとしているが、ナツキの意思は固いようだ。

「私と勝負……どうなっても知らないけど」

「ボクが勝ったら、何でも言うことを聞いてもらいます」

「ななな、何でも……」

何でもと聞いて、シラユキが動揺する。

「な、何でも……だと。それってエッチな命令だよね。私、なにをされるの？　ま、まさか、フレイアみたいに熱くて逞しいアレを体の芯まで打ち込まれちゃうのかな……ボソボソボソ――」

小声でボソボソ独り言を呟くシラユキ。青白いオーラを出しながら美しく鋭い目つきで呟く様は、傍から見たら恐怖でしかないだろう。

ルーテシア帝国七大女将軍の一人、氷の魔法使いシラユキ・スノーホワイト一九歳。帝国士官学校時代から、その美貌と迫力は健在だった。

学校の廊下を歩けば、男子共は平伏し這いつくばる。女子は羨望の眼差しで見つめるか怖がって彼女のご機嫌をとるばかり。誰もが恐れ敬い、友人と呼べる者は誰もいなかった。

キラキラと光り輝く銀髪は、あらゆる者を魅了し畏怖させてしまう。そして、制服のスカートから伸びる完璧な造形美の脚は、一部の生徒からは顔を踏んで欲しいとさえ思わせる程だった。

そう、余りにも完璧な容姿をしているシラユキは、近寄りがたい印象を人に与えてしまい、彼女を理解してくれる人は誰も居なかったのだ。

そんなシラユキに、かつてないほどの年下男子とイチャコラするチャンスが巡ってきていた。

「勝ったら何でも…………」

シラユキの恋愛脳が高速回転し、目の前の少年にイケナイコトされちゃう未来と、自分が少年にイケナイコトしちゃう未来を想像した。

（ちょ、ちょ、ちょっと待って！　もしかして、負けたらエッチなことされちゃうんだよね。いやいやいや、私が負けるはずがない。勝ったら逆に私が何でもしちゃうのかな？　よく考えたら、どっちでも初エッチってことよね。この子、私を怖がってないみたいだし。これ、勝っても負けても美味しいような……）

脳が高速回転しているようで、考えていることは全部エッチだった。

そう、このシラユキ――――

見た目はクールな女なのに、中身はムッツリスケベで好き好き大好き弟くん属性だった。

「こ、コホン……いいわ、あなたと勝負する」

表情こそ怖いが心の中はエッチへの期待でいっぱいのシラユキが答えた。

「ホントですか。じゃあやりましょう」

「ふっ、私は強い。あなたがデノアの勇者でも負けはしない」

「ボクだって特訓して強くなったんです。負けません」

二人が向き合い決闘が始まった。

ゴオオオオォォォォーッ！

「地獄の最下層、永久不変の凍土より来たりて敵を討て！　極絶冷凍波（ゼストガース）！」

シラユキが詠唱しスキルによる魔法術式を構築した。彼女の周囲には冷気による結界が張りめぐらされ、構えた手の前方に圧縮されたかのような青白い超低温の球体が出現する。

このシラユキ、何者にも犯されることない鉄壁防御と、何者をも破壊する超攻撃力を併せ持つ氷の魔法使いなのだ。周囲に展開した冷気の結界で敵の攻撃を防ぎ、超破壊力の魔法で敵を粉砕する。まさに男を拒絶する鋼鉄の処女。

「一瞬で終わる……私は強い」

シラユキが攻撃態勢に入る。

「何やってんのよシラユキ！　そんな大魔法をここで使ったら、城が崩れて全員生き埋めでしょ！」

血相を変えたフレイアが怒鳴る。そもそもそんな超破壊力の魔法で攻撃したらナツキが死んでしまう。

シュウゥゥゥ――――

「言われてみれば……私としたことが……」

頭の中が初エッチでいっぱいのシラユキが暴走していたようだ。展開した魔法をキャンセルし、自身を守る結界も解除した。

「言われてみればじゃないでしょ！　あんた相変わらずね。そんなだから男にモテないのよ！」

グサグサグサ！

図星過ぎてシラユキのハートがダメージを受けた。

「フレイアお姉さん！　だから、シラユキさんを悪く言っちゃダメですって。異性にモテないのはツラいことなんですよ。きっとシラユキさんも、今まで何度も悲しい思いをしてきたはずなんです」

またしてもナツキが止めに入る。

「えぇぇ〜、だってだってぇ。何でシラユキの味方するのよぉ」

「もうっ、ケンカはダメって言ってるじゃないですか。そうやってフレイアお姉さんがからかうから仲悪くなっちゃうんですよ。悪口ばかり言ってると、もう一緒にお昼寝してあげませんー！」

ガァァァァーン！

「うわぁぁん、ごめんなさぁい！　もうしないから添い寝してよぉ」

添い寝禁止でフレイアが折れた。完全に年下男子に躾けられているフレイアである。

「あのフレイアが……男の言いなりに……」

信じられないものを見たという目をするシラユキ。頭の中で妄想ばかり膨らむ。

(ちょっと待って！　添い寝って言ったよね。付き合うと添い寝してもらえるの？　き、きっと、添い寝だけでは済まないのよね。何か熱くて逞しいのを打ち込まれるとか言ってたし……。気になる……すっごく気になる……。それに、あの子、私を庇ってくれる。良い子。あの子が私のものになったら、一晩中抱き枕にして手足を絡めて……ぐふっ、ぐふふふっ…………)

「ふっ、手加減してあげる」

心の中ではナツキとイケナイコトしているのに、見た目だけは涼しい顔でシラユキが言う。

シュバァァーッ！

スキルを最小限に留めたシラユキが、魔法で氷の棒を作る。その弱そうな装備で戦ってくれるようだ。

「あなた、デノア王国の勇者とか聞いたけど、弱そうだからこんな武器で十分。勝負」

「はい、ボクも行きます！　絶対に戦争を終結させ世界を平和にします！」

「ふふっ、面白い子。平和になんかなるはずがない。争い、憎しみ、裏切りこそが世界の現実。私が現実の厳しさを教えてあげる。私が勝ったら、あなたは私の奴隷。徹底的に、い、イケナイコトしちゃう……」

「ボクこそシラユキさんに教えてあげます。世界には良い人や優しい人がいるってことを。ボクが勝ったら命令に従ってもらいますからね」

「んきゅ♡　い、いけない……顔が緩むところだった……」

　命令に従ってもらいますのセリフでシラユキの顔が緩みそうになる。コミュ障故(ゆえ)に笑顔が苦手だったり、緊張から人と話す時に表情が強張っているだけなのだ。一人の時はエッチな小説を読んで、少年との熱愛を想像しグヘグヘと涎(よだれ)を垂らすムッツリ女である。


　ダンッ！

「はあぁぁあっ！」

　シラユキが床を蹴って飛ぶ。手には小さな氷の棒を持って。

　最初に使おうとした極絶冷凍波(ゼストガース)と比べたら威力は千分の一くらいだろうか。この程度の力でも完勝すると読んでいた。何をしても他者より圧倒的に優れ、常勝不敗のシラユキにとって男に敗北などありえないのだ。

「たあぁっ！」

向かってくるシラユキにナツキが手を伸ばす。姉喰いスキルを集約し、手の先から解き放つように放出した。

ビビビビビッ！

「ぐあっ！」

シラユキが一瞬よろめく。しかし、すぐに体勢を整え、見惚れるほど美しい脚を伸ばして立ちはだかる。

「ぐっ、こ、この程度の攻撃が私に効くと思ったか」

「ええっ、ボクの攻撃が効かない」

「精神系スキルの攻撃か。だが、私に精神魔法は効かない」

クールな表情を崩さないシラユキに、ナツキもフレイアも驚きで目を見開いた。

「ちょっと！　ナツキ少年の強烈なアレで立っていられるって、一体何なのよシラユキって……やっぱり男嫌いなの？」

フレイアもビックリだ。自分がくらった時は、とても抗えないほどの感覚だったのだから無理もない。

「そんな……っ、強い」

ナツキは心の中で驚愕した。

(フレイアお姉さんとの特訓で強くなったと思ったのに。まだまだ修業が足りないのか。でも、ボクは諦めないぞ。まだ他に何か策があるはずだ！)

「ふっ、ボッチ歴が長い私は強メンタルなの。精神攻撃など無意味……」

シラユキは心の中で超動揺した。

(ぐっ、あああっ、あふっああぁ♡　だ、ダメぇ、膝が震えて倒れちゃいそう。何なのこの子、すっごく強い。こんなの聞いてないよ。強メンタルなんて嘘です。ホントは寂しくて悲しくて、いつも涙で枕を濡らしてるのよ。他人の心無い言葉で傷付いてばかりのガラスのハートなんだから。弱メンタルでごめんなさいぃぃぃぃぃ～っ！)

涼しく見えても滅茶苦茶無理して我慢しているシラユキだった。

そんなシラユキの強がりも知らないナツキは、真面目な顔で考える。

「こ、こうなったら直接注入するしか……おっぱいとお尻を掴んで強く抱きしめ……」

ナツキが軍事訓練を思い出す。理由を考えてはいけない。返事は全てサー、イエッサーなのだ。

「お、おおお、おっぱいとか言うなぁ……気にしてるのにぃ。くぅ♡」

ナツキのおっぱい発言で更に動揺するシラユキ。完璧な造形美をしたシラユキでも、一つだけコンプレックスがあった。少々控え目な胸を気にしているのだ。

ちょっぴり控え目に見えるが、見事に均整のとれた美乳である。しかし、他の女将軍に巨乳

が多いからか、やっぱり気にしてしまうのだろう。

「行きますシラユキさん！　でやぁぁぁぁーっ！」

「ちょ、ま、待って！」

抱きっ！　ギュウウウウーッ！

ナツキの姉喰いスキルで膝ガックガクなところに、直接タックルをくらって抱きしめられてしまうシラユキ。そこからゼロ距離で姉喰いスキルを打ち込まれる。

「えいっ！」

「ひぐぅ♡　な、なんのこれしき……」

「えいえいっ！」

「おっ♡　おほっ♡　き、効かないから……」

「うっ、強い。でも、えいえいえいっ！」

「ぎゅむぅぅぅ〜っ♡　ひ、ひかにゃいって、ぅひっ♡　言ってるれしょ」

滅茶苦茶効いていた――

「あ、あひっ♡　ひょ、ひょうは、これくらいにしといてあげる。つ、続きは明日ね……」

氷の女であるシラユキの顔が真っ赤だ。今にも意識が飛びそうなほどフラフラなのに、限界を超えたところでギリギリ踏みとどまっていた。こんな蕩けた顔のシラユキは初めてである。

部下が皆逃げ出して誰も見ていないのが救いだろうか。

「あ、えっと、シラユキ……部屋は用意してあるから、そこで休め……」

見かねたフレイアが声をかけた。

フラフラと足を引きずり、シラユキが部屋へと向かう。そこに狡猾（こうかつ）で残忍な女の顔など無かった。ただ、蕩けた事後っぽい顔の女だけだ。

この後（あと）、シラユキは部屋で一人、無茶苦茶イケナイコトした。

シラユキが部屋でイケナイコトしている頃、ルーテシア帝国の帝都ルーングラードでは、第三五代皇帝アンナ・エリザベート・ナターリヤ・ゴッドロマーノ・インペラトリーツァ・ルーテシアが、部下から報告を受けていた。

「陛下、フランシーヌとの戦争は我が軍の勝利が確実でございます」

報告しているのはアンナの叔母（おば）にあたる元老院（げんろういん）議長のアレクサンドラ・ゴッドロマーノである。

キツい印象の目鼻立ち。茶色の髪はアップにして、更にイジワルそうな印象が強調されている。三〇代後半でありながら皇帝の叔母（おば）という立場を利用し議長に上り詰めた権力者だ。

「そうか……」

不安そうな顔をしたアンナが答える。

まだ幼い女帝である。前皇帝であるアンナの母が亡くなり、急遽、巨大な領土を支配する皇帝に祭り上げられてしまった少女だ。

柔らかそうなふわふわの金髪に青色のつぶらな瞳。豪奢な衣装も玉座も少女には不釣り合いだった。報告しているアレクサンドラの話を、おどおどした態度で聞いていることからも、操り人形のお飾り皇帝というのが分かるだろう。

「我が軍はフランシーヌ全土を掌握しました。残存している反乱勢力は速やかに鎮圧。すぐに軍を戻し、まだ平定しておらぬ南方へと向かわせます」

アレクサンドラの話に、アンナが恐る恐る質問をする。

「あ、あの、一般市民に被害が出ぬように……」

「陛下!」

ビクッ!

アレクサンドラの一喝でアンナが震えあがった。

「政治や軍事に関しては、陛下は口を挟まぬよう! 全て私が取り仕切っております故。陛下は黙ってソコに座っておられれば良いのです!」

「し、しかし……」

「ルーテシアを、より強く偉大な国にするためです! 黙って私に従ってください! 陛下には私の息子と結婚して子供をたくさん産んでもらいますからね! お世継ぎとなる女子でないとなりません! それが貴女の仕事です。いいですか!」

「ううっ……は、はい」

アレクサンドラにキツく言われ、大きな目に涙を溜めながら答えるアンナ。まだ幼いのに政略結婚で好きでもない男と結婚させられるのだ。

貞操逆転世界であるルーテシアにおいて、結婚の決定権は女性側にあることが多い。しかし、皇帝を操り権力を独占したいアレクサンドラは、無理やりアンナを息子と結婚させようとしていた。自分の孫を次期皇帝にし完全に権力を握るのが目的である。

バタンッ！

「ふふっ、あの子ったら完全に怯えて私の言いなり」

自室に戻ったアレクサンドラが呟く。そこに政略結婚相手にしようとしている息子が近寄ってきた。

「ぐへへっ、母上、上手くいってますか？」

「アンドレイ、おまえは子供をたくさんつくるのですよ！」

「うん、俺、たくさん孕ませる。ぐへへっ」

母親に似て意地の悪そうな息子アンドレイがニタニタと笑う。それを見たアレクサンドラも満足気だ。

「これで私たちの権力も盤石じゃ。現皇帝の母である我が姉も、邪魔だから毒殺してやったというのに。何も知らないなんて哀れなアンナなんだから。用済みになったらアンナも同じように毒殺してあげるわ。ルーテシアの富も権力も全て私たちのもの！　あはははっ、あーっはっはっはっは！」

全ては簒奪を企むアレクサンドラの策略だった。邪魔な皇帝を廃し、自分の孫を皇帝にし権力を独占する。更に富と権益を増やすために周辺諸国を侵略し支配。強欲な悪女なのだ。

一方、玉座の間に取り残されたアンナは――

「ううっ、ぐすっ、うわぁぁ……私は鳥籠に囚われた偽りの女帝……。誰も私の味方はいない……ううぅっ……」

必死に我慢していた涙が次々と溢れてきた。自分以外誰もいない玉座の間にすすり泣きが響く。ぽろぽろと大粒の涙を零しながら。

まだ幼いのに勝手に嫌いな男と結婚させられ跡取りを産むだけの道具にさせられるアンナ。小さな体を震わせ、ギリギリのところで折れそうな心を支えている状態だ。

「誰か……誰でもいい……余を救い出してくれる人がいたら……。もし、そんな勇者がいたのなら、余は全てを捧げても良い……。誰か……助けて……」

叶わぬ望みだと思いながらも、自分を助けに現れる勇者を夢見るアンナだった。

◆　◇　◆

一方、そんな自国の事情も知らないシラユキは、一人ベッドの中で悶えながら文句を言っていた。

「何よ何よ、何なのよ！　あのナツキって子、凄く強いじゃない。精神系のスキルの使い手なんて希少なのに。まさか、この私が膝ガックガクで立っていられないほどなんて……」

シラユキの脳裏に、ナツキの言葉が浮かぶ。

『とても響きの良い名前じゃないですか。シラユキさんの綺麗な銀髪にピッタリです――』

「うううっ、くふぅぅぅぅ～っ♡　そんなの言われたの初めてぇ♡　はっ、いかんいかん。敵の言葉に惑わされるなんて、大将軍にあるまじき失態。で、でも……敵の勇者と許されざる恋……良いかも。きゃぁぁーっ！　私の好きな異世界小説のヒロインみたい♡」

このシラユキ、人前では無口で不愛想なのに、一人の時は良く喋る。コミュ障あるあるである。しかも小説や二次元に登場するキャラクターや悲恋の物語が大好き。日々、イケナイ妄想をしているのだった。

そして、周囲から男嫌いに見られているが、実は年下男子が大好物の危険なお姉さんなのだ。ちょっと優しい言葉をかけてくれたナツキに、もうグラッときてしまっているチョロい女でもある。

コンコンコン！

そんな妄想全開のシラユキの部屋にノックの音が響いた。

「だ、誰？」

「ボクです、ナツキです」

「は、なな、何であなたが！」

「ちょっとお話ししたいのですが」

「待って、待って、きゃあっ！」

ドッタンバッタン！

突然の来訪に慌てるシラユキ。丁度そのナツキでイケナイ妄想をしていたところなのだ。

（待って待って待って！　イケナイコトしてたのがバレちゃう。部屋を換気しないと。わ、私、お風呂入ってない。臭ったらどうしよう。汗臭い女とか思われたら。だだだ、だって、部屋に来たってことは、私に何されても文句言えないってことだよね）

シラユキは一気にベッドインまで想像が飛ぶ。デノア王国などでは男女の同意が問題になるが、女性上位のルーテシア帝国では、女の部屋に男が来るということはそういうことである。女にイケナイコトされちゃっても、男は黙って天井のシミを数えるばかりなのだ。

ガタンゴトン――

ガチャ！

「な、何の用だ！」

さっきまでデレデレ顔でペラペラ喋っていたのに、急に厳しい顔と口調になってドアを開けるシラユキ。

「あの、シラユキさんと話がしたくて」

「話……敵と話すことなんて無い……」

いきなりつれない返事のシラユキ。この女、頭の中で考えている事と実際に喋(しゃべ)っている態度が違う。特に男と話す時は緊張からか冷たい態度をとってしまうのだ。

しかしナツキはめげない。

「でも大事なことなんです。戦争をやめてほしい」

「戦争……戦争など無くならない。この世は弱肉強食」

シラユキの心がパニックだ――

(あああぁ～っ！　私のバカバカぁ！　何でそんなこと言っちゃうのよ。本当は戦争なんてやりたくないのに。私は静かな場所で本を読んだり年下男子をナデナデしたりして、心穏やかに暮らしたいだけなのよ)


「シラユキさん！」

「はひぃ……」

突然ナツキに名前を呼ばれ、ちょっとだけシラユキの地(じ)が出る。変な返しをしてしまった。

「シラユキさんが寝ている間に街の噂を聞きました。子供が馬車に石を投げたって話です」

「そ、それが何か？」

シラユキの顔が険しくなる。どうせ子供を泣かせたという話だろうと思っているようだ。

「噂では、謝る子供を泣かせたうえに、騎士を恫喝(どうかつ)してオモラシさせたそうですが、それは嘘ですよね」

「えっ」

「本当は止めようとしたんじゃないですか？　小さな子供が処刑されるのは可哀想だから、助けようとしたんだと思います。シラユキさんは優しい人だから」

「ち、違う……私は冷酷非情の大将軍。戦いに私情など持ち込まない。ただ敵を倒すのみ」

心にもないことを言ってしまうシラユキ。

「ボクには分かります。だってシラユキさんは弱い魔法で戦ってくれたじゃないですか。本気を出せば大魔法を使わなくても一撃でボクを倒せたはずです。ボクのスキルが効かないほどの強い人なのに」

「そ、それは……」

相変わらず顔は険しく鋭い目をしているシラユキだが、心の中では滅茶苦茶動揺していた。

(もうっ、何なのこの子。私が欲しい言葉をくれるし。そんなのされたら好きになっちゃうじゃない。というか、あのスキル凄く効いてるんですけど。足腰がガックガクになるくらい効きまくってるんですけど。本気で効いてないと思ってるのかしら)

「シラユキさん」

「な、何かしら」

「デノア王国への侵攻をやめてくれませんか？」

「そ、それは……」

ナツキの真っ直ぐな瞳を見て、シラユキの決心が鈍る。帝国に於いて皇帝の言葉は絶対である。命令に背くなどあり得ない。ただ、現皇帝は幼く、代わりにアレクサンドラ元老院議長が代理で言葉を伝えている。

「明日もう一度、ボクと勝負をしてください。シラユキさんは強いから、ボクは勝てないかもしれません。でも、ボクは誓ったんです。皆を守るって！　国を守る勇者になるって！」

「勝負ですって……」

もう一度勝負と聞いて、シラユキは超動揺する。

（はあああぁ～ん♡　ダメダメぇ。もう一度あんな精神攻撃を受けたら、絶対に立っていられない。今度は部下の前で失態を見せてしまうかも。ど、どうしよう……）

「んんっ、コホンっ。勝負なら今してあげるわ。ベッドの上で」

何を血迷ったのか、シラユキがベッドで試合をすると言い出してしまった。部下やフレイアの見ている前でガックガクにされるより、密室で堕とされる方が良いと判断したのだろう。

二人の第二ラウンドが始まろうとしていた。

「分かりました。やりましょうシラユキさん」

「う、うむ……」

うっかりベッドの上で対決と口を滑らせたシラユキ。しかし、内心は涼しい顔とは正反対だ。

（どどどどど、どうするのよ！　私、男の人と手も繋いだこと無いのに。お、思い出せ、私は異世界恋愛小説で恋を学んだはず。このような時は、女子から壁ドンして男を追い込めば良いと『婚約破棄したショタ伯爵の家にカチコミしてエッチ調教しました！』という小説に書いてあったはず）

シラユキは間違った内容の恋愛系小説で恋を勉強していた。いや、ルーテシアでは正しいのかもしれない。

「さあ、ベッドの上で、あなたを倒してみせる」

相変わらず考えていることと喋っていることが正反対のシラユキ。

「負けません！　ボクは何度でも戦います。戦争を終わらせて世界を平和にします！」

真剣な顔のナツキが宣言した。

幼年学校では皆からバカにされ頼りない印象だったのに、フレイアとの戦いや特訓で見違えるような自信をつけているのだ。

「行きます！」

「ちょ、ちょっと待って。先に私の壁ドンが……」

いきなりナツキに抱きつかれ、小説のような壁ドン展開にはならなかった。計画が崩れてシラユキがいっぱいいっぱいになってしまう。

「えいっ！　えいっ！」

ずきゅぅぅぅーん♡

「それダメぇぇぇぇ〜っ♡」

「えいっ、えいっ、えいっ！」

ずきゅぅぅぅーん♡

「らめぇぇぇぇ～っ♡」

何度も何度も姉喰いスキルを打ち込まれ絶体絶命のシラユキ。もうクールな顔が崩れて羞恥のアへ顔をさらしてしまいそうだ。

「そうだ、フレイアお姉さんに習った必殺技を……」

「えっ、ええっ、なな、何する気？」


それはナツキがフレイアと一晩中特訓をした日のこと――

『よいか、ナツキ少年。今からとびっきりの必殺技を教えてやる』

『サー、イエッサー！』

『帝国の女大将軍を倒すのなら、腋ペロを覚えるのだ』

『えっ、腋ペロ？』

突然イケナイコトを教えるフレイア。いくら純粋なナツキでも疑った顔をする。

『腋は舐めるところじゃないですよ……』

『ば、ばかもの。ルーテシアでは舐めるところなのだ』

『はっ、ごめんなさい。国が違えば文化も違いますよね』

『分かればよろしい』

『サー、イエッサー！』

『先ず、私の腋をペロペロしてぇ♡』

『フレイアお姉さんは、もう敵じゃないから舐めないですよ』

『あぁ～ん、失敗したぁ♡』

と、いうことがあった。ただフレイアがナツキにペロペロされたくて嘘をついただけなのだが。

「行きます！　必殺マリーアタック！」

部屋着に着替えてラフな格好になっていたシラユキの腋はがら空きだ。ナツキは一直線に攻撃を加える。

ついでにナツキのネーミングセンスは最悪だった。腋と聞いて、腋汗がイメージの女教師マリー二四歳彼氏いない歴イコール年齢から拝借しているのだ。本人が聞いたら恥ずかしさで卒倒するかもしれない。

ペロペロペロペロペロペロペロ――

「うっきゃぁぁぁあああぁ～ん♡　遠征でお風呂入ってないのにぃ♡　らめぇ♡　もう許してぇぇぇぇ～っ♡」

とても人には見せられない戦いで、シラユキが完全敗北した。妄想の中ではドスケベなシラユキだが、そっちの実戦経験は皆無で男に免疫が無いのだ。いきなり腋ペロされて、屈辱の腋堕ちしてしまう。

　こうして、帝国最強の大将軍二人目がナツキの手に堕ちてしまった。もう、訳が分からない。

　フランシーヌの首都オルレーンは完全にルーテシアに掌握（しょうあく）されていた。ここ首都に置かれた司令部に、帝国が誇る最強の女大将軍三人が集結している。

「やっと終わりましたわ。これでルーングラードに帰れますわね」

　フランシーヌ方面派遣軍司令官を任されているクレア・ライトニングが、優雅な動きでポーズをキメる。

　ビシッ！　バシッ！　シュタッ！

　まるでオーケストラの指揮者のような大袈裟なアクションでキメポーズ。

　変なポーズなのに、全てが完璧で優雅に見えてしまうのは、彼女が神に愛されたかのように美しいからだろう。

　クレア・ライトニング

　ルーテシア帝国大将軍、光の魔法使いである。

　均整の取れた芸術的な絵画のような雰囲気さえある容姿端麗な顔には、キラキラと輝く蒼玉（サファイヤ）

の瞳。豪奢な金髪は完璧なカールを描く縦ロールだ。

スラっとした痩身だが、出るとこは出ていてセクシーなプロポーションをしている。幾重にも連なる巻き髪が、ポーズをキメる度に煌めき、まるで絵本の中から飛び出してきたお姫様のように美しい。

「もう野蛮な戦闘は懲り懲り。早く帰って優雅にお茶でもしたいですわ」

「ぎゃははははっ！　わ、わたしはまだ足りないゾ。も、もっと、こう、わたしを楽しませる敵はいないのか。ふひっ、ふひひっ、思いっ切り調教してみたいゾ……」

クレアのセリフに口を挟んだのは、闇の魔法使いネルネル・スパルベンド・ホルモルシーピング。見た目も喋り方もヤバい印象しかない女だ。


ネルネル・スパルベンド・ホルモルシーピング
ルーテシア帝国大将軍、闇の魔法使いである。

伸び放題で寝ぐせが付いたボサボサの髪。神秘的な紫色の髪をしているから、手入れをすれば綺麗になりそうなのに勿体ない。ただただ見た目は汚らしい。

髪の間から見える瞳はオパールのような虹色。顔立ちは悪くないが、怪しげな印象が先行している。ちゃんとすれば可愛く見えそうなのに、身だしなみには無頓着なようだ。

小柄なのに尻だけはムッチリとエロい。見た目からして只者ではないのに、喋り方もヘンテコなのでより一層不気味に見えてしまう。

「ぐへぇ、ど、何処かに、わたし好みの少年でも落ちてないのか。徹底的に泣かせてやりたいゾ！　ふひひひっひっ」

「わたくし、ネルネルさんの趣味だけは理解できませんわ……」

ガタンッ！　ダダッ！

ネルネルとクレアが話している時、近くの瓦礫（がれき）から数名の兵士が飛び出てきて怒声が上がる。

ズザザザザッ！

「死ねや！　侵略者め！」

「撃てぇーっ！」

ズシャアアーッ！　ズシャシャシャ！

潜伏していたフランシーヌ軍の残党が、クレアたち目掛けて一斉に矢を放った。

発射した誰もが、侵略者のルーテシア将校に一矢報いたと思ったその時、信じられない事態が起こる。いや、放った本人は思う暇もなく絶命しただろうか。

「闇の触手（ヘンタイバインド）！」

グサグサグサグサグサッ!!

突如として地面から現れた黒い触手が、発射された矢を搦め捕り、次々と兵士たちを串刺しにして肉片に換えた。一瞬の出来事である。

た。

「うっ、グロいものを見てしまいましたわ」

クレアが目を背ける。ただ、こうなることは最初から分かっていたかのように、弓を放たれた瞬間も全く動いていない。ネルネルが闇の魔法を発動したのを、クレアは瞬時に理解していた。

「ふひっ、敵は葬ったゾ」

七大女将軍の一人一人が一騎当千の強さなのだ。一般の兵士が束になってかかっても、彼女たちの体に傷一つ付けることさえ不可能だろう。

「それよりネルネルさん。お風呂に入った方がよろしくてよ。少し臭いますわ」

クレアが鼻をつまむ。

「大丈夫。こ、これはわざと風呂に入っていないんだゾ。こうするためにね」

ネルネルが後ろに声をかけると、彼女の部下の女兵士が現れた。

「ネルネル閣下、お呼びでしょうか」

「ねえ、わたしの足を舐めるんだゾ」

「えっ、で、ですが……」

部下の女がチラチラとクレアの方を気にする。

カポッ！

そんな状況もお構いなしのネルネルが、ブーツを脱いで生足を少女に向ける。離れていてもツーンと臭いそうな蒸れた足だ。

「はい、どうぞ」

「うっ、うぐっ……つっ、ちゅっ、れろっ……」

何度か躊躇していた少女が、意を決してネルネルの足に舌を伸ばした。

「ふひひっ、ほら、こうすれば綺麗になるゾ。体中舐めさせればお風呂はいらない。わ、わたし天才だゾ」

「ああっ、何だか眩暈がしてきましたわ……」

クレアが眉間に指を当てる。

じゅるっ、れろっ、ちゅっ、ちゅぱっ――

「ちょっと、あなたも無理することないですわよ。変態な上官が嫌なら私のところにでも……」

衝撃的なプレイを見てしまったクレアが、少女に声をかけた。

「ちゅぷっ、だ、大丈夫です、クレア様。げぇっ……わ、私が好きでやっていることですので。おえぇっ……げほっ、げほっ」

「嘔吐いているじゃありませんか！　意味が分かりませんわ！」

このクレア・ライトニング、巷では高飛車で性格最悪の女などと評されているが、実は七大女将軍の中で一番の常識人だった。いや、他が強烈過ぎてマトモに見えるだけかもしれない。

「ああっ！　もう変態が多過ぎてついていけませんわ」

いつの間にか熱が入ってきた女兵士が、念入りにネルネルの足の指の間まで舌を入れている。

無理やりやらせているのなら自分の部隊に移動させてやろうと思ったクレアだが、本人が同意の上でならどうしようもない。

そんな変態な空間に、もう一人の大将軍が現れた。

「何か音が聞こえたけど大丈夫かい？　えっ、ええっ！　あ、あの……」

先ほどの戦闘の音を聞いて出てきたのに、変態プレイの真っ最中で動揺する大きな女戦士。そこにいる誰よりも長身だ。

ロゼッタ・デア・ゲルマイアー

ルーテシア帝国大将軍、力の女戦士である。

先ず驚くのが一九〇センチメートルはありそうな身長だろう。全体的に筋肉質にも拘らずムッチリと女性的な体をしていて、爆乳と巨尻のコンボで目のやり場に困る。薄着で褐色の肌が露出していて、腹には逞しく美しい彫刻のような腹筋が浮かび、惚れ惚れしてしまいそうなほどの肉体美だ。

ボーイッシュな顔だが紫水晶のような澄んだ瞳が可愛い。ダークブラウンの髪を後ろで纏めたポニーテールが、動く度にフリフリと動いている。

「ああ……えっと、楽しそうだね」

「ド変態ですわ！」

気を遣って褒めておくロゼッタに、クレアが速攻でツッコみを入れた。何とも不揃いな三人組である。

◇◆

朝食をとっているナツキたち。先日と違うのは、ナツキの隣に頬を染めたシラユキが座っていることだ。

「ちょっと、シラユキさん。狭いです……」

困惑した顔のナツキが言う。

昨日までの氷の女とは全く違う、憑き物が落ちたかのように表情が柔らかくなったシラユキが寄り添っている。腋ペロされたシラユキに怖いものなど何も無いのだ。堂々と彼女候補に立候補していた。

「問題ない。ルーテシアでは皆こんな感じ」

「はっ、そういえばそうでした。腋を舐めるんですよね」

「そ、それは……ごにょごにょ……」

もちろんルーテシアでも腋ペロはしない。いや、一部の女性はさせているかもしれないが。

そんな二人を見つめたフレイアがぐぬぐぬと変な声を上げている。

「ぐぬぬぬぬぬぬ――――」

そんなフレイアはスルーして、シラユキはナツキしか見ていない。

「で、でも……弟くんになら、腋……良いかも♡」

「お、弟くん？　ボクのことですか？」

急に『弟くん』と呼ばれ、ナツキが聞き返す。

「そう、私の愛読書『弟くんは義弟で勇者で超シスコン！』という小説に書いてある。だから、弟くんは私を『お姉ちゃん』って呼ぶこと。あと、腋ペロもすること」

好きな小説の設定通りにエチエチ展開しようとするシラユキ。因みに彼女の性知識は、大体小説の内容だけだ。

「お、お姉ちゃん」

「くふふっ♡　良い響き……」

何とも妖しげな目つきのシラユキが不気味な笑みを浮かべる。元々鋭い目つきなのに、そこにヤンデレっぽい表情まで加わり、更に怖くなってしまったかもしれない。

「あっ、でもマリーアタックは敵を倒す必殺技です。敵じゃない人には使えません」

ナツキが思い出したように言う。

「えーっ、やって欲しい。むしろ毎日でも♡」

ナツキの反対側に座っているフレイアが、腋ペロの話で遂にイライラが限界になった。

「ぐぬぐぬぐぬ………ああああああーっ！　ぎゃあああああああーっ！　もぉぉぉぉーっ、ヤダぁ！　何でシラユキに腋ペロしちゃうのよぉ」

　フレイアがぶち切れた。

「え、ええっ、だって、フレイアさんが教えたのに」

「私が原因だったぁあああああーっ！」

　完全にフレイアの自爆である。

　そんな、どうでもいい腋(わき)ペロの話で盛り上がった後に、ナツキが今後の目標と決意を話し始めた。勿論(もちろん)、部下を下がらせて三人だけになってからだ。

「ボクは戦争を終結させたい。だから、このままルーテシア領内に進みます。他の大将軍とも戦って説得するつもりです」

「ナツキ少年、やっぱり決意は固いんだ。でも、私が一緒に行ってあげる。このフレイアお姉さんに任せなさい！」

　フレイアが付いていくと言い出した。

「フレイアには軍の指揮という任務がある。この城を守るべき。代わりに私が行く」

　そこにシラユキまで口を挟む。フレイアの代わりに自分が付いていくと言い出した。

「シラユキ、あんたこそ軍の指揮があるでしょ！」

「私は副官に任せる。フレイアが城を守るべき」

「私も副官に任せるわよ！　てか、あんた後輩なのに生意気なのよ」

「そう？」

「『そう？』じゃないわよ！　やっぱりムカつくわね」

フレイアは二一歳。帝国士官学校でシラユキの二年先輩だった。実力主義のルーテシアでは年齢はさほど重要ではないが、学生の間では少しだけ上下関係はある。

「もう学生ではない。フレイアと階級は同じ」

「そうだけど。そうなんだけどぉ！」

話だけ聞いていると、どっちが先輩なのか分からなくなりそうだ。ナツキと話す時は柔らかい物腰のシラユキだが、相変わらず他の人には素っ気無い態度で言葉が少ない。

そんな二人の言い合いをスルーしたナツキが主張する。

「ボクは一人で行きます。皆さんに迷惑をかけるわけにはいきません」

「「ええっ！」」

ナツキの言葉に、フレイアとシラユキは同時に驚いた。

「だって、皆さんはルーテシア帝国の大将軍ですよね。本来は敵であるボクに味方したら処罰されてしまうかもしれません。親切にしてくれた二人に迷惑をかけたくないんです」

「でもでもぉ♡」

「弟くん、一人は危険」

「お二人の気持ちは嬉しいです。敵であるボクに親切にしてくれて。きっと、帝国軍の皆さんがフレイアお姉さんやシラユキお姉ちゃんのような人だったら平和なのかもしれませんね」

「ナツキ少年……」

「弟くん……」

二人が心配そうな顔になる。慕ってもらえるのは嬉しいのだが、このままナツキを一人で行かせるのは反対なのだ。

「大丈夫です。無理はしませんから。何とかして帝都まで行き、皇帝と話をして戦争をやめてもらいます。デノア王国がルーテシア帝国と戦っても、万に一つも勝ち目がありません。だから、ボクは戦争を止めたい。何も悪いことをしていない優しい人たちが傷付くのを見たくないんです」

「で、でも……キミ……」

「分かった。弟くんがそう言うのなら尊重する」

「お、おい、シラユキ！」

フレイアの発言を遮ってシラユキが前に出る。

「弟くん、このまま何も準備しないで行けば必ず失敗する。世界最大の大帝国を敵に回すというのは、そんな綺麗ごとで済むはずがない。そこは理解してる？」

「はい。ボクだって綺麗ごとや理想論だけで戦争を止められるとは思っていません」

シラユキの忠告にナツキが同意した。

「古の兵法にある。敵を知り己を知ることが大切。正攻法の作戦で向かい奇襲によって勝つ。勝算の無い戦いはしない。時には戦わずして勝つことが重要。現代に於いてもそれは同じ」

「は、はい」

「何より情報を得ること。私が現状の帝国軍部隊の配置を教えてあげる。あと、お金も必要。十分な額を貸してあげる」

「でも……」

「あげるのではない。貸すだけ。だから、必ず生きて帰ってきて、お金を返すこと」

「はい！　分かりました」

シラユキから情報とお金を受け取り出発の準備をするナツキ。ゴミスキルと言われた少年が、たった一人で大帝国に立ち向かおうというのだ。

幼年学校でのナツキしか知らない者なら、きっと信じられないと思うだろう。数奇な運命により、敵の姉属性女と戦うことで、ナツキは大きく成長することができたのだから。

「そうだ、手紙を書こう。先生やミアたちに伝えておかないと。心配しているかもしれないし、しているよな……？」

ナツキは手紙を書いた。祖国を遠く離れ帝都へ向かうと。そしてそれがデノア王国で大きな話題になることも知らずに。

◆◇◆

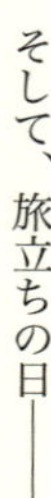

そして、旅立ちの日――――

「ほ、本当に一人で大丈夫？　もう、お姉さん心配で心配で」

フレイアがナツキの体をベタベタ触りながら言う。

「大丈夫ですよ。行ってきます」

「はぁん、でもでもぉ♡」

「気をつけてね。弟くん」

フレイアとは対照的に、意外にも涼しい顔のままシラユキが言った。

「はい、シラユキお姉ちゃんも元気で」

「うきゅ……う、うん」

ナツキの声で、目つきは鋭いままのシラユキの頬が染まる。

「手紙はお願いしますね」

「んっ、もう送っておいたから安心して、弟くん」

「はいっ、では行ってきます」

ナツキは背を向けると、真っ直ぐに歩き出す。

二人はナツキの後ろ姿が小さくなるまで見守っていた。


「もぉ、何で一人で行かせたのよ！　シラユキはナツキが心配じゃないの！　って…………その荷物は何なのよ？」

フレイアが、シラユキの傍(かたわ)らに荷物がまとめてあることに気付く。

「何って、私も後を追うから」

表情一つ変えずにシラユキが言った。

「ちょちょちょっと待って！　あんた最初から……」

「当然」

言葉通り、当然という顔をするシラユキ。ドヤ顔だ。

「って！　あんた本当にムカつく！　ちょっと待ってなさい！　私も一緒に行くから！」

「よいしょ……」

フレイアの話を聞いているのかいないのか、シラユキが荷物を持って歩き出す。

「あああぁ～ん！　何なのよ！　もうっ、何なのよぉ！」

当然、フレイアも副官に軍を引き継がせてシラユキを追いかけた。停戦を維持し待機しているようにと命じてから。

デノア王国への手紙――

拝啓、残暑の候。親愛なるマリー先生や同級生の皆。そしてデノア王国の皆さん。ボク、ナツキ・ホシミヤは元気です。

ボクは一騎打ちで炎の大将軍フレイアさんと、氷の大将軍シラユキさんと戦い勝利し、一時停戦することを約束させました。

この二つの軍は動きませんので安心してください。デノア王国も停戦の約束を守るよう、国王陛下に進言をお願いします。

そして、ボクは他の大将軍や皇帝と話し合い、この戦争をやめるよう説得するつもりです。世界最強の軍事国家に対して挑むのですから、とても大変な険しい旅になると思います。もしかしたら、もう二度と戻れないかもしれません。

ボクは、剣も魔法も使えないゴミスキルと言われてきました。でも、こんなボクでもスキルを活かして戦えると、大将軍との戦いで分かったのです。

ボクに優しくしてくれた商店街の皆さん、戦いを望まない多くの国民の皆さん。そんな人たちのためにボクは戦います。

ボクの夢は、国を守る英雄になることです。だから、たとえ一人でも戦い続けます。こんなボクでも戦えることを知ったから。

もう戻れないかもしれない。でも、もし勝って戻ることができたのなら。ボクはゴミじゃないと認めてください。たとえ弱いギフトでも、頑張れば人の役に立てるのだと。

それでは、ボクは旅立ちます。戦争が終結し平和になることを祈って。　敬具

第三章　重なる過去

その女は一人だけ浮いていた。物理的に浮いているという訳ではない。誰もが景色と一体化したかのように馴染んだ街の中で、一人だけ極端に目立っているのだ。

見た目からして只者ではない。まるで雀の中に孔雀が一羽紛れ込んでいるように。

いや、派手な色の孔雀はオスなので、例えが違うかもしれないが。

「ふぅ～ん、特に面白いものもないわね。もっとこう、アタシを楽しませるドキドキワクワクで、ちょーエキサイティングな事件でも起こらないかしら？」

その女が商店を見回して独り言を呟いた。

歳は若く一〇代に見えるが、溢れ出る色気は凄まじく、妖艶と言っても過言ではない。

ふわっふわのピンクのボブヘアーに、紅玉のようなキラキラで魅惑的な瞳。どの角度から見ても派手で可愛い顔。そこに存在しているだけで注目を集めてしまう。

驚くべきは顔だけではない。全身凶器のように艶めかしい曲線を描く体が露出しまくっているのだ。必要最低限……いや、それ以上の、ギリギリ限界まで布を少なくしたような衣装。

大事な部分は隠れているが、ぷるんっとした胸のラインも、キュッとくびれたウエストも、プリッとした尻も、ムチッと完璧な肉付きの脚も、全てを見せつけるかのように露出していた。

ガヤガヤガヤガヤガヤ！　シィイイイーン！

彼女が通ると街の喧騒が一瞬止まり、誰もがその美貌に釘付けになってしまう。ただ、誰一人として声をかける者はいない。

「はあああぁ……どっかに、アタシ好みの男でもいないかなぁ。せっかく暇なヤマトミコとの国境の城を抜け出してきたのに……」

裸族……いや、セクシーな格好の女が街を行く。そう、この後ナツキと数奇な運命で交わることになるとも知らずに。

併合されたリリアナ領内を抜けたナツキは、ルーテシア本国へと入っていた。海沿いの街、カリンダノールだ。港で水揚げされた新鮮な魚が市場で並べられ、活気に満ちた声が飛び交っている。

「美味しそうな匂い……食事にしようかな？」

匂いのする店にナツキが吸い寄せられていく。お金を節約するために、これまで質素な食事をしてきたのでお腹が空いているのだ。

カランッ！

「いらっしゃい」

威勢のいいオヤジが切り盛りする定食屋だ。空いている席に座ったナツキは、本日のオススメ定食を注文した。

「ふうっ、やっと一息つけた。戦時中なのに、この辺りは落ち着いているのかな？」

ナツキの独り言に、料理を運んできたオヤジが口を挟む。

「おい、ボウズ。あんた他所の国から来たのかい？」

「は、はい」

「何でこんな国に？　危険だぜ」

ナツキが他国の人間と聞いて、小声でオヤジが話し始めた。

「ここも元は独立国だったのによ。帝国に侵略され、今じゃ言いなりよ」

「は、はあ……」

「見て気付かねえかい？　若い男がいねえだろ」

「そういえば……」


改めて周囲を見ると、客も店員も中高年男性だ。

「若者は徴兵されちまってよ。何処ぞで訓練して前線に次々投入されたり、強制労働させられてんだ。そして、俺たちオヤジは、せっせと働いて高い税金を払わされるってもんよ。何でも帝国は女性優位社会らしくてよ。男は命令に従わなきゃならねえって話だぜ。ったくよ」

「大変ですね……」

「けっ、今の皇帝になってからってもん、ろくなことがねぇぜ。周辺国と戦争ばかりして、戦費だの何だのと税金は上がるばかりよ。おっと、喋り過ぎたぜ。ボウズ、今のは誰にも言うなよ。こわーい女憲兵が来るからよ」

「はい、分かりました」

料理を置いてオヤジが戻っていく。表面上は明るく見える街も、色々と苦労は多いようだ。

ナツキは顔を伏せた。

(やっぱり支配された国は大変なんだな。戦争なんて早く終わらせて、皆が笑って暮らせるようになれば良いのに)

「そうだ、シラユキお姉ちゃんが教えてくれた情報を整理しよう」

魚のフライ定食を食べながら、ナツキがテーブルの上にメモ帳を出す。そこにはシラユキから教わったルーテシア帝国軍の配置と七大女将軍の情報が書いてある。

「えっと、なになに……」


ナツキは、シラユキの話を思い出す――

『弟くん、これが帝国軍の配置。私とフレイアがリリアナに。帝都の守りとして、剣の大将軍レジーナが一人ルーングラードに残っている。そして、後はフランシーヌ共和国へ、光の大将軍クレア、闇の大将軍ネルネル、力の大将軍ロゼッタ、この三人が遠征に出ている状態』

シラユキが地図を指差し説明してくれる。

『先ずはクレア。この女は危険。出会ったら逃げて』

『逃げるんですか？』

『そう、クレアは最強の光魔法の使い手。しかも、真面目で冗談が通じなくて、明るくてコミュ力が高くて苦手。話していると根暗な私が惨めになる。だから逃げて』

『そ、そんな理由ですか……』

『次にネルネル。この女は危険。出会ったら逃げて』

『また逃げるんですか？』

さっきも聞いた気がする——

『ネルネルは闇魔法の使い手。しかも変態。何か怖いから逃げて』

『はい、何か怖いんですね……』

『そしてロゼッタ。この女は危険。出会ったら逃げて』

『だから逃げるばっかじゃないですか！』

三度同じセリフが続くと、さすがのナツキもツッコみを入れずにはいられない。

『ロゼッタは肉弾戦地上最強の女。何かこう熊とか虎とかを素手で倒しそうな感じ。魔法を素手で叩き落とすとか、拳で剣を粉砕するとか言われている。危険だから逃げて』

『えええっ！　拳で剣を粉砕……』

ナツキが目を丸くする。それ、本当に人間ですかと言いたげだ。

『あれっ、ちょっと待ってください。一人足りませんよ』

七大女将軍なのに一人少ないのに気付く。確かもう一人いたはずだ。

『あっ、忘れてた。うげげ……』

元から鋭い目つきのシラユキが、更に険しい表情になる。

『カワイイ大将軍マミカ。彼女は東方のヤマトミコとの国境にある城に派遣されている。多分、会わないと思うから大丈夫』

『カワイイ大将軍って、何だか可愛らしいですよね』

ナツキの発言に、何かを思い出したのかシラユキが嫌そうな顔をする。

『全然可愛くない。最悪。会わないと思うけど、もし出会ったら全力で逃げて。ナツキのスキルとは相性が悪いかもしれない。最強の精神系魔法の使い手。人間使い（ヒューマンテイマー）とかドS女王と呼ばれている女』

『ええっ、最強の精神系魔法……ボクと似たスキルを使うんですか。それも最強……ボクよりずっと強そうだ』

どの大将軍も最強の力を持つが、特にマミカは精神系魔法とあって注意が必要だろう。

『フランシーヌとの戦争は、ルーテシアの圧勝でほぼ終結している。クレアたちが戻る前に、弟くんは真っ直ぐ帝都に向かうべき。レジーナ一人なら何とかなるかもしれないけど、クレアたちが戻り四人同時に相手することになると勝ち目は無い』

ナツキが回想から戻る――

とにかく早めに帝都に向かう作戦だ。今なら帝都を守る大将軍はレジーナ一人だけなのだから。

「よし、ご飯を食べよう」

完全に油断しているナツキが、魚のフライを口に入れようとしたその時、突然横から可愛い声がかかった。

「ねえっ、キミ一人？　アタシも同席して良いかな？」

「は、はい……はいぃぃぃぃーっ！」

振り向いたナツキが変な声を上げる。無理もない。そこに立っているのは裸同然の下着姿のような女なのだから。

まるで日常に非日常が迷い込んだかのような光景だ。ふわふわのピンクの髪。紅玉（ルビー）のようにキラキラの瞳。どの角度から見ても完璧な可愛さで見惚（みと）れてしまいそうな容姿。

まるで、彼女の周りだけ空気がピンク色をしている気がする。

「あっ、えっと……どうぞ」

暫（しば）し呆気にとられていたナツキが相席を勧める。同時にメモを隠した。

フレイアとシラユキに何度も忠告されていたのだ。ナツキは二人との会話を思い出した。

『いい、ナツキ少年。帝国領内で変な格好の若い女に会ったら注意して。そいつ絶対危険だから』

『その通り。変な格好の若い女は危険。寝取られ（NTR）禁止』

（なるほど……変な格好の女子には注意です。凄いスキルを持っているかもしれないのですね）

実は、フレイアとシラユキは他の女にナツキがつまみ食いされるのを心配しているだけだ。特に深い意味はなかった。

「ありがとぉ～んしょっと」

対面の席に座った女が、頬杖をついてニマニマとナツキの顔を見つめる。

「うふふっ、ふふっ……」

「あはは……えと……」

意味深な笑みを浮かべる女に、ナツキが愛想笑いをする。

その女は、心の中で良からぬたくらみをした。

（うふっ、うふふふっ、らっきぃーっ！　こんな所に若くてアタシ好みの男が。徴兵されちゃってろくに残っていないかと思ったけど。探せば見つかるもんなのね）

一瞬だけペロッと舌を出す。

（えへへぇ～っ♡　この子、良いっ！　初心（うぶ）でピュアな感じだし。女慣れしてないみたいだし。誰のものにも染まっていない感じ？　絶対童貞だよね。あぁ♡　アタシが、この子の初めてもらっちゃいたい。よし、奪っちゃおう！　そうしよう。誰も最強のアタシには逆らえないんだし）

ナツキは、心の中で目の前の女に疑念を持った。

（うーん……怪しい。この変な格好。もしかして痴女かな？　昔、ミアたちが話していたのを聞いたことがある。帝国は貞操逆転世界だから、男の体をおさわりする女の人とか、突然コートの前をガバッて開けてイケナイところを見せる痴女がいるって）

用心しようとしたナツキだが、やっぱり緊張を緩めた。

（でも……デノア王国では痴女はダメでも、ルーテシア帝国では普通の文化かもしれない。ここは温かく見守ってあげよう。そうしよう）

「うふふふっ……」

「あははは……」

こうして二人は出会った。真っ直ぐ帝都に向かうはずが、真っ先に最強最悪の敵と相対してしまうのは、ついているのかいないのか。

二人の、おかしな珍道中が始まろうとしていた。

ニマニマとエッチな笑みを浮かべながらナツキを見つめるピンクの女。完全にロックオン状態だ。またしてもナツキ貞操の危機である。

「ねえ、美味しそうなの食べてるね。一口ちょうだい」

ピンクの女が口を開ける。

「えっと……これは？」

「あーん」

「あの……」

「あーん」

ピンクの女が口を開けて『あーん』をしてくる。当然ナツキは困惑した。

（ええっ、ええええっ……これって、もしかして恋人同士がするラブラブな食べさせ合いだよね。初対面でいきなりする人っていたんだ。いや、待って。ここはルーテシア帝国だった。他の国ではしないけど、帝国ではこれが普通かもしれない。もっと広い視野を持たないと。郷に入っては郷に従えというしな）

ナツキが何か勘違いして、初対面の女に『あーん』をしてしまう。

「はい、あーん」

魚のフライを箸でつまむと、それをピンクの女の口元に持っていった。

「あーん……うん、美味しいっ」

もぐもぐと味わいながら食べたピンクの女が満足げな顔をする。そして、何故か周囲の者たちは、絶対に目を合わせてはいけないとばかりに固まっているのだ。

ピンクの女は魚のフライを気に入ったのか、店主の方を向く。

「ねえ、オジサン。アタシも同じの一つ」

しぃ
♥

「へ、へい、すぐにお持ちします」

ぶっきらぼうな店主のオヤジが緊張しているようだ。その女に話しかけられ、少しだけ言葉が丁寧になっている。

「ねえ、キミ名前は？　あ、アタシはマミ……じゃない、えっと……アイカね」

ピンクの女が自己紹介する。途中で何か言い換えたのが気になるが。

「ナツキです」

「ナツキかぁ。良い名前ね」

「あ、ありがとうございます」

「ナツキはさ、何処から来たの？」

「えっと、み、南の方からです」

ナツキは咄嗟に方角で答えた。

(デノア王国って言わない方が良いよな。今は帝国と戦争中だし。デノア王国軍の兵士なのがバレたら大変だ)

「ふぅ～ん、南方系かぁ。でも、一人で出歩かない方が良いよ。若い男が一人で歩くのは危険だからね。帝国軍のこわぁ～いお姉さんに連れていかれちゃうぞ」

「そ、そうなんですか？」

「そうそう、男の独り歩きは危険って習わなかった？　特に夜道を一人で歩いてたら、痴女のお姉さんに馬車に押し込まれて、何処かに連れていかれてイケナイコトされちゃうんだよ」

「ええっ！　そんな……どうしよう」

アイカの話でナツキが不安になってしまった。帝都まで行って剣の大将軍レジーナを倒し、直接皇帝に和平を訴えねばならないのだ。その前に痴女さんに連れ去られたら、目的を達成できないばかりか彼女でもない人とイケナイコトしてしまう。

不安な顔をするナツキを安心させるように、アイカは微笑んだ。

「ねえっ、もし良かったら、アタシが色々教えてあげようか？」

「えっ、良いんですか？」

「うん、良いよ。帝国ではメンズファースト。男の子には親切にだよっ」

「ありがとうございます」

興奮で飛び跳ねたい気持ちを我慢したアイカが、心の中で悪巧みする。

（な～んちゃって。うっそぉー！　メンズファーストのはずないじゃん。この子、チョロいわね。やっぱり、アタシを信用させて仲良くなってから、一気に絶望の淵に突き落としてやるのが最高よねっ！　あああぁん♡　裏切られたナツキが絶望と苦悩に苛まれながら堕ちてゆく顔を見たぁーい！）

親切な人に会えて安堵したナツキが、心の中でホッとする。

（良かった。親切な人に出会えて。ふ、服装は痴女さんだけど……。アイカさんに帝国のことを色々聞けば、帝都までの旅も安心だ。そうだ、戦争をしているけど、帝国にも良い人はいる

んだ）

「うふふふ……」

「あはは……」

こうして、奇妙な二人組になったナツキは、怪しげな女に色々教わりながら帝都までの旅をすることになった。

◆　◇　◆

その頃、こっそりナツキの後を追った姉属性凸凹コンビはというと――

「あれ、んっ……迷った」

表情一つ変えずにシラユキが言う。

そう、道に迷っていた――

「あああぁぁぁぁ！　あんたに任せた私がバカだったぁぁーっ！　このポンコツ方向音痴娘！」

フレイアがブチ切れた。自信満々に先頭を進むシラユキに道案内を任せていたのだが、どうやら彼女は全く道を分かっていなかったようだ。

肝心のナツキを見失い、茫然自失の二人だった。

「あんたがドヤ顔で先を進むから付いてきたのに！　ナツキとはぐれちゃったじゃない！　どうすんのよっ！」

ナツキが心配でたまらないフレイアは、もう居ても立っても居られないといった感じで怒り出した。

シラユキはといえば、ジッと地図を見ていた顔を上げて言い返す。

「ドヤ顔じゃない……この顔は生まれつき」

「顔はどうでも良いのよ！　道が分からないなら言いなさいよ！」

「道が分からない」

「今言ってどうすんのよ！」

埒（らち）が明かない。

「もう地図を貸しなさいよ。私が調べるから」

「はい……」

「ああっ、もう今頃ナツキが変な女に捕まっているかもしれないのに」

フレイアの予感は的中していた。実際にナツキは変な女にロックオンされて貞操の危機だ。

「真っ直ぐ帝都に向かうはずだから、多分カリンダノールだと思う。そうすると、こっちの道に行けば着くはず」

フレイアが前を指差してそう言った。

シラユキは相変わらず涼しい顔だが。

「早くしないと。弟くんが心配」

「もうっ、誰のせいよ！」

こうしてフレイアとシラユキはナツキの後を追っていた。

◆◇◆

一方、ナツキの手紙が届いたデノア王国では、国中が大騒ぎになっていた。

「凄い凄いっ！　ナツキ君が帝国の大将軍を二人も倒したんだって」

「帝国大将軍って、強過ぎて誰も勝てなかった人たちでしょ」

「そうそう、無敗の大将軍をナツキが倒したのよ」

女子たちの間で話題が持ち切りだ。口を開けばナツキを褒める言葉が出てくる。

「けっ！　どうせ何かの間違いだろ」

「そうだそうだ、ゴミスキルのナツキが勝てるわけねえ」

「俺らの中で一番弱いんだからよ」

当然、叩く者も存在する。主に騒いでいるのはダニーたち悪ガキグループだが。

今まで自分の方が上だと思い込んでいた男子たちは、ナツキが持ち上げられるのに納得がいかない。

「ゴミはあんたら男子でしょ！」

「そうよそうよ、大将軍が怖くて逃げたくせに！」

「いつもイキってるくせに、敵が怖くて徴兵を逃げ出すなんてね」

「きゃははっ、ゴミなのがバレちゃったわね！」

そして女子たちの猛反撃をくらう。実際に大将軍が怖くて徴兵拒否したのだから何も言えない。

「くそぉ……」

「ちくしょう……」

「ダセぇのは俺たちだった……」

ナツキをイジメていた男子たち大敗北だ。人間の本性は非常時にこそ現れる。普段はイキっていても、いざ戦いの場になると無様（ぶざま）な本性はバレてしまうのだ。

「ナツキ君って、よく考えたら素敵じゃね？」

「だよね～」

「救国の英雄になったら将来有望とか」

「あっ、私って実は前からナツキ君に目をつけてたのよね」

「私もぉ～告白しちゃおうかな」

今まで散々『ゴミ男子』とバカにしていた女子が手の平を返す。将来有望となったナツキに唾（つば）をつけようと躍起だ。

そんな女子たちに我慢できないメスガキが一人。そう、ナツキの幼馴染（おさななじみ）のミアだ。

「ちょっと、あんたたち！　今まで『ナツキはないわ』って言ってたじゃん！　なによ、ちょっと活躍したからって。あたしは小さい頃からずっとナツキが頑張ってたのは知ってるんだから。あたしがナツキを一番知ってるんだから」

「「「…………」」」

突然のミアの主張に『シーン』と静まり返る女子たち。

「やっぱりミアってナツキが好きなんだ」

「きゃあぁぁっ、付き合ってるとか？」

「なんか仲良いと思ったのよね」

「ちちち、違うからぁ！　ぜっんぜん違うし！　そんなんじゃないし！」

女子たちに囃し立てられ真っ赤な顔で否定するミア。否定すればするほど認めているようなものだ。

ただ、ナツキからすればイジられているだけで、好きになる要素はなかったのだが。ミアとしては、好きな男子にイジワルしちゃうメスガキ心なのかもしれない。

そんなミアだが、実際は本当にナツキを心配していた。

（ナツキ……一人でルーテシア帝国に戦いを挑むなんて無茶よ。今頃どうしてるんだろ。ちゃんと御飯食べてるのかな？　死なないで、ナツキ……無事に戻ってきて）

そんな中、若干事案発生になりそうな女が一人――

女教師マリー二四歳彼氏いない歴イコール年齢だ。

くすんだクリーム色の髪。少し派手なメイクで目元パッチリくちびるはプルルン。知的なメガネをかけているのだが、ナツキが関連すると緩み切ったグへへ顔だ。

興奮すると腋汗が凄く、いつもナツキに迫ってメスの臭いを付けてしまう困った女。

「はあぁ～ん♡　やっぱりナツキ君って良いわ♡　ナツキ君の彼女になっちゃおうかしら。教師と生徒の禁断の関係。たまらないわぁ♡　愛が在れば歳の差なんて関係無いわよね」

関係大ありだ。デノア王国の法律では、まだナツキは結婚できない。そして、教師が生徒に手を出したら大問題である。

ちなみに帝国では婚姻年齢が大幅に引き下げられており、ナツキは結婚できるのだ。当然ながら、フレイアもシラユキもナツキを狙っていた。

ナツキ本人の知らないところで、勝手に白熱化するナツキ争奪戦。果たして、見事ナツキを堕としてイケナイコトしちゃうのはどの女なのか。

絶対に負けられない女たちの戦いが始まろうとしていた。

◆◇◆

定食屋を出たナツキとアイカの二人は一緒に歩き始める。何でもアイカが、『物騒だから途中まで一緒に行ってあげる』と同行を申し出てくれたのだ。

色々と教わりながら帝都までの道のりを一緒に旅を始めることになる。まさに手取り足取り腰取りだ。

街を歩きながらアイカがアドバイスをしてくれていた。旅に必要な道具。もしもの時の対処法。戦いのアドバイスなどを。

「ナツキってさ、腰に小さな剣しかつけてないけど、もっとマシな武器は持ってないの？」

「はい、ボクは戦闘系のスキルがないので」

お人好しそうな顔で話すナツキに、アイカが少し怪訝な表情をする。

「ナツキ、ルーテシア帝国は大きいの。色々な人がいて犯罪も多い。野獣に襲われることもある。あんたみたいな少年が一人無防備で歩いていたら命がいくつあっても足りないわよ」

「そ、それは……そうですよね」

「世の中は弱肉強食なの。いつだって弱い者は虐げられてしまう。確かにスキルによって剣術や魔術の習得には絶大な差が生まれる。でも、たとえスキルが無くても自分の身は自分で守れるくらいにならないと。そんなんじゃ、大切な人も守れないでしょ」

「はい、仰るとおりです……」

アイカの話がナツキの心に響いた。

（そうだ、アイカさんの言うとおりだ。ボクは剣も魔法も適正が無いからと、誰からも教えてもらえなかった。そして自分で剣の練習をしてみたけど上達しなかったんだ。でも、たとえ適正がなくても、自分の身は自分で守れるようにならないとダメだよな。誰かを守りたいとか国を救うとか思うのなら、もっともっと強くならないと)

アイカは全く別のことを考えていた。

(何なのこの子……お人好しだし弱そうだし……。こんなんじゃ、アタシが食べる前に誰かに襲われちゃいそうじゃない。アタシを信用させて慕わせてから裏切るつもりなのに)

裏切る気満々のアイカだが、それでも無防備に見えるナツキが気になってしまう。

(はぁ……めんどくさ。しょうがないから剣の使い方を教えてあげようかな。ま、まあ、手間がかかる男ほど可愛いってもんでしょ。か、勘違いするんじゃないわよ！　あくまで、ついでなんだからね！)

結局、剣技を教えてくれるようだ。

「まあ、こうして知り合ったのも何かの縁だし、特別にアタシが教えてあげるわよ。アタシだって攻撃系のスキルは持ってないんだけどね」

「ありがとうございます。アイカさんって攻撃系スキルを持ってないのに強いんですね」

「えへへっ、まあね。アタシは強いわよ。なんたって帝国大将……ケホンケホン、いや何でもない。とにかくやるわよ」

「はい！　お願いします」

ひょんなことからアイカに剣を教わることとなったナツキ。自分で強いと言っている彼女の剣とはどのようなものだろうか。

そんな、二人並んで話をしている時、事件は起こった。街の通りの人混みの中から、ただ事ではない怒声が聞こえてきたのだ。

「おい、そこの男！　この私が誰が分かっているのか！」

「も、申し訳ございません。帝国騎士様だとは露知らず」

「ダメだダメだ！　女騎士にぶつかった罪、万死に値する！」

人混みの間から見える状況は、若い女騎士が男性を剣で脅している場面だった。

どうやら男性がよそ見をしていて女騎士とぶつかってしまったのだろう。

「おい、貴様はそこで服を脱いで土下座をしろ！　いいか、全部脱ぐんだ」

屈辱的な命令をする女騎士。わざと恥をかかせて喜んでいるのだろう。

「おい、お前たち、面白い見世物が始まるぞ」

「ははは、さすが隊長」

「良いですね。帝国に逆らうとどうなるか教えてやりましょう」

隊長らしき女騎士の掛け声で、部下の女兵士たちも盛り上がる。

「あっちゃー、全く品が無いわね近頃の騎士は。アタシのように気品漂う女でないと。帝国騎士ってのはさ」

アイカが独り言を呟く。気品漂うと言っている割には痴女のような格好だが。

「てか、ナツキは？　どこ行ったのよ！」

アイカが目を離した隙にナツキが消えた。そして、もう一度視線を騒ぎの中心に映すと、ナツキが男性を守るように女騎士の前に入っているのが見える。

「あの子！　何やってんのよ」

黙って通り過ぎようとしていたアイカだが、仕方なく人混みの中に入っていく。

ナツキの体は勝手に動いていた。明らかに立場が弱い男性を一方的に責め立てる騎士を見て、自然に体が動いてしまったのだ。

「やめてください。謝っているじゃないですか」

ナツキがそう言うと、その女騎士がイヤラシイ笑顔になる。美味しそうな少年が現れて舌なめずりしたい気分なのだろう。

「なんだなんだぁ、このガキは。いっちょ前に正義の味方気取りか？」

「だ、だから謝っているじゃないですか。許してやってください。騎士なら領民を守るものですよね」

「はっはっは！　笑わせるなガキ！　ここでは私たちが法なのだ。逆らうヤツは容赦しない。そうだな、お前が、この男の代わりに裸になれ。そして、その後は私たちが可愛がってやる」

「良いですね隊長！」

「さすが隊長、どこまでも付いていきます」

無茶な要求をする騎士に、取り巻きの部下も大盛り上がりだ。ターゲットが中年男から初心（うぶ）

な少年になって喜んでいるのだろう。

「くっ、これが騎士だなんて……騎士とは、人々や国を守る誇り高き称号……こんなの、こんな領民をイジメる存在が騎士なんてボクは認めない……」

「お前が認めなくて何だというんだ！　このガキ、痛い目を見ないと分からないらしいな」

女騎士が剣をナツキに向ける。

「ううっ、やるしかないのか……」

(どうしよう……周りに人が多い。帝都に着くまでは、なるべくスキルを使いたくなかったけど)

ナツキが姉喰いスキルを使おうと思ったその時、突然後ろからアイカの声がかかった。

「ちょっとぉ、ナツキは弱いんだから余計なことに首を突っ込むなしぃ」

「えっ、あ、アイカさん」

ビックゥウウウーン！

アイカの姿を見た女騎士たちが驚きの表情になり、直立不動の体勢で震え始める。

「あ、ああ、ああ、貴女様は……ま、マミ……」

女騎士が何か言おうとするが言葉が出てこない。

「あぁ、アタシはアイカね。旅の途中の美少女」

「えっ、あの、マミ……」

「ア・イ・カね！　おい、潰すよコラッ」

アイカが女騎士の耳元に顔を寄せ、少々ドスの利いた声色で囁いた。

ガタガタガタガタガタ――

「し、失礼しましたアイカ様」

面白い程に女騎士がガタガタと震え出す。

「よろしい。公衆の面前で帝国の名を汚す行為は控えるように」

「かしこまりました、アイカ様！」

「そういうのは部屋でやれって言ってんだよ。マジで潰すよ」

「うっひぃぃぃぃ〜っ！　あ、あひっ……」

バタンっ！

ジョバァァァァ――

恐怖で尻もちをついた女騎士の下から、地面に液体が広がってゆく。おもらしだろう。

「えっ、えっと……アイカさん？」

よく分からない内にアイカが女騎士たちを退けてしまい、ナツキが途方に暮れてしまう。

「ほら、ナツキ。行くよ」

「は、はい」

アイカに手を引かれて人混みから出る。ナツキはといえば、まだポカンとしたままだ。

「あの、アイカさんって帝国騎士とお知り合いなんですか？」

「まあそんな感じ。アタシってばさ、ほら美少女過ぎるでしょ。だから帝国では有名なの。これナイショよ」

「は、はい」

ナツキのアイカを見る目が少しだけキラキラする。悪い騎士を退けた正義の味方に見えたのだ。

「アイカさんって凄いです！　カッコいい」

「そうでしょそうでしょ。もっと褒めてぇ」

「剣を使わずに敵を退けるなんて古の剣豪みたいです」

「でしょぉ、アタシって超強いし。最強だしぃ」

「強くて美少女なんて最強です」

「うへへぇ♡　もっと褒めてぇ♡」

ナツキにべた褒めされてアイカの顔がグデェ～ッとにやける。姉喰いスキルを使っていないのに年上を良い気分にさせる特技があるようだ。

「ぐへぇ♡　ナツキってば分かってるじゃない。もぉ、もっとアタシを褒めちぎりなさい♡　って、ちょっと待って！」

ナツキのペースにハマりデレデレになっていたアイカが、ハッと我に返る。

(あ、危ない危ない！　何なのこの子。この人間使いと呼ばれる最強のアタシが心を奪われそうになるなんて。女みたいに可愛い顔してるのに危険だわ)

少しだけ彼女のナツキを見る目が変わった。

（本人に悪気は無いみたいだけど……。剣も魔法も使えないって言ってたけど、何か精神系のスキルを持ってるのかしら。まっ、念のため用心しておいた方が良いわね）

　アイカが気を引き締めた。

「アイカさん、どうかしましたか？」

「ううん、なんでもぉ」

「そうですか」

　実はこの女——可愛い容姿と痴女のような服装だが、かなりの切れ者で用心深かった。

「よし、今日は宿に泊まって、明日からは帝都に向かいながら本格的に戦闘訓練よ」

「はい、アイカさん」

　二人は宿に向かう。熱い夜が始まろうとしていた。

　その頃、炎と氷の凸凹（でこぼこ）コンビは、まだ道に迷っていた。シラユキに代わって先頭を歩くフレイアがキョロキョロしている。
「えっと、あれ？　おっかしいなぁ……」
「ぷっ、偉そうにしていたのに自分も迷子とか」
「あ、あんたねえ！」

「図星？」

「ぐぬぬぬ」

勢い勇んで先頭を歩いていたフレイアだったが、結局道に迷って恥を晒してしまう。ドヤ顔のシラユキにツッコまれているところだ。

この二人、戦場では一騎当千の強さを誇り、宮廷では稀(まれ)に見る美しさから他者を魅了してやまない。しかし、実際は意外とポンコツ娘だった。

ナツキとアイカが宿に入り一息ついた。もう夕食も入浴も済ませ、後はベッドに入って眠るだけ。そう、エッチなお姉さんと密室で二人っきり。またしてもナツキ貞操の危機である。

「さっ、一緒に寝るわよ」

ごく自然に、至極当然のように同衾(どうきん)しようとするアイカ。ナツキの手を引きベッドに引きずり込もうとする。

「えっ、あの、ベッドは二つあるので別々に……」

アイカを直視できないナツキは、目が泳いで床やベッドを見ながら話す。それもそのはず、アイカが服を脱いでスッポンポンなのである。

「ほらナツキ、帝国では男女一緒に寝るの。女の誘いを断るのは許されないんだし」

「ええっ、そうなんですか？」

（そういえば……フレイアさんもシラユキさんもボクと一緒に寝たがってたぞ。やっぱりルーテシア帝国では男女一緒に寝るのが文化なのかな）

ナツキが騙されている。ただ、アイカが一緒に寝たいだけだ。

「さあさあ、明日は早いから寝るよ」

「あの……アイカさん裸だから……」

「アタシは、寝るときいつも裸なの」

「帝国の女性って皆脱ぎたがりますよね」

「そうよ、よく分かってるじゃない」

フレイアも裸になっていたのを思い出す。ただ、ナツキの知っているルーテシア帝国の女性は三人だけなのでデータが偏っているかもしれない。

しかし、実際に帝国では女がすぐ裸になり、男は慎みと恥じらいを持つ。それが常識である。


結局、一緒の布団に入って寝ることになってしまった。

「ほら、もっと近くに。ナツキも脱いだら？」

「ダメです。そういうのは恋人同士でないと」

「きゃはっ、ナツキって純情なんだ」

「と、当然です。本来なら結婚しないとダメなのに」

「ふふっ、可愛いっ」

ナツキのセリフでアイカのテンションが爆上がりした。

（ちょちょちょっとぉ！　結婚するまで操を守るですって。ちょー純情じゃん。これは当たりね。こんな良い子なかなかいないわよ。はぁ〜ん、もう最高っ！　ナツキを滅茶苦茶にしたい。大切に守ってきた操を汚したい。無理やりイケナイコトして泣き叫ぶナツキの顔を見たい）

アイカのドSな部分がムクムクと顔を出す。相手がナツキのような初心で純情なら燃えまくるのだ。

ただ、今はまだ手を出さないと決めていた。もっともっと自分を信頼させてから、ここぞという時に裏切る。その方が、よりナツキの絶望が大きくなるのだから。

「まあ、今日のところはいいわ。でも、帝国では男が女に夜のサービスをするものなの。ナツキも覚えておきなさいよね」

「はい、アイカさんの言うようなのはできませんが、ボクにできる精一杯でサービスします」

「えっ、ええっ」

ナツキがアイカを優しく抱きしめ、お腹をポンポンし始めた。意表を突かれ、これにはアイカもビックリだ。

「ちょ、ちょっとナツキ？」

「任せてください。頑張ります」

「あぁん♡　アタシ、服着てないのにぃ」

ぽんぽんぽんぽん――

「ひゃあぁん♡」

スッポンポンの体を抱きしめられたアイカが変な声を上げる。優しくお腹をポンポンされる度に、体の奥の方にズンズンとエッチな感覚を送り込まれているようだ。

そう、この女、口では偉そうなことを言っているが、実はバキバキの処女である。日々、初心（うぶ）な少年をドSに攻めまくる妄想ばかりしているが、実際に男とエッチはしたことがないのだ。

今、アイカの中では初めて積極的に接してくる男との出会いで頭が混乱していた。

（ちょ、ちょっとぉ！　何なのこの子。初心（うぶ）で純情な少年かと思ってたら、意外と積極的じゃない。こんなの聞いてないし。あ、あぁっ♡　そ、そんな……ナツキの手が心地いいなんてぇ♡　触られる度に、体の奥の方にまで熱い振動を送り込まれているみたいだし。も、もしかしてナツキのスキルなの？　はあぁん♡　こんなの初めてぇ♡）

あまりの心地よさに陥落しそうになるアイカだが、己が持つ最強のスキルを思い出す。

（で、でも大丈夫よ！　なんたってアタシは精神系魔法最強のスキルを持っているんだから。アタシの魔法障壁（マジックシールド）は、どんな精神系魔法でも防いでしまうの）

ぽんぽんぽんぽん――

「くぅぅ～ん♡　負けちゃうぅぅ～っ♡」

「が、頑張ります」

どんな精神系魔法も防いでしまうアイカが負けそうだ。魔法障壁(マジックシールド)とは何だったのか。

姉喰いスキルを使っているように見えるかもしれないが、実はナツキはスキルを使用していなかった。ただ、抱きしめてお腹ポンポンしているだけである。

フレイアにスキルの使い方を教わってからというもの、ナツキは一人で練習を欠かさなかった。今ではある程度のコントロールができるまでに成長しているのだ。

そして、むやみやたらにスキルを使うのは控えていた。いざという時の戦闘に備える為に。

ぽんぽんぽんぽんぽん――

「アイカさん、ゆっくり休んでください」

「うひぃ♡　おっ、おほっ♡　もうムリぃ～っ」

自称最強の精神系魔法の使い手アイカ。ナツキのポンポンで陥落し、多少オホりながら無防備にも眠りの世界に入ってしまう。お腹ポンポンが心地よくて抗えないのだ。

アタシは夢を見ている――

『〇〇〇……そう、あなたは〇〇〇〇よ。私たちの大切な子供』

『ああ、俺たちの子供だ』

遠い記憶を手繰り寄せるように、誰かの声が頭の中に響いている。女と男……夫婦だろう。

そう、これは悪夢だ。アタシは、いつも悪夢に苛まれる。

そこから夢の中で時が流れる。

『あああっ、もう限界よ！　何なのこの子。まるで悪魔の子だわ』

先程まで慈愛に満ちた笑顔で接していた女性が豹変し、まるで忌み嫌っている悪魔を見るような目を向けてくる。

『おかっ、お母さん……』

『あなたに母などと呼ばれたくない！　恐ろしい。何であなたは私たちの心を操るの？　ま、まさか、記憶まで操作しているんじゃないでしょうね！　そ、そうだわ。私があなたの母だと思っているのも嘘かもしれないじゃない』

『ち、ちがっ……』

『そうよ！　そうに違いないわ！　あなたは悪魔の子よ！　あああああっ！　出ていきなさい！　あなたは私の子じゃない！　あなたなんて産むんじゃなかった！』

『ああ……あああ……いやぁああああああぁぁーっ！』

そう、アタシは五歳で親に棄てられた。この恐ろしいスキルを持って生まれたから。

それからのアタシは誰も信じなかった。

アタシは施設に入れられ、弱肉強食の世の中で悟ったのだ。この世は強い者が弱い者を虐(しいた)げる残酷な世界なのだと。

『あんた新入りのくせに生意気よ！』

『そうよそうよ、新入りは私たちの命令に従いなさい』

『あんたの食事は全部私たちによこすのよ！』

『ぐっ………』

施設では誰もが常に標的を探していた。自分より弱い存在を見つけ、自分はそいつより上だと確認する為に。

『スキル、精神掌握(セイズマインド)！』

ドカッ！　バキッ！　ガタンッ！

イジメてくる先輩たちは全部ボコってやった。アタシが殴ったのではない。自分で自分を殴らせたのだ。アタシは無敵だから。

やがて誰もがアタシを怖がって話しかけなくなった。

『〇〇〇、貴様はルーテシア帝国士官学校に入学できることになった。その中でも選りすぐりのエリートコースだ。その類い稀(まれ)なる才能を帝国軍で活かせ』

ある日、帝国軍の人間がアタシを連れ出しにきた。この最強の力を軍で活かす為らしい。その女兵士が、終始子供のアタシを恐れて震えているのが面白かったが。

『そうね、いいわ、行ってあげる』

『お、おい、何だその口の利き方は……』

キッ！

アタシが睨むと、女兵士が怯んだ。

『い、いや、何でもない。ついてきてくれ』

エリートコースに入れば栄達は約束されていた。帝国中から選りすぐりの才能ある子供が集められているのだから。

その中でもアタシは飛びぬけているだろう。どんなに剣が強くても、どんなに魔法が強くても、アタシの精神系魔法の敵じゃない。

このスキルでアタシは成り上がってみせる。

『そうだ、アタシは強くなる。強くなって思い知らせてやる。この弱肉強食の世の中で、弱い者は常に虐げられてしまうのだから。誰も逆らえないくらい強くなって見返してやる。アタシが最強で最高に可愛いって』

ぽんぽんぽんぽん――

不意に優しい鼓動が夢に紛れ込んできた。

『何だろう……この温かくて優しい気持ちは……』

いつも悪夢でうなされるはずなのに、今日は不思議に心が落ち着いている。爆発しそうな怒りも、耐えられない程の苦しみもない。
　この感覚は――――

――――――――――


「んっ、あ、朝…………」

　アイカが目を覚ました。窓の外では小鳥がさえずっている。朝チュン展開のようでいて、実際は何もしていないのだが。

　ギシッ！

　体を起こそうとして、傍（かたわ）らに少年が寝ているのに気付いた。

「あっ、ナツキ……そういえば一緒だった」

　そう言って、アイカはナツキの髪を撫でた。

「不思議な子……温かい気持ち……いつも、あんなにうなされていたのに。今日は何だか落ち着いている」

「んっ……あ、朝ですか……」

　ナツキが目を覚ました。

「ほら、早く起きるわよ。今日から特訓もするんでしょ。ナツキ」

「はい、アイカさん！」

奇妙な関係になった二人の旅が始まる。そして、それがこの戦争や帝国にどのような影響をもたらすのか……今はまだ誰も知らない。

◆◇◆

街を出て馬車で一日走ったところで休憩となった。街道沿いの小さな宿場町で落ち着いた場所だ。

誰もが先を急ぐ世の中で、ここだけ時間が止まったかのような感覚になる。そんな哀愁(ノスタルジックな)を感じさせる雰囲気の場所。

ナツキとアイカは一旦ここで一泊することにした。

「この街から北上すればアレクシアグラードという大きな都市に行けるわね。そこから北西にずっと進めば帝都よ」

アイカが親切丁寧に教えてくれている。この女、見た目は腹黒そうに見えるが、意外と本心はそうでもない感じだ。ただ、アイカも自分の心の底には気付いていないのかもしれない。

「ありがとうございます、アイカさん」

「じゃあ、今日は剣の訓練をしてあげる。アタシの特訓は厳しいわよ。ビシバシ鞭(むち)打つように教えるから」

「サー、イエッサー！　ビシバシ鞭(むち)をください」

「ドMかっ！　って、うっかりツッコんじゃったし。もうっ、ナツキってばエッチなんだから」

アイカが危うく欲望丸出しになりそうだ。ドSの彼女にとって、少年から『鞭（むち）をください』などと言われては、性癖にクリティカルヒットなのだから。

広い原っぱに移動すると、お互い剣を抜き対峙する。

「さあ、ナツキ、どこからでも掛かってきなさい」

「はいっ！」

短剣を構えたナツキが、アイカ目掛けて真っ直ぐ踏み込んだ。

「たあぁぁっ！」

「スキル、精神掌握（セイズマインド）！」

アイカが少しだけスキルを解放した。その直後、ナツキの体の動きが鈍る。ゆっくりな動きになった剣をアイカが叩き落とした。

カキンッ！　カシャーン！

無防備になったナツキの首筋に剣を突き付けたアイカが勝利宣言をする。

「決まりね！」

勝負は一瞬で決まってしまった。

「あ、アイカさん……今のは？」

「剣技とスキルを融合させたのよ。いいナツキ、戦いは力の強さや剣術だけで決まるものじゃないの。力が弱くても、スキルを組み合わせることで強い相手にも勝つことができる。これぞ、マミカ流剣術幻惑剣！」

「す、凄いです！　アイカさん。でも、マミカ流剣術って……アイカ流じゃないんですか？」

アイカの剣術に驚くナツキだが、名前が違うことに引っ掛かった。

「えっ、そ、その……そう、この剣術を最初に提唱した人がマミカって女性なのよ。アタシは始祖に敬意を表してそう呼んでるの」

「そうなんですか。マミカさんって、何処かで聞いたような……」

「そ、そんなのはいいから特訓するわよ。ほら、剣を構えなさいって」

アイカが誤魔化した。内心は嘘がバレそうでドッキドキなのである。

(あっぶなーっ、偽名なのがバレるとこだったたし。アタシって有名人だから困るのよね。ナツキを信用させてから無慈悲に堕としまくるまで、絶対に本名がバレるわけにはいかないのよ！)

ホッと息を吐いたアイカが剣を構える。

「続きをやるわよ。ナツキも何かスキルが使えるんでしょ。何でも良いから相手にぶつけるの。敵の剣を鈍らせたり混乱させれることができれば、こちらに勝機があるのだから。使えるモノは何でも使う！」

「サー、イエッサー！」

今まで真っ直ぐに剣を振るうだけだったナツキに、新たな閃きが芽生えた。

（そうか、たとえ弱いスキルでも役に立たないと言われたスキルでも、何かと組み合わせることで強力な武器になるんだ。ボクの姉喰いスキルも使えそうだ）

大真面目なナツキだが、技の名前には拘りたい。

（その前に、ボクもスキルに何かネーミングした方が良いよな。皆カッコいい名前を付けてるし。腕ペロ《マリーアタック》みたいにカッコいい名前にしよう）

ナツキが余計なことを考え始めた。ネーミングセンスが最悪なので、更に恥ずかしい思いをする女が増えそうだ。

「行きます！　たあああぁぁーっ！　必殺、淫乱剣《フレイアブレード》！」

ナツキの短剣の切っ先から姉喰いスキルを放出する。剣の軌道とスキルを組み合わせた姉堕剣法だ。

バチッ！　バチバチッ！

「くうっ、アタシの魔法障壁《マジックシールド》が！」

姉喰いスキルがアイカの魔法障壁《マジックシールド》で抵抗《レジスト》した。

精神系魔法を完璧に防ぐはずの魔法障壁《マジックシールド》であったが、ナツキの姉喰いだけは例外だったのだろうか。ほんの少しだけ障壁をすり抜けて効いているのだ。

「んあっ♡　な、何なの」

「たあああっ！」

「あ、あまいわよ、ナツキ！」

カキィィーン！

またしてもナツキの剣が叩き落とされた。

「ぼ、ボクのスキルが……」

必殺のスキルが跳ね返されてナツキがヘコむ。

「今のは良かったわよ。アタシが最強の精神系魔法使いじゃなかったら負けていたわ。そう、それで良い、そうやってスキルを使うのよ」

「は、はい！　いえ、サー、イエッサー！」

「ところでナツキ、何でフレイアブレードなの？」

アイカがナツキのネーミングセンスにツッコむ。

「えっと、ぼ、ボクの故郷にフレイアさんというエッチな人がいるのですが……そ、その、エッチさに敬意を表して命名しました」

ナツキが適当に誤魔化した。いや、誤魔化せていない。フレイアがエッチなのは。

「そうなんだ。偶然ね。アタシの知り合いにもフレイアっていう淫乱女がいるんだけど。まあ、よくある名前かもね」

「そ、そうですよね。フレイアさんという名前はエッチなのかもしれませんよね」

ナツキが話を合わせてしまう。もうフレイアは淫乱確定だ。しかしナツキは心の中でホッとしていた。

（あ、危なかった。何とか誤魔化せたかな。フレイアさんはエッチだけど、帝国では有名人なんだから秘密にしておかないとだよね。ふうっ、秘密は守りましたよ、フレイアさん）

淫乱なのは守られていない――――


キンッ、キンッ！　カキンッ！　カンッ、カキンッ！

日が暮れるまで特訓は続く。夜になる頃には、ナツキの動きは見違えるように良くなっていた。誰の目にも明らかな程に。

「今日はここまでよ。久しぶりに動いたから汗かいちゃったじゃない」

「あの、ボクがお背中流しましょうか？」

「ちょっ、あのねっ、ナツキって純情そうな顔して、結構ドスケベよね！　昨夜だって……あ、アタシのお腹を……はぁん♡」

「ちち、違います。これが帝国の文化だと思って。ボクなりにアイカさんにお返しをしたくて。ううっ……」

気を利かせたつもりのナツキが顔を赤くする。てっきり混浴して背中を流せと言うと思ったのだ。

「ほら、もう行くわよ」

何事も無かったかのように先を急ぐアイカだが、内心はドッキドキでムッラムラだった。

（ううっ、んあぁぁんっ♡　もうっ、何なのナツキのスキルって！　魔法障壁（マジックシールド）で防いでいたはずなのに、ちょームラムラするんですけどぉ！　何でエッチな気分になっちゃうのよ！　この子、やっぱり危険だわ）


そんなアイカだが、その姉心を突くのがナツキだ。

「でも、アイカさんって本当に親切ですね。まるでお姉ちゃんみたい」

ずきゅぅぅぅぅーん♡

アイカの心に、ナツキの『お姉ちゃん』がドストライクに響いた。

「くっ、お、お、お姉ちゃん……ですって……」

「あっ、いけませんでしたか？　なら……」

「いえ、いいわ。でも、お姉ちゃんじゃダメね。お姉様と呼ぶこと」

「お、お姉様」

ずきゅぅぅぅぅーん♡

先程より更にクリティカルヒットした。

「い、いいわね、アタシのことはこれからお姉様ね」

「はい、お姉様」

ずきゅぅぅぅぅーん♡

「も、もう一回……」

「お姉様」

ずきゅぅぅぅーん♡

「も、もう一回」

「お姉様」

ずきゅぅぅぅぅーん♡

「もう一回」

「えぇえ……もう終わりです。やっぱりアイカさんで」

「ケチっ！　あと百回」

「ムリですって」

しょうもないことを言い合いながら宿屋に向かった。

食事と風呂を済ませ宿屋で一休みする。因みにアイカは背中を流してもらわなかった。ムラムラしていて混浴などしたら襲ってしまいそうだから。

「ああ、アタシとしたことが……何か調子狂っちゃうのよね」

「アイカさん、今日はありがとうございました。おかげで色々と分かった気がします。教わったことを自分なりに工夫して頑張ってみます」

素直に感謝をするナツキに、アイカの表情も緩む。

「まあ、ついでだし」

「ボクはスキルが弱くて学校でも適正を伸ばす教育を受けられなくて。両親も早くに他界して、ずっと一人で練習をしてきました」

「ナツキ……」

「アイカさんのおかげで強くなれそうな気がします。これまでゴミスキルとかゴミ男子と呼ばれてきましたが、これで――」

「ちょっと待ってナツキ！」

アイカが突然ナツキの話を遮った。少しだけ顔が怖くなっている。

「えっ？」

「ゴミなんて誰が言ったの」

「ど、同級生たちが……」

「はあ!?　誰がゴミですって！」

「あ、アイカさん……」

アイカが怒り出してしまった。

「アタシはね、そうやって集団で一人をイジメる奴が大っ嫌いなの！　そいつらって、一人じゃ何もできないくせに、集団になると自分が強くなった気になってイジメるのよね。弱いヤツほどターゲットを探しているのよ。自分の弱さを隠す為に！」

「アイカさん……ボクの為に怒ってくれるんですか？」

「そうよ！　ナツキ、強くなりなさい！　強くなって見返してやるのよ！　そんなヤツら！」

「は、はい！」

「少年をイジメて良いのはアタシだけなんだから」

「そ、それはどうなんでしょう……」


アイカは過去の自分をナツキと重ね合わせていた――

『やーい、お前、親に棄（す）てられたんだってな』

『うっわーっ、かわいそっ！』

『誰も〇〇〇なんか必要としてないんだよ！』

『そうだそうだ、お前はゴミ女だ。やーいゴミ女』

ドカッ、バキッ、ドスッ、ゴッ！

勿論（もちろん）、強いアイカは反撃して分からせた。見た目がカヨワイ少女だからといって不用意に攻撃したらこうなるのだ。

ただ、それからは誰も近寄らず陰口をたたかれるようになったのだが。


「まったく、もう寝るわよナツキ」

「は、はい。今夜も頑張ります」

「うっ、またポンポンするの……」

「サー、イエッサー！」

ぽんぽんぽんぽん――

「くぅ～っ♡　もぉ♡」

ナツキのポンポンでアイカの機嫌も直ったようだ。

（まったくナツキったらエッチなんだから……てか、ちょっと待って！　アタシ何やってんだろ。ナツキを信用させてから裏切るつもりなのに。何で熱くなっちゃってるのよ）

ナツキのポンポンとアイカの葛藤(かっとう)で夜は更けてゆく。ただ、今夜もアイカはオホ声を出しそうで身を震わせる。年下男子の前でアヘ顔陥落するのだけは避けたいアイカだった。

第四章　世界最強の女たち

　フレイアとシラユキの凸凹（でこぼこ）コンビだが、やっとカリンダノールに到着していた。二人共方向音痴な上に性格も正反対とあって、道に迷っている内に更にナツキとの差が開いている始末だ。

「はぁ……やっと着いたわね……って、シラユキ！　ウロウロして迷子になるんじゃないわよ！」

　フレイアが声をかけるがシラユキはどこ吹く風だ。マイペースに歩いていってしまう。

「ちょっと、シラユキ」

「んっ、守備隊の屯所（とんしょ）に行く」

「はあ？」

「騎士に聞いてみる」

「つまり、ナツキ少年が何処に行ったか聞くってわけね」

「そう」

「それならそうと早く言いなさいよ」

「今、言った……」

「もぉおお〜っ！」

　相変わらずな二人だった。

カリンダノールにある守備隊は暇だった。特に反乱も無い穏やかな港町であり、少数の女騎士と女兵士が派遣されているだけだ。

たまに街を歩いては、好みの男を物色したり、因縁を吹っ掛けてイケナイコトしようとするくらいである。

それだけに街での評判はすこぶる悪いのだが。

しかし、暇な守備隊にも嵐が迫っていた。先日のアイカとの出会いに続き、またしても恐ろしい女が二人も来訪しているのだから。

ガチャ！

「ちょっと聞きたいことがあるんだけど」

屯所(とんしょ)のドアを開けたフレイアが、中で駄弁(だべ)っている兵士に声をかけた。

「はあ、何の用だ！　ここは一般人の来るようなところではない！」

「そうだ、我々は忙しい。帰れ帰れ！」

全く忙しそうにしていない女兵士がイスに座ったまま振り向きもせず答える。やる気は微塵(みじん)も感じられない。

「おい、何の騒ぎだ」

部屋の奥から女騎士が現れた。騒ぎを聞きつけて面倒くさそうに出てきたのだ。

「あ、隊長。この女が用があるそうで」

兵士の一人がフレイアを指差す。

ガタガタガタガタガタガタ！

フレイアを見た騎士がガタガタと体を震わせ始めた。顔は恐怖で引きつっている。

「あ、ああ、あああ、ふ、ふふふ、フレイア様！　あ、アヒィィィーッ！」

ガッシャーン！

腰を抜かしてひっくり返った騎士が、すぐに立ち上がると恭しく敬礼をする。

「し、失礼いたしました、フレイア様。天下無双、一騎当千の帝国大将軍フレイア様が、このようにむさくるしい屯所にお越しになられるとは露知らず、お恥ずかしいところをお見せしました。お、おい、お前たちも起立敬礼せぬか」

「は、はい！　フレイア閣下、失礼しました」

「閣下、お許しください」

そこに居る全員の兵士が恐怖で震える。相手は悪魔のように凶悪な女と評される七大女将軍の一人、フレイア・ガーラントなのである。

「うむ、楽にせよ。今日は軍の仕事で来たのではない。ちょっと聞きたいことがあってだな……」

グイグイグイッ――

フレイアが話し終える前に、後ろから彼女を押してシラユキが入ってきた。

「フレイア、入り口で立ち止まると邪魔」

これにはフレイアより先に兵士たちが反応してしまう。

「ギャアアアアーッ！　し、シラユキ様！　ああ、あああっ！」

「シラユキ様って、あの氷の大将軍の……」

「お、お許しを！　何でもします」

狡猾で残忍な女と評されるシラユキまで登場して、もう女兵士たちが恐怖で気絶寸前だ。

「うわぁ、面倒なことになったわね」

「はあ……最悪」

フレイアが愚痴を吐き、シラユキが溜め息をつき目つきが鋭くなる。それを見た女兵士たちが更に震えあがってしまう。

ガタガタガタガタガタ――

「ちょっと、あんたたち！　この少年を見なかった？」

フレイアが手書きの似顔絵を見せる。

「えっ、えっと、ワンちゃんですか？」

「はあああぁ!?」

「うっひぃ、す、すみません」

フレイアの似顔絵が下手糞過ぎてワンコにしか見えない。女騎士が失言してしまうくらいに。

帝国最強の炎系魔法使いだが、絵心までは持ち合わせていなかったようだ。

「フレイア、絵が下手過ぎ。私の方がマシ。これ、この少年を捜している」

シラユキが手書きの似顔絵を見せる。

「えっ、あ、あの……ネコちゃんですか？」

「は？　バカにしてる？」

「めめめめめ、滅相もございません」

シラユキの似顔絵が下手糞過ぎてニャンコにしか見えない。またしても女騎士が失言してしまった。

「とにかく、少年を捜しているのよ。このくらいの背丈で、ぱっと見は女の子みたいな男子なの。何処に行ったか知らない？」

フレイアがナツキの特徴を説明する。最初から絵ではなくこうするべきだったかもしれない。

「少年……そう言えば、マミ……い、いえ何でも」

女騎士が、先日会った露出度高めの女と初心な少年とのコンビを思い出す。それと同時に、そのやんごとなき立場の女が偽名を使って本名を言わないよう仕向けてきたのも思い出した。

「知っているのか？　何処に行った？」

フレイアの表情が張り詰めた。

「い、いえ、知りません」

「貴様、隠しているのか？　誰かと一緒なのか？」

フレイアに詰め寄られ絶体絶命の女騎士。言うも地獄、言わぬも地獄である。

「こ、これ以上はお許しを。忠誠の証に、フレイア様の靴を舐めます」

「い、いや、靴は舐めずともよい」

恐怖の余り女騎士が這いつくばって靴を舐めようとするが、フレイアにはネルネルのような趣味はない。ナツキになら色々ペロペロされたいのだが。

「知ってるのなら教えて！」

はっきりしない女騎士にシラユキが詰め寄る。元々鋭く美しい目が、更に鋭く光り恐怖でしかないだろう。

「は、はひぃ……しょ、少年は見かけました。た、旅をしているようで……何処に行ったのかまでは分かりません……」

アイカのことはボカしたままナツキの情報だけ伝える女騎士。もうライフ（HP）はゼロだ。

「そう……」

「は、は、うっひぃぃぃぃ～っ！　あ、あひっ……」

バタンッ！　ジョバァァァァ――

女騎士が尻もちをつき、床に液体が広がってゆく。アイカの時と同じように、またしてもおもらしだ。

「えっ、あの、大丈夫？」

恐怖の余り失禁してしまった女騎士を心配するシラユキ。しかし、女騎士からしたら、更に詰め寄られているように感じて死体蹴り状態だろう。

「も、もも、もう許して……」

「ううっ、何もしてないのに」

勝手に怖がられてしまいシラユキが傷付いた。いつものことながら理不尽だ。

だが、フレイアは先を急ごうとシラユキの腕を引っ張る。

「ほら、もう行くわよ、シラユキ。あんた顔が怖いんだから」

「この顔は生まれつき……納得いかない」

「はいはい。早くナツキを追いかけないと」

「何もしてないのに……」

ガチャ！

二人が屯所（とんしょ）を出ていき、室内が静寂（せいじゃく）に包まれる。

「あ、ああ……助かった。先日のマミ……アイカ様に続き、フレイア様とシラユキ様とも会って生き残ったぞ」

おもらしで濡れたまま、女騎士が天を仰ぎ生への感謝をする。

「た、隊長……私たち、生き残りました」

「怖かったぁ。瞬殺されるかと思った……」

兵士たちが喜び合う。味方であるはずの帝国軍にも恐れられている大将軍。その大将軍数名と会って生き残ったのは奇跡だと思っているのだ。

その後（のち）、守備隊の兵士たちは大将軍に目をつけられているのだと勘違いし、街での悪事を控えるようになる。カリンダノールが少しだけ平和になった。

◆◇◆

その頃、帝都ルーングラードでは――

「あっはっはっは！　よいぞよいぞ、もっと踊れ！　ほれ、もっと私を楽しませるのじゃ」

アレクサンドラが帝都中から集めた若い男娼（だんしょう）を弄（もてあそ）んで楽しんでいた。

宮殿の大広間には音楽が流れ、あられもない姿の男たちが官能的な踊りをしている。

「そうじゃそうじゃ、ほれっ！」

アレクサンドラが、食べていた果物を床に放り投げた。

「犬のように這いつくばって食べるのじゃ。手を使ってはならぬぞ」

趣味の悪い遊びだ。敢（あ）えて屈辱的な命令をして楽しんでいるのだから。

元々意地の悪そうな顔が更に悪くなっている。口元には下卑（げび）た笑いが浮かび、目元はギラギラと男を舐め回すような視線だ。

「はっ、はっ、あむっ、むしゃむしゃ……」

這いつくばった男が床に落ちた果物を食べる。犬のように。権力を一手に握る元老院議長のアレクサンドラに逆らったら命が無いのだ。従うしか生きる道はない。

「あははははっ！　愉快、愉快じゃ！」

スタスタスタ――

アレクサンドラが乱痴気騒ぎしている大広間に、剣の大将軍レジーナ・ブライアースが入ってきた。目の前の破廉恥な光景に戸惑っている。

「アレクサンドラ議長、これは……一体……」

レジーナ・ブライアース

ルーテシア帝国大将軍　剣の聖騎士である。

背が高く脚が長いスタイル抜群の体。凛々しく気高い気品に満ち、姫カットの黒髪ロングと相まって、まさに後ろが弱そうな女騎士のイメージ通りだ。

少々気が強そうでいて邪心の無い清らかな黒い瞳。一見王子様系女子のようだが、白を基調とした騎士服には随所に色気が満ち満ちている。

窮屈そうに胸当てを持ち上げる大きな膨らみも、尻や太ももがパツパツになったパンツスタイルも煽情的なくらいに。

「なんじゃ、レジーナか。せっかく良いところであったのに。どうしたのじゃ？」

迷惑そうな顔をしたアレクサンドラが答えた。

「はっ、ご報告がありまして。それにしても、え、エッチな遊びを……宮殿でこのような遊び、皇帝陛下は何と仰っているのですか？」

レジーナが周囲をチラ見する。あられもない格好の男たちが這いつくばっていて、帝国乙女にとっては欲情を誘ってしまう光景だろう。

「ああっ！　もうよい、お前たちは下がれ。興が醒めた」

アレクサンドラが手をヒラヒラさせ、男娼たちを下げさせる。恐怖と安堵の入り混じった表情で、男娼や演奏者たちが次々と部屋を出ていった。

「これは皇帝陛下の命令でもあるのじゃ。陛下はより国を拡大し軍事強国となることをお望みである。同時に、徹底的に男にイケナイコトをして完全なる女性上位国家樹立を目指しておられるのじゃ。私が好きでやっておるわけではない。そこのところ、勘違いせぬようにな」

実際はアレクサンドラの道楽なのだが、全てを皇帝アンナのせいにしている。傀儡の皇帝を軟禁して、権力を意のままにする。それが彼女なのだ。

「な、なるほど。さすが女の中の女、神聖不可侵にして全ての女性の憧れ、皇帝陛下でありますな」

毎年開かれる騎士による武闘大会を圧倒的強さで連勝する剣聖レジーナであるが、頭の方はアレというかおバカなのである。騙されやすい女であった。

「それで何の用じゃ」

「はい、それがリリアナに派兵されていました我が軍が――」

元からイジワルそうな顔をしているアレクサンドラが、レジーナの話で更に眉間にしわを寄せる。

「なっ！」

続くレジーナの口から出た衝撃の発言で、アレクサンドラが激怒した。その報告は彼女の権力を揺るがすほどの激震なのだ。

「な、なんじゃと！　レジーナよ、もう一度申してみよ！」

「ですから、リリアナに派兵されていました我が軍ですが、何やらデノアと停戦に合意したようなのです。送り込んでおりました私の部下から魔法伝書鳩で手紙が届きまして」

一度聞いて耳を疑ったアレクサンドラが、二度聞き返すことになった。皇帝の命令で動いたはずの軍が勝手に停戦などあり得ない事態なのだ。

「援軍としてシラユキも送ったはずじゃが」

「シラユキ殿の軍もです。詳しい状況までは分からぬのですが、何やらデノア王国勇者と一騎打ちの末、フレイア殿もシラユキ殿も敗北したとのことであります」

「は？　はああああああぁぁぁぁぁああっ！　なんじゃとっ！」

驚きのあまりアレクサンドラが変な声をあげる。

「帝国最強の魔法使いが……一騎当千の大将軍が負けるはずがなかろう！　何かの間違いでは

ないのか！」

「私も同感です。あの存在自体が超危険物みたいな二人が負けるなんてあり得ませんでありますな。冗談みたいな話であります。ははは っ！」

レジーナが腰に手を当て笑う。豪胆(ごうたん)なのかふざけているのか。

「わ、笑い事ではない！　帝国最強の大将軍を倒す程の勇者であるならば一大事であるぞ！　その勇者はどうしたのじゃ！」

「報告によりますと一人で城を出たとのことで、多分ですが帝都に向かって進撃したのでは？　いやあ、これは恐るべき逸材がデノアに存在したのですな。大将軍を倒す程の強者(つわもの)。不肖、この私レジーナも手合わせするのが楽しみであります」

「楽しんでおる場合か！　すぐにフランシーヌに派遣した大将軍三人を呼び戻せ！　フランシーヌ統治もデノア攻略も後回しじゃ！」

「はっ！　畏(かしこ)まりました」

レジーナが恭(うやうや)しく敬礼する。

「そなたもすぐに備えよ！」

「あの、東方に派遣しておりますマミカ殿はどうしましょう？　呼び戻しますか」

「あやつはならぬ！　ヤマトミコとの国境を守らせておけ。早くせよ！　デノアの勇者が現れる前に帝都の防備を整えるのじゃ！」

「はっ！」

レジーナに命じてからアレクサンドラは自室に戻った。

もう少しで帝位の簒奪に成功し全ての権力を掌握できるはずなのだ。それが、無敵の大将軍を倒すような強敵が現れたとなれば、自分の計画に大きなズレが生じてしまう。

「あああ！　おのれおのれおのれおのれおのれおのれぇぇぇぇーっ！」

ガッシャーン！

「い、痛っ……」

怒りの余りに部屋のイスを蹴り飛ばしてから、足を押さえてうずくまるアレクサンドラ。

「おのれ、計画が台無しじゃ！　デノアのような小国に大将軍を倒す勇者がおるなどと聞いてはおらぬぞ。ま、まさか、この宮殿まで攻め込むなどあるまいな……」

アレクサンドラが頭を抱える。

「い、いざとなれば私兵を使う手も……い、いや、あれらは非常時の備え。先ずは大将軍を……」

アレクサンドラは自分を守らせる為に、アレクサンドラ親衛隊という私兵を持っていた。用心深い彼女は、能力の優れた子供を幼いうちから集め、自分に忠誠を誓わせ飼っているのだ。

「マミカを使う手も……いや、あの女は危険じゃ。心を操る能力など近寄らせるわけにはいかぬ。それにあの女……単純なレジーナと違い、何やら勘も鋭く抜け目ないようで苦手じゃ」

アレクサンドラはカワイイ大将軍マミカを嫌っていた。最強の精神系魔法の使い手という危険な存在なのもあるが、そもそもカワイイ大将軍というネーミングもふざけたような性格も嫌いなのだ。

他の大将軍は皇帝に忠誠を誓い、皇帝の代理人である自分に従っている。しかし、マミカだけは油断ならないと考えていた。何か得体の知れない恐ろしさがあるのだ。

マミカと会う時には一瞬でも気を抜けない。精神系魔法を防御するスキルを持つ部下を数人連れて、マミカの魔法を防御できる態勢をとるほどに用心していた。

それもあって一人だけ遥か東方のヤマトミコとの国境沿いにある城に派遣させたのだ。なるべく帝都から遠ざける為に。

翌朝――

ナツキにポンポンされたり抱きしめられたりで、一晩中甘い微睡(まどろみ)のような心地よさの中に浸っていたアイカが目覚めた。

悪夢に苛(さいな)まれていた日々が嘘のように思えるほど快適な目覚めだ。もうナツキ無しではいられないくらいに。

「はあっ……アタシ……もしかしてナツキに依存してる？　抱き枕みたいにしちゃってたし。もう気持ち良くてクセになりそうかも♡」

快適な目覚めなのに、頭を抱えて悩むアイカ。少年を虜にしてから裏切るつもりだったのに、自分の方が虜になってしまっている気がするのだ。

「マズいマズいマズい……何なのこの子。めっちゃ心地いいんですけど」

ナツキの髪を撫でながら呟く。

アイカは誰にも心を許さずに生きてきた。人間は誰しも悪い心を持っていて信用できないからだ。信じたら裏切られる。裏切られるくらいなら最初から誰も信用しなければよい。

しかし、ナツキはちょっと違う。最初は無防備で危なっかしくて放っておけなかった。自分好みの少年を騙して遊ぶつもり。そのついでに剣の稽古をつけてやるだけ。利用するだけ利用して、美味しい思いだけして裏切る。

そう思っていた。

なのに、ナツキの真っ直ぐな瞳や、一生懸命に練習する姿に目を奪われてしまっている。更に、自分と境遇が似ているのが決定打となった。

厳密には違うのだが、親に棄てられ施設で陰口をたたかれながら育った彼女には、同じように『ゴミ』と陰口をたたかれたナツキに親近感を抱いてしまったのだ。

それがナツキと急速に距離を縮める結果となったのかもしれない。

「んっ、朝……んんっ、ふあぁぁ～っ。おはようござぁいます、お姉様……」

ナツキが寝惚け眼でアイカを呼ぶ。

ずきゅぅぅぅぅーん♡

「ふあぁぁ～っ♡　って、急にお姉様言うなし！」

不意を突かれてアイカが顔を赤くする。

「えっ、あ、そうでしたアイカさん」

「アイカじゃない。お姉様でしょ」

「で、でも今……」

「はい、『お姉様！』ほら、言って」

「お姉様……」

「はい、よろしい。これからはお姉様ね」

お姉様呼びが気に入ってしまったアイカがナツキに強制する。もう『お姉様』で決定だ。

「はーい」

「ほら、起きた起きた。今日も早いわよ」

「今日はアレクシアグラードへ向かうんですよね」

「そうよ、アレクシアグラードは大きな都市だから色々あるわよ」

アレクシアグラード――

帝国第三の都市であり、ゲルハースラント・フランシーヌ連合軍との過去の大戦における激戦地でもある。

強大な物量で攻め込む連合軍に対し、帝国魔法騎士団大将軍アレクシア・ドミトリーチェ・ゼレノイの電撃的な各個撃破により敵を粉砕。街の平和と市民の命を救ったのだ。

その類い稀なる功績を当時の皇帝が称え、街の名称をアレクシアグラードと改名していた。

「アレクシアグラードに行けば、帝都までの道のりも簡単ですよね」

「そうね……まだ遠いけど交通の便も良いし……」

ナツキの問いに答えながらも、アイカは心ここにあらずで考え込んでいた。

（大丈夫……アタシは問題無い。アタシは誰にも屈しない。ナツキも信用させてから裏切るだけ。アタシが全て美味しくいただいてやる。誰もアタシを従わせることなんて不可能なんだから。世界中の誰であっても。あのいけすかない元老院議長でも、それがたとえ皇帝であっても……………）

◆◇◆

一方、フランシーヌ残存勢力の掃討も完了し、占領政策と帰還準備を進めていたクレアたちは――

アレクサンドラの命令で飛ばした魔法伝書鳩からの報告を受けていた。

「どうしたんだいクレア？　難しそうな顔をして」

神妙な顔つきで手紙を読むクレアに、ロゼッタが声をかけた。

「ロゼッタさん……この手紙の信憑性を疑っているのですわ」

クレアが魔法伝書鳩で運ばれてきた帝都からの手紙を見せる。

「これは、正式な帝国からの書である証として国璽が押されているね。間違いないんじゃないかな」

手紙に国璽があるのを確認したロゼッタが言う。

「わたくしは、うっかりさんのレジーナが間違って出したのかと疑っているのですわ」

「ははは、まさか、いくらレジーナがうっかりさんでも、国璽を押した手紙を間違って出したりしないよ」

ロゼッタがレジーナのうっかりを否定する。ただ、レジーナがポンコツなのは認めているようだ。

「ところで手紙には何て書いてあるんだい？」

「大至急帝都に戻るようにと……ですわ」

「大至急？　それはフランシーヌの占領より重要なのかい？」

「フレイアさんとシラユキさんが、デノアの勇者に敗北したようですわ」

一瞬だけ間をおいてロゼッタが驚愕した。

「は？　……はあああああ!?　えっ、あのっ、フレイアとシラユキが負けたっていうのかい？」

「だからそう言っていますわ。デノアの勇者が一人で帝国領に進撃し、大将軍フレイアとシラユキを撃破。国境で一時停戦を約束させ、その勇者は帝都を目指して侵攻中とのことですわ」

「そ、そんなバカな……あの最強の魔法使いフレイアと、何者も寄せ付けない攻防一体鉄壁のシラユキを……。あの二人が負けるところなんて想像できないよ」

帝国大将軍に激震が走る。

帝国……いや世界最強の七人の女が帝都に向け集結しようとしているのだ。

急遽、フランシーヌの首都オルレーンから帝都へと帰還することになった三人の大将軍。それぞれの心中は複雑であった。

「ほら、急ぎますわよ。早く帝都へ戻り陛下をお守りするのです」

クレアが完璧な身支度を整えてからそう言った。

煌めく金髪は美しく縦ロールにセットされ、動く度にキラキラと周囲に星をバラ撒いているかのようだ。惚れ惚れするような完璧なラインを描く肢体は、朝日に照らされて絵画のような幻想的な風景を創り出している。

「ふひゃひゃ、わ、わたしは途中アレクシアグラードに寄っていくゾ。ちょっと用事……というか考えがあるんだゾ」

ボサボサで寝ぐせがついた不潔そうな髪なのに、何故か神秘的な雰囲気で目が離せない女が口を挟む。

そう、パッと見ただけで人にド変態な印象を与える変態大将軍……もとい、闇の大将軍ネルネル・スパルベンド・ホルモルシーピングである。

「ええと……ネルネルさん、皇帝陛下の勅命(ちょくめい)ですわよ。すぐに帝都に戻るべきですわ」

さすがにクレアが注意する。皇帝陛下の命に背くのは反逆罪になりかねない。

「大丈夫、ちょっと寄るだけだゾ。わたしに考えがある」

「それは……どういった？」

「ぐへへっ、で、デノアの勇者がリリアナから北上し帝都を目指すのなら、必ずアレクシアグラードを経由するはず。わ、わたしが密かに偵察して、ど、どんなヤツか調べておきたいんだゾ」

「それは確かに……敵の情報を得るのは重要ですわね」

クレアが少し納得した顔になって頷(うなず)く。

「ほ、本当にフレイアとシラユキを倒すほどの勇者なら、わ、わたしたち三人が雁首(がんくび)並べて、敗北する無様(ぶざま)な結果になるかもだゾ」

「まさか、最強のわたくしたちが負けるなんてあり得るのかしら？」

「でも、現にフレイアとシラユキが負けたんだよね」

二人のやり取りを見ていたロゼッタが口を開いた。

デカい体の割に温和な表情をしているロゼッタ。化粧っけのないボーイッシュな顔だが、人の良さそうな澄んだ瞳に何処となく愛嬌のある顔は可愛くもある。

ムチッ、ムチッ、ムチッ――

ロゼッタの巨体が動く度にムチムチと肉の音が聞こえてきそうだ。身長は一九〇センチメートル（本人は一八九だと主張）。しかも背が高いだけでなく、筋肉質でありながら胸と尻はムッチリと女性らしい脂肪も兼ね備えている。

ロゼッタ本人は大きいのを気にしているようなのだが、その長身巨体と爆乳巨尻のコンボは、ある特定の男性を魅了してやまない。抱かれたいと密かに想う隠れファンが多いようだ。

「いまだに信じられませんわ。あの二人が負けるなんて」

クレアが呟く。

「何か特殊なスキルを持っているのかもしれないね。私たちも気をつけないと」

心配そうな顔のクレアの肩にロゼッタが手を置いた。

「ロゼッタさん、相変わらず男前ですわね」

「それ褒めてないよね。クレア……」

「し、失言でしたわ。ロゼッタさんの逞しい肉体が眩しくて」

クレアとしては褒めているつもりなのだが、デカいのを気にしているロゼッタには逆効果だった。貞操逆転世界と呼ばれるルーテシア帝国でも、ロゼッタの肉体は規格外なのだ。

ただ、女房関白帝国乙女が基本のルーテシア帝国に於いて、高身長で逞しく包容力がありそうなロゼッタは隠れた人気がある。実はファンが多いのに、密かに想いを寄せている男ばかりで、本人は全く気付いていなかった。

「はあぁ……男欲しい……何処かに好みの男子が落ちてないかな？　もう欲求不満が溜まり過ぎてどうにかなりそうだよ」

ロゼッタが本音を漏らす。

そう、このロゼッタ、七大女将軍の中でも最強レベルに性欲強めだ。滅茶苦茶溜まりまくっているのに、御多分に洩れず男に怖がられていて誰も近寄らない。ファンの男も遠巻きに眺めているだけだ。

そんなムラムラが止まらないロゼッタの様子を見たネルネルが、とんでもない提案をする。

「あひゃひゃ、て、敵の勇者を生け捕りにしたら、ロゼッタが拷問して情報を吐かせる役目をすれば良いんだゾ。地下牢に監禁して……鎖で身動きできないようにして……い、イケナイコトたくさん……ぐへっ、ぐへへへへっ」

「その手があったのか！」

ロゼッタが乗せられる。

「い、良いのかな？　イケナイコトしちゃって」

大きな体をモジモジして身悶えるロゼッタ。

「ぐへぇ、い、良いんだゾ。ファンタジー小説の世界では、気高い男騎士を捕らえてイケナイコトしまくって『くっころ展開』になるのは定番なんだナ」

「くうぅぅぅ～っ♡　が、頑張っちゃおうかな。よぉーしっ！　私がデノアの勇者を倒して『くっころ』だ！　おおぉーっ！」

むちっ、むちっ、むちっ――

興奮したロゼッタの肉体がムチムチと音を立てる。少し褐色の肌が汗で光り艶々だ。もわぁっとフェロモンのような湯気が立ち上り、自らの淫乱度数を高めてしまう。

「あ、あの……ネルネルさん、あまりロゼッタさんを唆さないようにしてくださいまし。危険ですわ。ロゼッタさんが暴走したら誰も止められないですわよ」

それとなくクレアが止めようとする。

ネルネルはニタニタ笑っているが、ロゼッタは慌てて弁解し始めた。

「や、やだなぁ。私が拷問なんてするわけないじゃないか。こ、言葉の綾だよ。え、エッチなお仕置きはしちゃうかもだけど……と、とにかく、私もネルネルと一緒にアレクシアグラードに寄っていくよ。クレアは先に帝都に戻ってくれないかな」

「えええええ………………」

思い切りジト目になった顔で二人を見つめるクレア。命令より男やエッチを優先してしまう同僚に呆れ顔だ。

「そ、そんな目で見ないでよクレア。すぐに追いつくからさ。ちょっと敵の勇者を調査するだけなんだから。隙があったら捕らえてイケナイコト……ゲフンゲフン、そ、そうそう、情報を聞き出したりね」

目が泳いでいるロゼッタ。もう頭の中はエッチでいっぱいだ。

「はああっ、仕方がないですわね。わたくしは先に帝都に向かいますわ。あなたたちもすぐに追いついてくださいましね」

クレアが折れた。二人が遅れたら小うるさい元老院議長アレクサンドラがヒステリーを起こしそうで気が重い。とにかく、すぐ自分に追いつくか、または敵の勇者を捕らえてしまい、皇帝陛下に良い報告ができるのを祈るばかりである。

「ぐへへへっ、拷問だゾ。くっころだゾ」

「ふんす！　ふんす！　どんな勇者なんだろ。楽しみだなぁ」

クレアの気など知りもせず、不気味な笑いのネルネルと鼻息荒いロゼッタがウッキウキで支度を始めた。

◆◇◆

ナツキたちがアレクシアグラードに入ろうとしている頃——

フレイアとシラユキの凸凹コンビは、やっとペースを上げナツキとの距離を縮めていた。軍の所有する馬車を上官命令で拝借し、御者に馬を操らせてお客様気分だ。

「やっとここまで来たわね。まだ街は見えてこないのかしら？」

馬車から外の景色を覗いているフレイアが、無表情でボーッとしている同僚に声をかける。

「ふうっ…………」

何やら感傷的な顔をして溜め息をつくシラユキ。フレイアの声など聞いてもいない。

「ちょっと、シラユキ！　何か返事しなさいよ。私が一人で喋ってたらバカみたいじゃない」

「弟くん……早く逢いたい……」

心ここにあらずのシラユキ。遠い目をしてナツキを想う。

「くっ、私って何でこの女と一緒に旅しているのかしら……」

今更ながらシラユキと一緒に旅をしているのに疑問を抱くフレイアだった。

◆◇◆

そして肝心のナツキたちはといえば――

「アイカお姉様、何で変装しているんですか？」

普通に服を着ているアイカに問いかけるナツキ。普通に服を着ているのだから問題ないはずなのだが、普段が下着姿のような露出度高めファッションなので違和感がある。

「さすがに古くからの帝国領内だとバレるし」

フードを深く被り直してアイカが言う。

「何がバレるんですか？」

「えっと……ほ、ほら、アタシって可愛いでしょ」

「はい、可愛いです」

ずきゅぅぅぅぅーん♡

「って、なに正直に言ってんのよ！　嬉しいじゃない」

ナツキに可愛いと言われて、アイカが満更でもない顔をする。ちょっとご満悦だ。

「だ、だから、アタシがアタシだってバレるの」

「バレちゃマズいんですか？」

「マズいに決まってるでしょ。大将……んんっ、可愛いと色々大変なのっ」

「そうなんですか」

何か重要なことをうっかり喋りそうになってしまうアイカが、その煽情的な肢体をくねらせて誤魔化す。

「でも、アイカお姉様って凄い自信ですね。ボクもお姉様くらい自信が持てるようになりたいな」

ナツキの話を聞いたアイカが少しだけ真面目な顔になる。

「いい、ナツキ。他人がゴミとか悪口言ってくるのを真面目に聞いちゃダメ。そんなの聞いてたら自尊心や自己肯定感が低下しちゃうから。そうやって他人の自己肯定感を下げてマウントをとろうとするヤツが少なからずいるのよ」

「はい、お姉様」

「自分の価値は自分で決めるの！　他人が勝手に決めた価値を受け入れちゃダメ。赤の他人は上辺だけしか見てないし、本当にその人を理解なんてしてくれないんだから」

「はい」

「だからナツキ、自信を持ちなさい。自分は世界に一人だけしかいない大切な存在だって。そして、いつかそいつらを見返してやるのよ！」

「はい、何だかアイカさんと話していると元気が出てきます。ボク、頑張れそうです」

アイカの話で少しだけ自信を持ったナツキだった。

「アタシ、何やってんのよ。マジになちゃって……他人は利用するだけだったはずなのに……」

小声で呟くアイカにナツキが聞き返した。

「アイカお姉様、何か言いましたか？」

「何でもない。さっ、アレクシアグラードに入るわよ」

「はい」

歴史ある帝国都市に入る二人。この後、二人に数奇な運命が待ち受けているとも知らずに。

第五章　交錯する思惑

ナツキとアイカがアレクシアグラードの街を歩いている頃、遅れていたフレイアとシラユキも一気に追い上げ街に到着した。

恐怖の七大女将軍のうち二人が乗車している馬車なのだ。さぞかし御者は怖くて急いだに違いない。

馬車から降りた二人は、ナツキを捜して街を歩く。こちらもアイカと同じく目立たない格好をして。

「んん〜っ、やっと着いたわ。誰かさんのせいで道に迷って大変だったけど」

自分も道に迷ったのに、全部シラユキのせいにするフレイア。わざと聞こえるようにシラユキに向かってぼやく。

「はぁ、弟くん……どこかな」

振り向きもしないシラユキはナツキのことで頭がいっぱいだ。

「ちょっと待ったぁ！」

ガシッ！

相手にしてくれないのに痺れを切らし、フレイアが直接シラユキの腕を掴んで話しかけた。

「なに？」

「『なに』じゃないわよ！　あんたが相手してくれないと、私がずっと独り言を呟いてるみたいじゃない」

実は構って欲しいフレイアだ。挑発するような口を利いているのも、シラユキに反応して欲しいだけかもしれない。

「フレイア……もしかして、私のこと好き……？」

「なわけないでしょ！　私が好きなのはナツキなのっ！」

「そう……私は、フレイアのこと、ちょっと好きかも……」

「えっ」

シラユキの発言でフレイアの顔が赤くなる。仲が悪いと思っていたのに、突然の告白で照れてしまったのだ。

「は？　はあ？　別に私はあんたなんか……」

「私も士官学校時代は嫌いだった。何だかフレイアって偉そうで威張っていて、態度と胸が大きくて、嫌味な先輩な感じがして――」

「ちょっと、あんた喧嘩売ってる？」

フレイアがツッコむが、シラユキは無視して話し続ける。

「そして、自分大好きな陽キャっぽくて、パリピな感じで、胸が大きくて、キラキラ女子で、男をとっかえひっかえしてそうで、人生楽しそうで――」

「ちょ、ちょっと、後半おかしくない？　てか、胸が大きいを二回言ってるんですけど」

結局のところ、陰キャのシラユキは陽キャっぽいイメージのフレイアが気に入らなかったようだ。

「でも、今は嫌いじゃない。話してみたら意外とパリピじゃないしモテそうでもない」

「う、うるさいわね。モテなくて悪いか」

「それに、凶悪な炎の大将軍とか言われているのに、そんなに悪くはなかった。ちょっとおバカなポンコツ女」

「やっぱり喧嘩売ってるでしょ！」

所々に棘を入れるのはシラユキらしい。

「ふっ、ふふふっ……やっぱり面白い。フレイアと、こんな風に話せるなんて思わなかった」

「えええええっ！　シラユキが笑ったの初めて見たかも」

自然な笑顔のシラユキを見たフレイアが驚く。無理もない。ナツキの前では表情も柔らかいシラユキだが、他の人には無表情で鋭い目つきを崩さないのだから。

ナツキと知り合ったことで、少しだけシラユキが変わったのかもしれない。

「あんた、笑うと結構可愛いわね。まっ、わ、私もあんたのこと嫌いじゃないわよ」

モジモジしながら話すフレイア。ちょっと気恥ずかしいのか、そっぽを向いている。

「でも、ナツキの彼女は私。フレイアは諦めて」

「にゃにおーっ！　彼女は私に決まってるでしょ。あんたこそ諦めなさいよ」

「弟くん何処かな……」

「って、聞きなさいよ！　まてぇ！」

仲良くなったようで前と変わらないような二人だった。

◆◇◆

一方、ナツキとアイカの二人だが、巨大な街の中を仲良く歩いていた。

デノア王国には無い大きな建物が立ち並ぶ大通りに、ナツキはずっと物珍しそうに周囲を見渡してばかりだ。

「凄く歴史があって大きな街ですね」

「あんまりキョロキョロして迷子になるんじゃないわよ。アタシもそこまで面倒見切れないし」

少し後ろをアイカが歩く。恋人同士というよりは姉弟のような感じだ。

そのアイカが、通りの向こう側から来る二人組の女性に気付く。見たことのある特徴的な髪が目に留まったのだ。

「なっ！　あ、あれは……」

アイカの視線の先、そこに見えるのは、燃えるような赤い髪をした魅惑的な女と、新雪のように煌めく銀髪をした美しい女。そう、フレイアとシラユキだ。

「な、何であいつらが……デノア王国攻略の為、リリアナに派遣されたって聞いてたのに……」

アイカが立ち止まったのに気付いたナツキが戻ってきた。

「アイカお姉様、どうかしましたか？」

ナツキが話しかけるが、アイカの頭の中は二人から逃げることでいっぱいだ。

（マズい、マズい、マズい、アタシが城を抜け出してきたのがバレるし！　一番厄介なのに会っちゃうなんて。てか、何でフレイアとシラユキがアレクシアグラードにいるのよっ！）

まさかアイカも大将軍と会うなどと思っていなかっただろう。

（まあ、暇すぎて城を抜け出したアタシが悪いんだけどさ。そもそも、あのババア（アレクサンドラ）がアタシを辺境に追いやったのがムカつくのよね！　あからさまにアタシを嫌ってるみたいだし。てか、早く逃げないと）

「お姉様、アイカお姉様」

「えっ、あっ、ナツキ……」

ナツキに体を揺らされて、やっと現実に思考が戻ってきたアイカ。ナツキが心配そうな顔をする。

「どうかしましたか？」

「あぁ〜っ、えーと、そ、そう、アタシ、急用を思い出しちゃった。ちょっと出かけてくるから。さっき取った宿屋で落ち合うってことで」

「えっ、アイカさん？」

タッタッタッタッタッ――

「じゃ、そういうことでぇ～」

一目散に駆け出すアイカ。二人がコチラに近づいてきたのだ。

「アイカさん、急にどうしたんだろ？　でも、余り詮索するのも悪いよな。ボクだってデノア軍なのを黙っているんだし」

ふと、ナツキの視線が商店街の人形に止まる。

「あっ、あれはルーテシア名物のマトリノア人形だ」

店に向かって駆け出したナツキの後ろを、ちょうどすれ違うようにフレイアとシラユキが通り抜ける。ほんの一瞬の偶然で、お互い気が付かないタイミングで。

「まったく、あんたはいつも無愛想なんだから」

「そう？」

そのまま気付かずに、二人の大将軍は話しながら雑踏に消えていった。

「ん？　今、フレイアお姉さんとシラユキお姉ちゃんの声がしたような……気のせいかな。こんな場所にいるわけ無いし」

ナツキが振り向くが、そこには険しい顔をして先を急ぐ街の人が見えるだけだ。

買い物をしてから宿に向かおうと、ナツキは商店街を歩いていた。そして、裏通りに入ったところで事件は起きる。

「何だろう。こんなに大きくて栄えた街なのに、人々は皆険しい顔をしている。長く戦争が続いていて生活が苦しいのかな？　早く皆が笑って過ごせる世界になれば良いのに」

そんなことを考えながら歩いていると、路地の向こう側から動物の鳴き声と何かの騒ぎ声が聞こえてきた。

「キャイン、キャイン、クゥ～ン」

ドカッ！　バキッ！

「オラッ！　コイツめっ！」

バタンッ！

「えっ、な、何の騒ぎ？」

声のする方にナツキが駆け出す。

ナツキが路地を曲がったところで、信じられない光景を見てしまった。貧相な身なりの男たちが、縛られた犬を棒で殴っている場面だ。

「な、何をしているんですか！　弱いものイジメはやめてください！」

真っ直ぐ犬のところに駆け出したナツキが、縛られている犬を解放した。怯えた犬は一目散に逃げ出して何処かに消えてしまう。

「おい！　テメエっ！　何しやがる！」

「このガキっ！　勝手に逃がしてんじゃねえ！」

二人組の男が血相を変えてナツキに掴みかかる。酒臭い息がかかるが、それでもナツキは怯まない。

「抵抗できない犬を殴るなんてダメに決まってるでしょ！　大の大人なのに恥ずかしくないんですか！」

「うるせぇ！　ゴラッ！　あの犬が俺に噛みついたから躾けてんだよ！　邪魔すんじゃねえ！」

「そうだそうだ、俺たちの勝手だろ！　ここでは弱い者は踏みにじられる運命よ」

男たちが大声で怒鳴る。これが街のルールだと言わんばかりに。

「そ、そんな」

ナツキが絶句する。

「ガキ、お前はよそ者かもしれないから教えてやるがよ。この国では弱者は生きていけねえんだよ！」

「おうよ！　元から生活が厳しかったがよ、今の皇帝になってからは最悪だぜ！　戦争の為に税金はドンドン上げる。俺たちのような低所得者は食っていくのもままならねえ」

「そうだそうだ。スキルの高い子供は帝都に送られ士官学校へ。高い地位と良い暮らしが保証される。だがな、スキルの低いヤツら……特に俺たちのような男は低賃金で強制労働よ。たとえ戦地に送られて戦死しても、ろくな弔慰金も出やしねえ。俺たちは使い捨ての道具なんだ！」

「で、でも、やって良いことと悪いことが……ぐああっ！」

反論しようとするナツキだが、襟を掴んだ男が締め上げる。

「そうだよ、特権階級のヤツらは贅沢な暮らしをして、俺たちのような底辺の人間を踏みにじるんだ。だから、俺たちも弱い者を踏みにじっているだけさ。その何が悪いんだ！　あぁっ！」

「おらっ、悔しかったら何か言い返してみろよ、ガキがっ！」

「ぐううっ、くそぉ！　な、何で……」

ナツキの心が悲しい気持ちでいっぱいになった。戦争や貧困による心の荒廃。格差社会の恨み。憎しみの連鎖。どうしようもないやるせなさ。

（どうして……どうして、この人たちは、こんなになってしまったんだ……。今の皇帝のせいなのか。周辺国を侵略して富と権益を手に入れているはずなのに。国民は、こんなにも貧しく荒んでいるなんて）

しかしナツキの脳裏に、悲しそうな顔の犬が浮かぶ。

（でも、だからといって弱い者をイジメるのはダメだ！）

「やめろっ！　放せ！」

ナツキが男の腕を振りほどく。

「おら、やっちまえ！　このガキが！」

「どうする、偽善者さんよぉ！」

掴み合いになったところで、騒ぎを聞きつけた女兵士たちがやってきた。

「おい、何をしている！　全員取り押さえろ！」

「「はっ！」」

一斉に襲いかかられて前後不覚になり倒れるナツキ。薄れゆく意識の中で、優しくしてくれたフレイア、シラユキ、アイカの顔が浮かんで消えた。

◆◇◆

ナツキが目を覚ますと、そこは鉄格子のある部屋だった。ひんやりとした硬い床に転がされているようだ。

ガチャガチャガチャ！

「う、動けない……」

後ろ手に拘束されていて立ち上がることができない。どうやら武器とお金を奪われ、収容所のような場所に監禁されているのだろう。

「誰か！　誰かいませんか！」

鉄格子の外に続く廊下に向かってナツキが叫ぶ。

シィイイイイーン——

「誰かいませんか！　ここから出してください！」

もう一度叫んでみると、廊下の向こうから足音が聞こえてきた。

「何だ、騒がしい！」

一人の女兵士が現れた。看守役だろう。

「あの、ここから出してください」

「黙れ、怪しいヤツめ！　取り調べが終わるまで帰ることは許さん！」

看守は全く聞き入れる気はないようだ。

「一緒に旅している人と待ち合わせしているんです」

「ダメだと言っているだろう！」

「でも……そうだ、お金は？　荷物とお金を返してください」

シラユキから借りた金を奪われ焦るナツキ。帝都ルーングラードに行く為の大切な資金だ。

「あのお金は親切な人に借りた大切なお金なんです。返してください」

「それは無理な相談だな。お前のような怪しい少年が大金を持っていたんだ。取り調べが終わるまで返せるわけがないだろう」

「でも……」

「ははは はっ！　まあ、没収された金は、私ら兵士が山分けして遊興費に消えるのが常だがな。はい、残念でしたーっ！」

「返してください！　あれは、あのお金は……戦争を終わらせる為の……親切で優しい人たちを守る為の……大切な」

泣きそうな顔で話すナツキに、イヤラシイ顔になった女看守が言い放つ。

「いいね、その顔。悔しくて屈辱に塗れた顔だ。お前は旅の者で知らないのだろうが、ここアレクシアグラードでは釈放されるには金が必要なんだよ。簡単に言えば賄賂だな。手持ちの金の倍を用意しろ。そうしたら考えてやっても良いぞ」

「わ、賄賂……そんな……」

「まあ、お前は若い男だから、金を払っても女兵士たちにイケナイコトされちゃうかもしれないがな。金の心配より自分の心配をした方が良いんじゃないのか？　ははははっ！」

酷い言いようだ。無実の罪で逮捕され、賄賂を払わないと釈放されないという。ここ帝国では軍も警察も腐敗し、法による統治が崩れているのだろうか。これでは何でも権力者のやりたい放題になってしまう。

ナツキの心に暗い影が差す。

カリンダノールで会った定食屋の男性の言葉。女騎士に脅されていた男性。そして、ここアレクシアグラードで暴力に手を染め生きる希望も見失った人々。その全てが、ナツキに世界の真実を突きつける。

「こんなの間違ってる……」

（ボクは……知らなかった。最初は悪い帝国が攻めてきて、勇者が戦争を止めれば平和になるって思ってたんだ。でも、ルーテシア帝国にも良い人も悪い人もいて。他国を侵略して贅沢をしている国なのに、貧しくて食うのに困る人が多いなんて）

ガチャ！

悔しさとやるせなさで強く拳を握る。

「そうだ、帝都に行って皇帝に会うんだ……戦争を止めるだけじゃなく、法を守ったり国民を飢えさせないようにって言わないと。その為には、こんな所で立ち止まっている場合じゃない……」

「おい！　何をゴチャゴチャ言っている」

独り言を呟くナツキに、女看守が注意をした。

(何とかして、ここを脱出しないと……)

脱出する方法を考えるが両手を拘束され、鉄格子の中ではどうしようもない。

あれこれ考えていると、女兵士がナツキに話しかけてきた。暇なのだろうか。

「それにしても、お前、見れば見るほど美味しそうだな。初心な感じがたまらんぞ。ぐふっ、私は若い男の見張りでツイているなあ。一緒に逮捕された男どもは暴れたから別の牢屋に入れたが……私はこっちの見張りで良かった。ぺろっ」

女看守が舌なめずりする。イケナイコトでもするつもりなのだろうか。

カチャ！　ギィイイイーッ！

ニヤついた女看守が鉄格子の鍵を開けた。そのまま扉を開けて中に入ってくる。

「どれ、上官に手籠めにされる前に、私が味見でもするか。ふふっ、可愛がってやるから安心しろ」

完全にオヤクソク展開になる。これが他の国なら女騎士が『くっころ展開』だが、ここルーテシア帝国では男が『くっころ』されてしまうのだ。

「ちょ、ちょっと待ってください！　ダメです！」

「ふふふっ♡　良いぞっ、もっと叫べ。その方がグッとくる」

女看守はヘンタイさんだった。またしても、ナツキ貞操の危機である。

「そ、そうだ。そう言えば、犬はどうなりましたか？　オジサンたちにイジメられて怪我していたんです」

この状況を何とかしようとして考え出した結論が、ワンコの話題だった。ナツキ渾身の作戦だ。

「んっ、犬……あの怪我していた犬のことか？」

奇跡的に女看守が乗ってきた。

「はい、知っているんですか？」

「ああ、怪我をしていたからな。私が引き取った」

「て、天使？」

ずきゅぅぅぅぅーん！

「くあぁ♡」

ナツキの姉喰いスキルで女看守がグラッときた。縛られていて動けないが、少しだけスキルが発射され当たったようだ。

「な、何だ今のは……エッチな気分に。いや、元々エッチだったたな」

その女は元からエッチだった。

「あの、犬は大丈夫なんですか？」

「ああ、怪我は浅かったから問題ない。ワンコをイジメるなんて許せんヤツらだな」

男には厳しいのに犬には優しい女看守のようだ。

「良かったぁ～」

「そう言えば……お前もワンコみたいだな」

「えっ？」

「ふふっ、良いことを思いついたぞ。ワンワンプレイでナデナデしまくってやる」

女看守の指がグニグニといやらしく動く。完全にイケナイコトモードだ。

こちょこちょ――

「ぐへっ、コチョコチョコチョ、おっと手が滑った」

「あっ、そ、そこはダメ！」

女看守の手がイケナイとこに滑り込む。ナデナデとか言いながら、狙いはイケナイ部分らしい。そっちはナデナデではなくチ○チ○だろう。

これでは、もう完全に詰んだかのように見える。

「ああっ、ダメです！　そこは……恋人同士じゃないと」

「いいぞいいぞぉ、もっと叫べ。ぐへぐへぐへ」

「ああっ……そこは……」

「おふっ、これは意外と……おっ」

ナツキの頭にフレイアやシラユキの顔が浮かぶ。

(あああ……ごめんなさいフレイアお姉さん、シラユキお姉ちゃん、ついでにアイカお姉様。ボクは、こんなところで知らない女の人と初エッチしちゃいそうです。本当なら結婚を決めた相手とじゃないとダメなのに。さよなら、ボクの童貞生活(ドーテーライフ)……)

童貞にロマンは無いのだが、ちょっぴり惜しいナツキなのだ。初めては好きな人としたいから。

(――――って、諦めちゃダメだ！　こんな所で捕まっている場合じゃない！　ボクは決めたんだ、国を守る勇者になるって！　いや、それだけじゃない。他の国にも苦しんでいる人がいる。ボクは、世界を救う勇者になる！)

ナツキの夢がスケールアップした。国から世界へ。

「――ごにょごにょ」

「どうした、諦めたのか？　もっと嫌がってくれた方が楽しいのだがな。ぐへへっ」

「わ、ワン、ワンワン。お、お手したいワン」

これがナツキ渾身の切り札。犬の真似だ。

ちょっとバカっぽいが、犬好き女看守を油断させて拘束(こうそく)を解かせるにはこれしかない。

ずきゅうぅぅぅーん！

「ぐはぁ♡　い、良いぞ、それ。やっとワンワンプレイをする気になったか。仕方ない、拘束を解いてやるか。これは内緒だぞ」

案の定、ワンワンプレイをしたい女看守がナツキの手枷を外す。ナツキの予想が的中した。

「ほら、お手！」

「たあああっ！」

ビビビビッ！

お手の代わりに姉喰いスキルを打ち込んでやった。当然、不意を突かれた看守はもんどり打って倒れる。

「ごめんなさい、犬が好きな看守さん。ワンコが好きな人に本当の悪人はいないと思うから、もう悪いことしちゃダメですよ」

ぷしゅぅぅぅぅ～っ！

ケツを高く上げた状態で倒れている女看守に向かってナツキは喋る。まるでケツに話しかけているみたいだ。

ガチャ！

牢屋を出て控え室のような部屋に入ると、ナツキの荷物と金が置いてあった。急いでそれを懐にしまう。

「良かった。お金も無事だった」

ホッとするナツキだが、足音と共に次々とドアから女兵士たちが入ってきた。

「おい、お前、何でここにいる！」

「脱走か！」

振り向きざまに姉喰いスキルを放つナツキ。アイカとの特訓が役に立った。

「たあっ！　とうっ！」

ビビビビッ！

ガタンッ、バタンッ！

「ぐうっ、おい、ガーレン！　早く来い！　脱走者だ、そいつを捕まえろ！」

倒れた女兵士がガーレンという部下を呼んだ。すぐに部下がドアから入ってくる。

ズシッ、ズシッ、ガツッ！

「お呼びですか、隊長」

その部下は女ではなかった。全身を筋肉の鎧で武装したかのような屈強な男だ。身長は入り口よりも高く、体重も一二〇キログラム以上はあるように見える。

「そ、そいつを捕まえろ！　精神系魔法を使うぞ、気を付けろ！　うあっ♡」

昂る欲情で上気した女兵士が、それだけ言って気を失った。

「へい、お任せください」

グギギギギギギッ！

ガーレンが両手を広げる。途轍もなくデカい。広げた腕には鋼のような筋肉と血管が浮かぶ。

ナツキ最大のピンチだ。貞操の危機以外の大ピンチである。今までは運よく姉属性女性相手に勝ち続けたが、遂に屈強な男と戦うことになった。

今、ナツキの真価と覚悟が試される時が来たのだ。

ビクトル・ガーレン
第三〇回、三一回、三二回、ルーテシア帝国拳闘大会男子の部優勝者である。その巨体を活かした強烈なパンチは、一撃で敵を屠るとさえ言われている。
帝国士官学校時代から男子の中では無敵を誇るガーレンは、格闘技の試合に於いて一三〇戦一二九勝一敗。これだけの戦績を残しながらも軍での階級が低いのは、女性上位帝国であるルーテシアの宿命か。
今、その屈強な男兵士が、ナツキの前に立ちはだかる。

「おい、なんだガキかよ？　小さくて分からなかったぜ」

ガーレンが口を開く。見た目どおりの野太い声だ。

「くっ、強そうな人だ。でも、ボクは負けない！」

ナツキが短剣を抜いて構える。武器も荷物と一緒に回収できていて助かった。

「ほうっ、俺とやろうってのか。小さいのに根性だけはあるようだな。この格闘戦無敗の俺と……いや、一敗していたか。まあ、あの女は別格だからな。バケモンみたいに規格外の女は無効で良いだろ」

丸太のように太い腕を上げ巨大な拳を作ったガーレンが言う。意外と細かい性格なのか、一敗した相手の説明までしてくれた。

「負けるわけにはいかない。デノアで待っている皆の為にも、戦争で苦しんでいる人たちの為にも……」

アイカとの特訓を思い出し、短剣にスキルを込める。剣とスキルを融合させ勝機を見出すのだ。

「行きます！　淫乱剣（フレイアブレード）！　たあああああああぁぁぁっ！」

ガシィーンッ！

「おらぁああっ！　効かねえなあ。ぬるい、ぬる過ぎるぜ！　おらっ！」

バアアアアン！　ゴロゴロゴロ、ドォオオーン！

「ぐっはあああっ！」

スキルを込めた剣は、あっさり止められた。剣を持つ手首を掴まれ、お返しとばかりにガーレンの右フックが飛ぶ。

ナツキは空中で三回転して床を転がり、壁にぶち当たって止まった。

そう、姉喰いスキルは姉属性の人物にしか効かないのだ。

「ううっ、痛い……一撃で……」

立ち上がろうとするが体に力が入らない。強い衝撃を受け、筋肉が悲鳴を上げているかのようだ。

「ふっ、弱いな。まあ、俺を見て挑んだ勇気だけは褒めてやる。なんたって俺は格闘レベル6のスキル持ちだからな」

軽く揉んでやったとばかりに腕や首を回すガーレン。準備運動にもならないと言いたげだ。

「ま、まだです……まだ負けてません……」

震える足をバシバシと叩き、気合を入れて立ち上がるナツキ。

「おいおい、ぼうず。そんなんで勝てるわけねえだろ。諦めろ」

「あ、諦めない……ボクは、勇者になるって決めたんだ」

バンッ！　ドガッ！

「ぐああっ！」

ガーレンの右手が往復した。今度は軽くあしらうように平手打ちだ。

「くうっ、フレイアブレード！　フレイアブレード！　フレイア………」

ナツキが剣を振るが何も起きない。

(ボクは、何を勘違いしていたんだ……。フレイアお姉さんやシラユキお姉ちゃんに勝ったからって調子に乗って……お姉さんたちは手加減してくれていたのに)

自分の思い上がりを悔いても仕方がない。ナツキは更に力をこめる。

(このままじゃダメだ。もっと、もっと強い力を……ボクに力があれば……強いスキルが……。

ボクだってレベル10なのに。姉喰い……ゴミスキルと言われてきたけど……でもフレイアさんたちと同じレベル10なんだ)

「フレイアブレード！　フレイアブレード！　くそっ、何で力が出ないんだ」

「どうやらぼうずは戦闘系スキルが無いようだな。精神系スキルと聞いて用心したが、大したことねえようだ。そろそろ楽にしてやるぜ」

ガーレンが拳を上げる。もう一撃入れてから拘束するつもりだろう。

「フレイアブレード！　ううっ、何で……」

(フレイアさん……あの強く美しい獄炎のようなオーラ。全てを焼き尽くす炎の魔法使い。凄い……まるで神話に登場する伝説の魔法使いみたいだ。ボクも、あんな力があれば……)

振り上がるガーレンの腕を見ながら、ナツキの脳裏にはフレイアの姿が浮かび上がる。ドスケベでイケナイコトしようとするお姉さんだけど、本当は強くて優しい人。

(フレイアさんの力……そうだ、あの獄炎のような能力……あんな力があれば。ほんの少しでもいい。ボクにも力が……)

力を願う。獄炎のような力を。

(あれ？　そういえば『姉喰い』って、どんな能力なんだろ？　精神系魔法のスキルって言われているけど……実際にどんな魔法なのか分からないぞ。姉喰い……姉喰い……お姉ちゃんを食べちゃうのかな？　お姉ちゃんの力の千分の一でも食べられたら良いのに)

ガーレンの拳が迫るのをスローモーションで見ているナツキ。まるで走馬灯でも見ているかのようだ。

（フレイアさん……獄炎の炎……姉喰い……）

その時、フレイアの獄炎のようなオーラの映像と、ナツキの姉喰いスキルが連結（リンク）するのを感じた。

「獄炎剣（フレイアブレード）！」

ズドンッ！

「ぐおおおおおっ！」

その時、信じられない現象が起きた。ナツキが持つ短剣の切っ先から小さな火球が放たれたのだ。それはガーレンの腹に命中し、その屈強な肉体の大男が膝をついた。

「えっ、ええっ！　何か出た！　ドビュッて出た」

一番ビックリしているのはナツキだ。頭の中で何かがフレイアと繋がったと感じた瞬間、ほんの少しだがフレイアのような魔法が使えたのだから。

「ぐっ、ぐはっ、ぼ、ぼうず……やるじゃねーか。この俺をダウンさせるなんて。がはっ！」

ナツキを認めたガーレンが倒れた。ボディへの強烈な一撃でダウンしたのだろう。

「はっ、い、今のうちに」

兵士が全員倒れているのを見たナツキが駆け出す。今なら収容所を脱出できるかもしれない。

◆　◇　◆

ナツキが収容所でピンチに陥っていた頃、アイカも大ピンチになっていた。

少し前――

「まったく、何であいつらがいるのよ。帝都から遥か東方に移動させられてムカついてたから、抜け出してやったのに。あのババア（アレクサンドラ）にチクられたらマズいっつーの」

アイカが文句を言いながら通りを歩く。

「どうせ西方と南方の侵略が成功したら、次はヤマトミコに攻め込むつもりなんでしょ。不可侵条約って言っても、どうせ長くは続かないんだろうし。そうなったらアタシが最大の激戦地ってことじゃないの。あのババア（アレクサンドラ）、アタシが邪魔だから東方行きにしたに決まってるし！」

アイカはアレクサンドラを信用していなかった。皇帝の代理として言葉を伝えているが、アイカとしては直に皇帝から話を聞かなければ信用しないタイプだ。

幼い皇帝を傀儡（かいらい）として、いくらでも嘘を混ぜるのが可能なのだから。

ちなみに、ヤマトミコとは東の果てに存在する女が支配する島国だ。姫巫女（ひめみこ）と呼ばれる女王が代々治めている。

アイカは海を隔てた国境の街、ミーアオストクの城を守るよう命令されていた。

ドカッ！

「あいたっ！」

「きゃっ！」

考え事をしながら歩くアイカが、横の通りから出てきた女性とぶつかってしまった。

「あっ、ごめん。前見てなかったし」

「も、問題無い……私も見ていなかった」

アイカが軽く謝ると、相手の女も応えた。新雪のように煌めく美しい銀髪の若い女だった。

「――って、シラユ……うぐっ」

アイカが慌てて顔を隠す。会いたくないと思っていた相手に会ってしまったのだ。

「んっ？　あれ？」

「ひ、人違いです」

怪しむシラユキに、アイカはフードを深く被って誤魔化そうとする。

（ななな、何でコイツがここに居るのよぉぉぉぉーっ！　逆方向に行ったはずなのに。ま、まさか、アタシ……尾行されてた？）

方向音痴のシラユキが道を間違え逆方向に回ってしまっただけである。決して尾行などしていない。

「おい、シラユキ、勝手に先に行くんじゃないわよ。まったく、また道に迷っちゃったじゃない」

そこに、燃えるような赤い髪をした女まで現れた。言わずと知れたフレイアである。

「迷ったのはフレイアも同じ」

「あんたねぇ……って、その女は？」

フレイアが、シラユキの隣にいる女に気付く。

「ん、よそ見していたらぶつかった」

「あんた、前見て歩きなさいよ」

「でも、この人、何処かで会ったような気がする」

シラユキの話でフレイアもフードを深く被（かぶ）った女性の方を見る。

「そういえば、何処かで見たことあるような……」

「い、いいえ、人違いです。アタシは旅の美少女アイカ」

声色を変えたアイカが誤魔化そうとするが、余計に怪しくなる。

アイカは、逃げるか戦うかで迷っていた――

（ま、マズい。マズいマズいマズいし！　選りにも選って凶悪なフレイアと冷酷非情のシラユキとか。絶対、殺（や）られる！　先に精神掌握（セイズマインド）で攻撃して……いや、大将軍二人を同時に相手するのは分（ぶ）が悪い。隙を突いて逃げるしか……）

「あっれぇ、あんたマミカじゃん。カワイイ大将軍の。ははっ、カワイイ大将軍とかふざけた名前だけど。実際に可愛いから逆にビミョウなんだけどね」

フレイアがアイカの正体に気付いた。偽名を使いフードで顔や体を隠していても、溢れ出る煽情的（せんじょうてき）なフェロモンや雰囲気は誤魔化せない。

「うげ……マミカ・ドエスザキ……」

シラユキが嫌そうな顔をする。
「ちょっと、シラユキ！　何よ、その嫌そうな顔！　アタシの方が嫌だし！」
シラユキのリアクションにツッコんでしまったマミカ。そう、今まで隠していたが、アイカの正体はマミカだったのだ。

マミカ・ドエスザキ
ルーテシア帝国大将軍、カワイイの調教師（テイマー）である。
ちなみにシラユキとは同級生だ。シラユキのことを、いつもツンツンとすまし顔で偉そうにしていると感じ嫌っていた。それに対し、シラユキもマミカを、あざとくて男受けが良くて人気のリア充だと思い嫌っていたのだ。

遂に正体がバレて絶体絶命のアイカ改めマミカ。果たして、ピンチを切り抜けナツキを徹底的に調教し堕とす計画は成功するのだろうか。

「あはっ、ははは、シラユキとマミカって相変わらず仲悪いわね。士官学校時代から悪かったみたいだけど、大将軍に任命されてからもギクシャクしてたようだし」
二人の言い合いを見ていたフレイアが笑う。自分も前はギクシャクしていたのに忘れているようだ。

すぐにマミカがフレイアの言葉に噛み付く。

「それは、シラユキが態度悪いからだし！」

そこにシラユキも突っかかる。

「マミカが男にモテてる陽キャなのが悪い」

「それ関係無いでしょ！」

「確かに……」

マミカとシラユキの舌戦（ぜっせん）が繰り広げられる。噛み合っていないようだが。

「ふぅ～ん、シラユキって、アタシがモテるから嫌いなんだぁ」

「うっ、ちょっと……ず、図星……」

「きゃはっ、アタシの勝ちぃ！」

不毛な戦いである。

「ちょっと、マミカも怖がられていただけでモテてないでしょ。恐怖のドS女マミカに目を付けられたら調教されるって、私の学年にも知れ渡ってたわよ。取り巻きがチヤホヤしてたのも、怒らせたら何されるか分からないからだと思うけど」

二人の不毛な戦いに、フレイアがツッコミを入れた。新たな爆弾投下である。実はマミカも非モテのようだ。

ガァァァァーン！

「ぐっ……ああっ！　アタシの暗黒学校生活がぁ！」

　ただでさえ精神系魔法最強のスキルを持っているのに、更にドS女との噂まで広がっていれば男も怖がるというものだ。陽キャのように振る舞っていたマミカだが、実際は非モテの学校生活だった。

「うっさいわね。あからさまにアタシの力や地位に媚を売ってきたり、陰でコソコソ悪口言ってる男なんかに興味は無いし。まっ、施設にいた頃よりマシだけどね……（ぼそっ）」

　少し寂しそうな顔でマミカが呟く。

「えっ、何か言った？」

　よく聞こえなくてフレイアが聞き返す。しかしマミカはスルーして話を続けた。

「それより何しに来たのよ！　まっ、どうせアタシを殺りに来たんでしょ。あのババアにでも命令されたの？」

　完全に二人を刺客だと勘違いしているマミカ。もうヤケクソで戦闘態勢だ。

「簡単には殺らせないし！　アタシを敵に回したのを後悔しなさい！　超絶可愛くて最強のヒロイン、大将軍マミカ行きまーす！」

　可愛いのに何かロボっぽいものが発進しそうな掛け声を出すマミカだ。ちょっと変わった子かもしれない。

「あんた……何やってんの。バカなの？」

　唐突な戦闘態勢でフレイアが呆れてしまう。

「はあ？　アタシを抹殺しに来たんじゃないの？」

「んなわけないでしょ。何でそうなるのよ？」

やれやれといった顔のフレイア。完全にマミカの早とちりだった。

「だいたいねえ、マミカって士官学校時代から変わってたわよね。趣味とかファッションセンスとか。それに、誰も信じていないというか……私たちのことも信じてないから殺りに来たとか言ってるんでしょ」

「ぐっ……あ、当たり前でしょ！　簡単に人なんて信じたら裏切られるのよ！　特にあんたたちみたいな凶悪な大将軍なんて」

少しシリアス展開になりそうなその時、シラユキから変な声が聞こえてきた。

「ふっ、ぐっふへっ……」

目が鋭くて美人なのに、ニマァッと少しキモい笑みを浮かべる。

「マミカも非モテ……ふひっ……陽キャじゃなかった。私と同じ……非モテ仲間？」

「はああ!?　一緒にするなしぃ！」

マミカ渾身のツッコミ。非モテの称号はお断りだ。

「てか、シラユキって、こんな性格だったっけ？　もっと凍てつくようにクールで、視線で人を殺めそうなくらいピリピリして他者を寄せ付けない子だったはずじゃ」

マミカの問いにフレイアが代わりに答える。

「私もそう思っていたけど、付き合ってみると意外に面白いのよねえ。あと、この子って陽キャやモテ女子が嫌いみたいで。ホント変な子でしょ」

陽キャというフレーズにシラユキが反応する。

「うっ……べつに嫌いじゃない。陽キャのノリに付いていけないだけ……。だって、陽キャって『ウェイ』とかいう合言葉で不特定多数の男子とエッチしまくったり、バーベキューして野外で〇〇(ピー)しちゃったりするんでしょ」

シラユキの想像する陽キャに偏りがあるようだ。

「ほら、こんな感じ。私も誤解していたけど、シラユキってホント面白いわ」

ポンポンっ！

シラユキの首に腕を回したフレイアが、彼女の肩をポンポンする。まるで仲良しみたいだ。

「あ、あんたたちって、そんなに仲良かったっけ？　前は険悪な雰囲気だったような……」

マミカがそう言うのも当然だ。士官学校時代も軍の要職についてからも、二人が仲良く話している場面など誰も見たこともない。

「って、そんなことはどうでも良いのよ。それより何で二人はアレクシアグラードにいるのよ。デノア王国攻略のためにリリアナ方面に派遣されてたはずでしょ」

そう言ったマミカを、二人はビミョウな顔になって見つめる。まさに『お前が言うな』状態だ。

「いやだって、マミカこそ何でここにいるのよ。確か極東のミーアオストクに飛ばされてたはずじゃ？」

当然フレイアがツッコむ。

「出奔（しゅっぽん）？　逃走？　軍規違反？」

シラユキもツッコむが、自分のことは棚に上げている。どっちもどっちだ。

「あ、アタシのことはどうでも良いでしょ！　あのババア（アレクサンドラ）にはチクらないでよね！　じゃ、アタシ行くから」

色々ツッコまれるとマズいと感じたのか、マミカが背を向けて歩き出す。

その背中にフレイアが声をかけた。

「マミカ、ちょっと聞きたいんだけど、この街でナツキっていう名の少年を見かけなかった？」

「えっ！」

突然、フレイアの口からナツキの名が出て、マミカの足が止まった。

「知ってるの？」

「いいえ、知らないわね」

咄嗟（とっさ）に知らないふりをするマミカ。しかし、頭の中では一気に疑問が膨らんでしまう。

（ちょっと、何でフレイアの口からナツキの名前が出るのよ。知り合い？）

マミカがナツキの言葉を思い返す。

（待って、そういえば先日の剣術特訓の時、ナツキの口から『故郷にフレイアっていう名のエッチな女がいる』って聞いたような。そのエッチな女ってのがフレイアとか……。いやいやいや、接点がまるで見えないし）

「その少年がどうかしたの？」

少し探りを入れようと、マミカが質問をした。

「それが可愛くってさ。えへっ♡　まだスレてない初心でピュアな感じなのに、真面目で頑張り屋で意志が固いというか。んでもって、見た目は受け身っぽいのに、意外と積極的でエッチなことしてくるのよね♡　うふふっ♡」

デレッとした顔になって語り出すフレイア。完全に溺愛モードだ。

「ナツキ……ふへっ♡　弟くん最高♡　腋ペロ最高♡」

シラユキまでデレデレしだす。鋭い目つきに妖しい笑みを浮かべて少し怖い。腋ペロとか人前で話すのはどうなのか。

「えぇぇ……そうなんだ。それは美味しそうな少年ね」

適当に話を合わせながらマミカの頭がグルグルする。関係を探ろうとしたのに、フレイアやシラユキの口から出たのは惚気話ばかりなのだから。

（ちょっと！　それ完全にナツキじゃないの。こいつらとナツキって、どんな関係なのよ。腋ペロ……くっ、何だその禁忌的なワードは。アタシの妄想が捗っちゃうじゃない！）

腋ペロの話でムラムラが増すマミカ。もう我慢できずに手を出してしまいそうだ。

「じゃ、そういうことで。今度こそアタシ行くから」

マミカは歩き出す。

（ナツキぃぃ～っ！　あんな初心な顔してるのに、意外と女ったらしなのかしら。あの恐ろし

い二人をデレさせてるなんて。他の女とイチャつくとか許せないし！　帰ったらキツいお仕置きをしないと）

疑念より嫉妬でいっぱいになる。

（しかも、あいつらまでナツキを狙ってるだなんて。もう悠長に待ってられないわね。早いとこ襲っちゃって既成事実を作った方がいいかも。徹底的に調教して魂にまでアタシの刻印を刻んでやろうかしら。そうね、淫紋プレイとか。ふふっ、ふふふっ♡）

ライバルの出現によりマミカのハートに火を点ける結果となってしまった。ドS女の魔の手がナツキに迫る。

◆　◇　◆

アレクシアグラードに向け超高速で走る影がある。人の形をしているのに人間離れした身体能力のそれは、まるで滑空する隼のようなスピードで走り続けていた。

ビュウウウウウウウウウウウウウウ――――

空気を切り裂くように進むその女は、長く逞しい脚の筋肉を脈動させ大地を蹴り続ける。惚れ惚れするような筋肉美であるにもかかわらず、その体はムッチリと女らしい柔らかな脂肪も兼ね備えていた。爆乳と巨尻とのコンボもあり一種マニア的なエロスを感じさせる。

「ああああああ、うぐっ、お、おえっ、酔ってきたゾ」

ムチムチで長身な女の背には小柄な女が乗っていた。スピードや振動で乗り物酔いしたのか、青い顔をしている。

「ネルネル、もうすぐアレクシアグラードに到着するよ。もう少しの辛抱だから」

ムチムチ長身女……ロゼッタが口を開く。背中におぶっているネルネルに声をかけた。

「うぷっ、は、早く着いてくれないと……ロゼッタの背中がゲロまみれに……おえっ、なるんだゾ」

「それは勘弁してよ。私にゲロをかけるのだけは。でも、早くしないとデノアの勇者を見失っちゃうからね」

そう、格闘レベル10という天賦の才と超恵体を持つロゼッタは、フランシーヌ共和国からネルネルを背負ったまま休みなしで走り続けているのだ。しかも驚異的なスピードで。

「くっころ、くっころ。デノアの勇者、どんな男なんだろ。はあぁ、もうムラムラが止まらないよ♡」

ズドドドドドドドドッ！

ビュウウウウウウウウウウウウウ――――

超破壊力の恵体女が迫る。混迷を深めるアレクシアグラード。ナツキの身に、エッチな女たちの魔の手が伸びようとしていた。

第六章　恋と憧れと反逆の狼煙(のろし)

「ううっ、体が重い……目がかすんで……だ、ダメだ、ここで倒れたら。宿まで辿り着かないと……」

収容所を抜け出したナツキだったが、ガーレンのパンチが予想以上に効いていたようだ。フラフラと目が回り、街の片隅で座り込んでしまう。

「まだ、倒れるわけには……ボクは、まだ何も成し遂げていない……ううっ」

体重が何倍もある大男のパンチを受けたのだ。肉体へのダメージは回復していないだろう。本来ならノックアウトされていてもおかしくない状態だったはず。それをナツキは気力で立ち上がったのだから。

「くっ、行かなきゃ。ボクは……」

路地の壁に寄りかかったナツキは、意識が遠くなっていった。

◆　◇　◆

地上を隼(ハヤブサ)のように高速滑空する帝国乙女がアレクシアグラードに入った。何者をも寄せ付けないスピードで、誰もが畏怖(いふ)する究極の肉体美で。

ズドドドドドドドドドッ！

ビュゥゥゥゥウウウウウゥゥゥゥ――――ズシャアアアアアァァァァーッ！

人と人の合間を縫うように街を駆け抜けたロゼッタが急ブレーキをかけ、まるでドリフトするように体をスライドさせて止まった。途中で壁を垂直に走るという芸当まで披露させて。

「よし、着いたぞ。ネルネル、もう降りて良いよ」

背中の同僚に声をかけるが返事がない。

「あれ？　ネルネル……」

ロゼッタが背中のネルネルを掴み、グイッと前に持ってくる。逞しい腕の筋肉が脈動し、軽々と女性一人を片手で持ち上げてしまう。

「うげぇぇぇぇ〜っ……」

ネルネルは完全に目を回していた。超スピードで走っていただけでも酔っていたのに、最後のアクロバティックな三次元立体軌道でトドメを刺されたのだろう。

「えっと、ネルネル……大丈夫？」

「うげぇ……ぎぼぢわるいゾ……」

「ごめん。宿に向かうから今日は休んでよ」

「そうざせでもらうゾ……」

ロゼッタはネルネルを宿に寝かせ、一人で夜の帳が下りた街へと出た。

男日照りのロゼッタとしては、一度火が点いた体の奥のムラムラを抑えられないのだ。今にも爆発しそうな性欲に身を震わせ、デノアの勇者を捜して街を歩く。

「ううっ、ムラムラが収まらない。このままじゃ道行く男子にチカンしちゃいそうだよ……。い、いかんいかん、仮にも帝国騎士で大将軍であろう者が、エッチな犯罪などしては部下に示しがつかん」

ぶつぶつと独り言を続けながら街を歩くロゼッタ。

そんなロゼッタが薄暗い路地に差し掛かると、何やら不穏な会話が聞こえてきた。

「アニキ、ガキが倒れてますぜ」

「金目の物でも持ってないか調べろ」

「へい」

少年がぐったりと横たわり、そこにハイエナのような男たちが集っている。盗賊の類いだろう。

「おい、何をしている？」

ロゼッタが声をかけた。明らかに犯罪の臭いがするので放ってはおけない。

「つんだと、ゴラッ！」

「ああんっ！」

ドォォォオオオオ――――ン！

「「つ、ひぎゃあっ！」」

威勢よく振り返った男たちが一瞬で怯んだ。そこに立っているのは見るからに只者ではない女なのだから当然だろう。

身長は男たちよりも高く一九〇センチメートルはあると思われる。体重もヘビー級(失礼)くらいありそうだ。乙女なので体重にツッコんでほしくはないだろうが、爆乳と巨尻のコンボでそれなりに重いのは想像が付く。

褐色の肌は露出し、腹には美しく均整の取れたシックスパックが盛り上がっている。ただ、全体的には柔らかそうなムッチリとした女の体だ。ボーイッシュな顔をしているのに、人の好さそうな澄んだ瞳とフリフリと揺れるポニーテールが可愛らしい。

「犯罪? なら制裁が必要かな?」

むちっ、むちっ——

ロゼッタが話しながら腕を上げると、艶やかに光る上腕二頭筋がムチムチと音を立てるように膨らんだ。

男たちは悟った。この女には絶対に勝てないと。ロゼッタには誰をも納得させてしまうだけの肉体美と、空間を捻じ曲げてしまいそうな存在感があるのだから。

「ひぃ、す、すいませんでしたぁーっ!」

「まだ何もしてませーん!」

男たちが一目散に逃げ出し、そこには気を失った少年……ナツキが残される。

ロゼッタはすぐに少年を抱き起こした。

「キミ、大丈夫かい？　あっ、怪我をしてるじゃないか」

「うっ……うぅん……あ、あなたは？」

ナツキが薄目を開けると、覗き込んでいる大きな女と目が合った。

「私は通りすがりのお姉さんさ。キミ、怪我をしているみたいだから送るよ」

ロゼッタがナツキを抱き上げる。当然のように、お姫様抱っこだ。

「あ、ありがとうございます」

「なんのなんの。これくらい帝国乙女なら当然だよ」

ナツキを抱いたまま歩き出すロゼッタ。親切を装ってはいるが、頭の中ではエッチなことでいっぱいだ。

(どどどどど、どうしよう！　本当に少年を拾っちゃった。無茶苦茶好みなんだけど。い、イケナイコトしちゃっても良いのかな？　そ、そうだ、助けた御礼ということで。良いよね、助けてあげたんだから、体で支払ってもらうってのも)

完全に思考がイケナイコトモードになっているロゼッタ。毎度おなじみ、ナツキ貞操の危機である。

ムッチリ爆乳を抱き枕にするようなお姫様抱っこで運ばれるナツキ。顔がおっぱいに埋まり大変なことになっている。

「あ、あのっ、ふがっ、あ、当たってます」

むにっ、むにっ――

ロゼッタが歩く度に、張りと弾力のあるおっぱいがボヨンボヨンと顔に当たる。まるで乳ビンタだ。

ぱつんっ！　ぱつんっ！

「わぷっ、んんっ……あ、あた……」

このロゼッタ、迫力の爆乳なのに少しも垂れていない。まるで重力に逆らうかのように前に突き出た極上おっぱいなのだ。

これにはさすがに真面目なナツキも狼狽える。結婚を前提に付き合わなければエッチはダメだと思っていたのに、容赦のない極上乳ビンタ攻撃で、体の底からムクムクと何かが立ち上ってきてしまうのだ。

「ああっ、こんな、ぱふっ、ダメです……ぷはぁ」

「キミぃ、そんなに胸ばかり触られると、変な気分になっちゃうよ」

「さ、触ってません！　当たってるんです」

「どっちでも良いじゃないか」

「良くないですよーっ！」

ぱつんっ、ぱつんっ、ぱつんっ、ぱつんっ！

余計に胸を当ててくるロゼッタ。もう偶然ではない気がする。

「ぷはっ、ああ……意識が……」

ロゼッタの乳攻撃で意識が飛びそうになるナツキ。ある意味、ガーレンのパンチより効いている気がする。

もう色々とギリギリな感じで宿の前に到着した。

ロゼッタが宿の看板を見上げる。

「この宿で良いのかい？」

「は、はい……あの、もう歩けますから」

「ダメダメ！　部屋まで行くよ。心配だから」

「で、でも……」

「な、何もしないから。絶対……いや、ちょっとは……」

「ええっ！」

何もしないとか言っているロゼッタの顔が怪しい。絶対に何かしそうな気がする。

「ふんす、すんす！　この部屋で良いんだね」

ガチャ！

「お、お姉さん、鼻息が荒いですよ」

「ふすーっ！　荒くないよ」

めっちゃ鼻息荒かった。

ギシッ！

興奮した顔のロゼッタが、ナツキをベッドに横にする。ムッチリとした肉の圧力で上から迫られ、完全に逃げ場を無くしてしまう。

「ダメですダメです！　まだダメ！」

大きなお姉さんに乗られそうになり、ナツキの心臓が早鐘のように脈打つ。今までも色々あったが、こんな大きなおっぱいは初めてなのだ。

（ああっ！　おっぱい……じゃなかった、大きなお姉さんが！　助けてくれたから悪い人じゃなさそうだけど。ダメだ、このまま流されたら。彼女候補って言ってくれたフレイアお姉さんやシラユキお姉ちゃんに合わせる顔が無くなっちゃう！）

ナツキが手に力をこめる。

（もう、スキルを使って倒すしかないのかな――）

一方、ロゼッタもいっぱいいっぱいだ。

「ふ、ふんすっ！　い、いいよね……」

初心な少年がベッドに横たわっていて、ロゼッタの心臓が早鐘のように脈打つ。今まで男から怖がられ非モテ人生だったが、こんな好みの男子は初めてなのだ。

（ああっ！　しょ、ショタ……じゃなかった、好みの少年が！　この初心な反応、絶対良い子だ。ダメだよ、このまま流されたら。普段は部下に規律を正せって言ってるのに、私が本能の赴くままイケナイコトしちゃったら部下に合わせる顔がなくなっちゃうよ！）

ロゼッタが下半身（あそこ）に力をこめる。

（でも、少しだけならＯＫだよね――）

やっぱりロゼッタ的にはＯＫらしい。


もう完全にエッチ寸前というところで、ロゼッタがナツキの怪我に気付く。

「あれっ、そうだ、怪我をしているんだった」

ロゼッタがナツキの腕に触れた。

「腕……腫れてるね」

「あっ、その、殴られて……腕でガードしたから頭は無事なはずなのに……」

「それは脳しんとうだよ。強い衝撃を受けて頭が揺れたからだね」

それだけガーレンのパンチが強かったのだろう。ガードの上からなのに顔が少し腫れ、くちびるに血が滲んでいた。

ロゼッタがナツキの顔を撫でる。

「顔の傷は大した事ないから大丈夫だよ。腕の方は……折れてはいないようだけど、少し安静にしていた方が良いね」

一時は襲ってしまいそうだったのに、体の傷を心配するロゼッタ。痛そうな傷を見て一旦正気を取り戻したようだ。

「ありがとうございます。助けてくれて」

ナツキの言葉でロゼッタが笑顔になる。ボーイッシュな顔なのに愛嬌がありとても可愛い。

「なんのなんの、これくらい当然さ。幼気(いたいけ)な少年を一人になんてできないからね。今夜は一晩付きっ切りで看病するよ」

「へ？」

途中からおかしな話になり、ナツキが絶句する。

「そ、そうだ！　体を温めないと。こういう時は裸で抱き合い温め合うって聞いたことがあるような？　よしっ！　わ、私が全身全霊で添い寝する！　そうしよう！　ふんす！」

鼻息荒いロゼッタが服を脱ぎだした。やっぱり帝国乙女は裸になりたがるようだ。

「ま、待って！　ダメですって！」

「よ、よいではないか、よいではないか」

もうオヤクソクのようにナツキ貞操のピンチだ。選りにも選って最強レベルにエッチなロゼッタが相手なのだから。

そしてタイミング悪いことに、フレイアたちと別れたアイカ改めマミカが、寝取られ(NTR)的な展開の部屋に向かっているのだった。

ロゼッタがシャツを脱ぐと、意外と柔らかそうな肉体が現れた。少しだけ褐色の肌はムチムチと張り艶があり、まるで手に吸い付きそうなきめ細かさだ。

ウエストが絞られているのに、バストとヒップはド迫力に突き出ている。

腹に浮かぶ美しいシックスパックや、盛り上がった上腕二頭筋が眩しい二の腕や、パツパツに張った長く逞しい太ももからは想像できない、十分に色気のある女らしい肢体である。

「はあっ、はあっ、走って汗かいちゃったけど……もう我慢できないというか……い、いいよね」

少し顔を赤らめながら言うロゼッタの体からは、モワァっと湯気のようなものが立ち上る。まるでフェロモンのように。

肌には薄く汗をかき、テカテカと光り輝いて何だか美味しそうに見える。

「さあ、キミも脱いで。私が温めてあげるよ」

とんでもない迫力で迫るロゼッタ。まるで肉の祭典だ。見た目のインパクトではナツキの何倍もありそうな巨体である。こんな肉布団があったら、きっと三割くらいの男は使ってみたいと思うだろう。（当社比）

「ダメです！　お姉さん、ダメって言ってるでしょ！　まだお互い名前も知らないのに！　エッチは三回デートして、手を繋いで、き、キスをしてからです」

ナツキの発言に、ロゼッタはキョトンとした顔になる。

「き、キミは面白いな。デートは三回してからキスなのかい？　古風で良いじゃないか。き、気に入ったよ。う、うん、やっぱり男は古風で清純派に限るよね。そうだ、そういえば自己紹介がまだだったね」

興奮してロゼッタが更にテンションを上げる。古風な男子が好きらしい。

「そうそう言い忘れていたよ。私は帝国大将軍、ロゼッタ・デア・ゲルマイアー。帝国騎士さ。キミの名は？」

「えっ、えええええええええぇぇぇぇ――っ！」

これにはナツキも驚愕した。とんでもない偶然で大将軍に出会ってしまったのだから。しかもエッチ寸前だ。

「だ、だだ、大将軍……ロゼッタさん……」

「そうだよ。ロゼッタ姉さんとでも呼んでくれたまえ。えへへっ♡」

ロゼッタがニコニコと良い笑顔をする。きっと性格も良い女なのだろう。ただ、ちょっと……いや凄くエッチなだけで。性欲強いのが玉に瑕なのかもしれない。

もうナツキは覚悟を決めていた。覚悟を決めると言ってもエッチの覚悟ではない。ここがスキルの使い時という意味だ。

(まさか帝国大将軍と出会ってしまうなんて。もうやるしかない！　ここで大将軍の一人を倒して、戦争を止めてもらうようにしないと)

「ごめんなさい、ロゼッタさん。えいっ！」

ずきゅぅぅぅぅーん！

ベッドに抑え込まれ絶体絶命の中、ナツキの姉喰いスキルが炸裂した。突き出た爆乳をなるべく見ないようにして腹に一撃だ。

「ど、どうですか？」

（収容所で戦ってスキルをかなり消費しているけど、まだ使えるはず。これで――）

渾身の一撃を入れたナツキが勝利を確信する。

「うっ、ううっ、こ、これは……」

ロゼッタの巨体と声が震える。ムチムチパツパツの艶々肌がプルプルと動き、上気した顔はデレェっと緩んでいる。

「た、た、た……」

「た？」

ナツキが聞き返す。

「たたたたた……」

「ど、どうしました？」

「昂（たかぶ）ってきたぁぁあああああああああぁぁぁぁぁーっ！」

逆効果だった――

「えええええっ！」

「な、なんか、すっごくムラムラする。こ、これは運命かな？」

「ち、違いますぅ～っ！」

「これは仕方ないんだ。もう止められないよ♡」

このロゼッタという女、色々と規格外なのだ。

通常ならば立っていられないほどの快感をもたらす姉喰いスキルだが、底なしの性欲と常人を遥かに超える精力を持つ彼女には逆効果である。

余計にロゼッタのハートと性欲に火を点ける結果になってしまった。

「ふ、ふ、ふんす！　ふんすっ！　こ、これはしょうがないよね。うん、しょうがない。何だか分からないけど、キミに触れてから私の感度が三千二百倍くらいになった気がするんだ。何て罪な男なんだよキミは」

「き、気のせいですぅ！　たすけてぇーっ！」

「そ、そうだ、まだキミの名を聞いてなかったね。ほらほら、言わないとイタズラしちゃうぞ。おっぱいアタックだ、ぼい～ん！」

ちょっと寒いギャグを言うロゼッタ。これでもナツキの緊張を解こうとしているのかもしれない。

「名前はナツキです。でも、そんな冗談みたいに言ってもダメです！」

「な、ナツキ君かい。良い名前だね。ふんすふんす！　ななな、何だか私のハートがどっきゅんどっきゅん昂って切ないんだ。これはアレだね！　エッチから始めてください！　おなしゃす！」

そこは『友達から始めてください』だろとツッコまれそうだが、貞操逆転世界である帝国乙女は、エッチから始める人も多いのだ。

ただ、ロゼッタは規格外の性欲なので、エッチに始まりエッチに終わるようでいて永遠にエッチかもしれない。

「あぁっ、予定を変更してアレクシアグラードに来て良かったぁ。う、運命の人に出会えたのだからね♡　もう放さないぞぉ♡」

「ぎゃあぁーっ！　こんな女の人、初めてだああああぁぁーっ！」

むっちぃぃぃぃぃ～ん！

ド迫力の肉体がナツキの上に覆いかぶさる。その爆乳に顔が埋もれ、それだけでナツキは昇天しそうになった。

汗でヌルヌルのロゼッタの体からモワァっと汗の臭（にお）いがし、ナツキはロゼッタの体臭に包まれてしまう。汗臭いのに何故かクセになりそうなエッチな香りだ。

「ダメって言ってるのにぃ！」

グイグイッ！　グイグイッ！

何とか巨体を退かそうとするが、爆乳を押す羽目になり余計にロゼッタを刺激しただけだった。

「ナツキ君のえっちぃ♡　もうもう、おっぱい触り過ぎだぞ♡　こうなったら、お尻でオシリオキじゃなかった、オシオキだぁーっ！」

もう訳が分からない。一旦ロゼッタが立ち上がると、今度はヒップ一〇〇センチメートルは優に超えていそうな巨尻を向けてきた。上に乗ろうとでも言うのだろうか？　そのまんまお尻（シリ）置（オキ）きだ。

「ほらほら、乗っちゃうぞぉ♡」

「うああっ、そんな大きなお尻で踏まれたら死んじゃう！」

ナツキの顔の何倍もある巨尻だ。そんな巨大な質量が落下してくるのだから恐怖でしかない。

エッチ以前に潰されてしまいそうだ。

「いきなりマニアックすぎますぅ」

「よいではないか、よいではないかぁ♡」


タッ、タッ、タッ、タッ――

サッ！

そんなエチエチな展開真っ只中の部屋に緊急事態が起こる。アイカ改めマミカが帰ってきたのだ。

扉の前まで来たマミカが、音や声で室内の様子がおかしいことに気付く。

（は？　誰か居る……。誰？　踏み込むか）

ドォォォォォーン！

「ナツキ、何かあったの！」

戦闘態勢をとったままマミカが部屋に飛び込んできた。しかし、そこで見たのは――

ベッドの上でくんずほぐれつ絡み合うナツキとロゼッタだった。

「――――へっ…………」

最初、マミカは状況が飲み込めず茫然と立ち尽くす。そして、次の瞬間にナツキがロゼッタ

し

に襲われているのだと理解した。

「あ、ああ、あああ……アタシのナツキに何すんのよっ！　精神掌握（セイズマインド）！」

シュバァァァァアアアアッ！

「ぐああああっ！　か、体が！」

強力な精神系魔法の一撃をくらい、ロゼッタの体が硬直する。どんな屈強な人間でも精神を支配し体の自由を奪う恐るべきスキルだ。

「ナツキ、大丈夫……って、怪我してるじゃない！　まさかコイツが……」

ナツキの腫れあがった腕や傷のついた顔を見てマミカが逆上する。ロゼッタが無理やり暴力で襲ったのだと思い込んだのだ。

「アイカさん、ち、違うんです！　こ、これは……」

ナツキが説明しようとするが、その前にロゼッタが放った一言で衝撃を受けることになる。

「ま、マミカ！　カワイイ大将軍マミカじゃないか。な、何でここに……」

「えっ、マミカ……カワイイ大将軍……あれっ、アイカさんですよね？　えっ……」

ナツキが絶句する。旅の美少女アイカだと思っていたお姉様は、帝国軍七大女将軍の一人マミカだったのだ。

呆然とするナツキを他所（よそ）に、二人の大将軍が対峙する。

「き、聞いてくれ。私はただ倒れていたナツキ君を運んで……というか、何でマミカがここにいるんだ？」

「それはこっちのセリフよ！　何であんたがアレクシアグラードに！　許さない！　絶対に許さない！　アタシのナツキを……汚された……ナツキの純潔を……もう、ぶっ殺す！」

　怒りで我を忘れたマミカがスキルを強める。体の自由を奪ったロゼッタに、更にスキルで身体機能を掌握（しょうあく）し始めたのだ。

「ぐっ、ぐおおおおおおおぉぉぉぉおおおおっ！」

　超強力な精神魔法を受けロゼッタが叫ぶ。

　しかしロゼッタも負けていない。

　ぐにゃああああぁぁぁぁ～っ！

「くぉぉぉぉーっ、こおおおおぉぉぉぉーっ！」

　ロゼッタの気合と共に周囲の空間が捻じ曲がってゆく。まるで蜃気楼（しんきろう）のように、そこだけ別次元に切り取られたかのようだ。

　マミカ必殺の精神系魔法が破られようとしていた。スキル精神掌握（セイズマインド）を受けてなおロゼッタは動いている。巨体から立ち上る空間を歪めるような戦闘（バトル）オーラが放出されているのだ。

　まさかの事態、大将軍同士の戦いが始まってしまった。

「そ、そんな……アイカさんが帝国大将軍……マミカさんなの……」

　凄まじいオーラを放つ大将軍二人を前に、呆然と立ち尽くすナツキが呟（つぶや）いた。

　助けてくれた長身女性ロゼッタに引き続き、旅に同行してくれ剣術を教えてくれたアイカまで大将軍だったのだ。

その二人はお互いに戦闘態勢をとり強力なスキルを展開している。

「ロゼッタ！　絶対に許さない。アタシのナツキを汚した罪、その身で贖いなさい！」

「ぐおおおっ！　こ、これは、精神掌握スキル……。くっ、このまま倒されるわけにはいかないんだ。マミカ、反撃させてもらうよ！」

ぐわぁぁぁあああぁぁん！　ぐにゃあっ！

ロゼッタの体から戦闘オーラが激しく立ち上がった。空間を捻じ曲げるようなそれは、周囲の景色を歪ませてゆく。

「ぐううっ、スキル、肉体超強化！　精神超強化！」

バチッ！　ズババババッ！　バチッ！　バチッ！

ロゼッタがスキルを使った。

格闘レベル10の地上最強戦士であるロゼッタ。その能力は身体機能を極限まで向上させ、常軌を逸したような桁違いのパワーを生み出すことができるのだ。

ズンッ！　ズンッ！　ズンッ！

マミカ必殺の精神掌握を受けてなおロゼッタは動いている。常人ならば瞬時に身体機能が乗っ取られ、まるで操り人形のようにされてしまう恐るべきスキルだ。

その究極のスキルを受けて、体の動きこそ鈍重になっているロゼッタだが、その足は徐々にマミカに向けて進んでいた。

「くっ、アタシの精神掌握(セイズマインド)に抵抗(レジスト)しているだとっ！　このままではやられる。使いたくなかったけど、もう脳爆裂(ブレインバースト)を使うしか！」

　マミカ最強最悪スキル脳爆裂(ブレインバースト)、それは相手の脳のクロック周波数を一気に超加速暴走させ、瞬時に脳回路を焼き切り即死させる技だ。

　ただ、いくらナツキを寝取(NTR)られ激怒しているとはいえ、同僚であるロゼッタに即死スキルを使うのには躊躇(ため)らいがあった。

「ああっ、もうっ！　アタシが本気出す前に倒れなさいよ、バカロゼッタ！」

「ぐあああああっ！　だから誤解だって言ってるのに！」

　マミカが必殺必中スキルの体勢に入り、それを防ぐためにロゼッタの剛腕が唸りを上げたその時。二人の間にナツキが飛び込んできた。

「待ってください！　喧嘩はやめて！」

　ぐわんっ！　バチッ、ズバッ！

　攻撃態勢に入っていた二人が急ブレーキを踏む。危うくナツキに攻撃が当たりそうになったのだ。

「危ないじゃない、ナツキ！」

「ナツキ君、キミは下がっていて」

　熱くなる二人にもナツキは引かない。

「危ないのは二人の方でしょう！　何やってるんですか！　二人は仲間なんですよね。何で殺し合いみたくなってるの！」

「うっ……だってナツキが……」

「それは、そうなんだけど……」

マミカもロゼッタも気まずそうな顔になる。

「アイカさ……じゃない、マミカさん！　理由も聞かずに襲いかかるとかダメでしょ！　反省してください！」

「うう……ごめんなさい……」

ナツキに説教され、あのマミカがシュンとしている。

「ロゼッタさんも！　デートは三回でキスをしてからって言いましたよね。初対面でセック……エッチとかダメですよ！」

「キミの言う通りだ。すまない。暴走してしまった……」

大きな体を小さくして謝るロゼッタ。何故か正座している。

「えっ？　デート三回ってなに？」

マミカがデート三回にツッコんだ。

「マミカさん！」

「あんっ、怒らないでよナツキ」

「デートはどうでもいいです」

「良くないし」

「マミカさん！」

「ふぇぇん」

今までずっとナツキのお姉様だったのに、説教されて泣きそうなマミカ。これでは姉としての立場が無い。

叱られてシュンとする帝国最強大将軍二人に、ナツキはこれまでの経緯を説明した――

「つまり、ナツキの怪我はロゼッタのせいじゃなく、収容所で兵士と戦った時の傷ってわけね」

怪我のことはマミカも納得した。

「そうです。道で力尽きて倒れていたボクを、親切なロゼッタさんが部屋まで運んでくれたんですよ」

「いやぁ、当然のことをしたまでさ。ナツキ君のような少年が道に倒れていたら、痴女や送り狼の女に襲われちゃうからね」

正座したまま能天気な顔で話すロゼッタ。当然マミカがツッコミを入れる。

「痴女で送り狼はあんたでしょ！」

「だ、だよね……反省してます」

再びロゼッタがシュンとする。

とりあえずナツキの怪我はロゼッタのせいではないと分かったが、まだ寝取られ(NTR)未遂の説明がついておらずマミカのロゼッタを見る目は険しいままだ。

「それで、部屋で介抱していたら、性欲が我慢できなくなって襲ったってわけね」

「ま、まさかマミカが先に手を付けてたなんて知らないからさ。しょうがないじゃないか。部屋で初心(うぶ)な少年と二人っきりなんだよ。もう襲うのが常識というか。ナツキ君が凄く好みで……そうそう、運命の人なんだよ。もうエッチしまくるしかないよね」

常識とは――

規格外の性欲を持つロゼッタの常識は、ちょっとおかしい。

ここでエッチは『未遂』だと釈明しようとするロゼッタの話を遮(さえぎ)って、思い出したようにナツキがスキル覚醒の話をし始めた。

「そうです、そういえばマミカさん！　ボク、出たんです。熱くて強い迸(ほとばし)りが。体がドクッてなって、こう先っちょからビュッて――」

「「は？」」

唐突(とうとつ)に意味深な話を始めるナツキに、二人の女が固まってしまう。

「な、なななな……ロゼッタぁ！　あんたやっぱりアタシのナツキを！」

「ち、違う！　未遂だから。最後までしてないから」

「殺そう……やっぱり脳を破壊で……」

「先っちょもしてないからぁ」

寝取られ(NTR)て脳が破壊(NTRショック)されそうなマミカが、寝取ったロゼッタの脳を破壊しようとする。これぞ寝取られ(NTR)の恐ろしさ故(ゆえ)か。

「喧嘩はやめてください！」

　再びナツキが説教する。

「だってぇ、ナツキが初エッチでビュッて……」

「ナツキ君、出してないよね！　むしろ私が漏らしそうだったけど」

「てか、ロゼッタは黙ってて！　なに漏らそうとしてんのよ！」

「ううっ、面目ない……」

　何だかよく分からないがロゼッタが漏らす寸前だったようだ。ナツキ、ギリギリのところで助かったのかもしれない。

　漏らすのは一先(ひとま)ず置いておき、ナツキは二人に向き直る。

「も、漏らしてませんから！　二人とも何の話をしてるんですか。ボクが言ってるのはスキルの話です。剣の切っ先から小さな火球が出たんですよ。淫乱剣(フレイアブレード)改め獄炎剣(フレイアブレード)です」

　これには二人の女子も呆れ顔だ。紛らわしい表現を使ったナツキが悪い。

「ナツキ、スキル覚醒して強くなったのは凄いけど……その、先っちょからビュッなんて言ったら誤解するでしょ。アレかと思うし」

　マミカの話にナツキはキョトンとした顔をする。

「マミカさん、アレって何ですか？」

「アレって言えばアレよ。その、先っちょから出る……」

「何が出るんですか？」

「うっ、し、白くて……その……」

詳しい説明を求められてマミカの顔が赤くなる。口で説明する代わりに、指でナツキの体を指差した。

「えっ、そういえば……エッチな夢を見た時に出ちゃったことがありますけど……」

「うひっ！」

「ぶふぉ！」

素で変な返答をするナツキに、マミカとロゼッタが同時に変な声を上げた。

ストレートにマミカが聞く。

「ちょちょちょ、ちょっと待って。ナツキって自分でしたことないの？」

「何をするんですか？」

マミカに超弩級の衝撃がクリティカルヒットした。

(ちょっと待って！　ナツキって自分でシてないんだ。夢で出ちゃったとか言ってたけど。それって……きゃっはぁ♡　なになになにぃ♡　初心だと思ってたけど、ここまでとはね)

マミカ、ナツキのエッチ事情で大歓喜。

(くふふっ、ふふふふふっ♡　ロゼッタは未遂だったみたいだしぃ。やっぱ、アタシがナツキの初めてを貰うしかないわね。無慈悲に徹底的にイケナイコトしまくってヒーヒー泣かせたぁい♡)

ロゼッタにも超弩級の衝撃がクリティカルヒットした。

(ちょっと待ってくれ！　ナツキ君は自分でシてないのか。夢で出たとか言ってたけど、それって……むっはぁあ♡　昂ってきたぁぁぁぁあああああーっ！　やはり私が全部教えるしかないよね。きっと)

ロゼッタ、ナツキの下ネタ事情で大歓喜。

(ふっ、ふんす！　ふんす！　これはもう結婚するしかないよね。結婚して、おはようのエッチと、行ってきますのエッチと、ただいまのエッチと、いただきますのエッチと、ごちそうさまのエッチと、特に何もなくてもエッチするんだ。あっ、夜は別途エッチ五回はノルマかな)

頭の中がエッチでいっぱいの年上女二人。どっちを彼女にしても大変そうだ。

「何だか、子供扱いされている気がする」

ナツキが拗ねた。

「ふふっ♡　そんなことないって。気のせいよナツキ」

「そうそう、むしろ好感度アップだよ。ナツキ君」

さっきまで殺し合いになりそうな雰囲気だったのに、ナツキのエッチ事情でシンクロする二人。

このままエッチな話題で一件落着かと思いきや、ナツキは肝心なことを思い出した。次の一言で再び嵐となる。

「そういえば、アイカさんじゃなくマミカさんだったんですね。大将軍の……」

「ナツキ……それは……」

唐突(とうとつ)にナツキが放った一言で、それまでエッチでいっぱいだったマミカの顔が引き締まる。

「お姉様は大将軍だったんですね」

ナツキが真面目な顔になる。まるで覚悟を決めたような。

「ま、待って。騙してたのは悪いと思うけど、アタシだって色々あるのよ。ゆ、有名人だし……城を抜けてきたのがバレるとマズいし……。ほら、超可愛いし……」

マミカが釈明する。超可愛いは、どのような理由なのだろうか。

超可愛いとか言っているマミカの頭の中では、超高速回転でナツキを言いくるめる作戦を立てているところだった。

(マズい！　マズい！　マズい！　マズいし！　アタシが大将軍なのがバレちゃった。騙し続けて信用させてから裏切る計画が台無しじゃないの！　何とかして誤魔化さないと)

マミカには迷いがある。

(裏切る……ホントにそれで良いのかな……。いや、アタシは誰も信用しない。ナツキも利用するだけ利用して捨てる。アタシの官能を刺激するような、ちょードSでちょー容赦のない初エッチで絶望の淵に叩き落してやるんだから。ふふっ、アタシに裏切られて泣くナツキの顔を想像するとゾクゾクする……で、でも…………)

『両親も早くに他界して、ずっと一人で――』

『これまでゴミスキルとかゴミ男子と呼ばれてきましたが――』

不意にマミカの脳裏にナツキの声が流れる。

(ナツキ……ち、違う！　たまたまアタシと境遇が似てるから同情しているだけ。決して好きなわけじゃ……)

『はい、可愛いです』

ずきゅぅぅぅぅーん♡

今度はナツキが笑顔で可愛いと言う映像が浮かび、マミカのハートがキュンキュンしてしまう。

もう重症である。マミカは恋の病にかかっているようだ。あれだけ『アタシのナツキ』と連呼していたのに、当の本人は自分の恋心に気付いていないのだから。乙女心が不思議なのは万国共通なのかもしれない。

「ナツキ……違うの……これは……」

(嫌っ、ナツキに嫌われちゃう……親切を装って近づいたけど、ホントは性格悪い女なのがバレちゃう……)

何か喋ろうとするマミカだが、言葉が出てこない。しかし、ナツキは予想外の話をし始める。

「良かった。マミカさんが大将軍だったなんて」

「えっ？」

嫌うどころか、マミカに対し憧れや尊敬の態度を見せるナツキ。

「マミカさん、やっぱり凄いです。実はボクのことを全て分かった上で試していたんですよね」

「へ？」

「最初からおかしいと思ったんですよ。だって、マミカさん凄く強いし、帝国軍にも顔が利くみたいだし。精神系魔法最強って言ってるのに、何でボクは気付かなかったんだろ」

「えっ？　ナツキ……」

「本当にマミカさんは強くて優しくて凄い人です。全部分かっていたなんて。ボクが頼りないから剣の特訓までしてくれて。尊敬します」

話が見えてこないが、どうやらナツキは誤解しているようだ。ただ、ナツキの尊敬とは逆に、マミカの目から涙が溢れそうになる。

「ちがっ、違うし。アタシは尊敬なんかされる女じゃない。性格悪くて……狡賢くて……ナツキに親切にしたのだって、利用して裏切る為に……」

ついにマミカから本音が漏れてしまった。

「そんなことありません！　マミカさんは優しくて良い人です！　ボクに剣を教えてくれた

じゃないですか！　ボクがイジメられていたことに本気で怒ってくれたじゃないですか！　マミカさんは人の心の痛みが分かる人です！　ボクには分かるんです。昔から人の顔色ばかり見てきたからなのかもしれないけど、その人が良い人か悪い人か分かるんです！」

「ううっ……ナツキぃ……」


きょろ、きょろ、きょろ――

ナツキとマミカが良い感じになってしまい、おいてけぼりのロゼッタが二人の間で首をきょろきょろする。

運命の人だと思っているナツキが、他の女とラブシーンに突入しそうで気が気ではない。メラメラと嫉妬の炎が燃え上がりそうな感じだ。

しかしナツキとマミカは良い感じになってしまう。

「マミカさん、これからはアイカお姉様じゃなく、マミカお姉様と呼びますね」

ずきゅぅぅぅぅーん♡

「ナツキぃ♡」

「それと、もうバレているので話しますが、確かにボクはデノア王国軍の兵士です。帝都に向かい戦争を止める為に――」

「ん？」

「ええっ!?」

いきなり爆弾発言のナツキに、マミカもロゼッタも意表を突かれて絶句する。

「えっ、マミカさん、全部分かっていたんですよね。ボクが帝国に潜り込んだデノアの兵士だと。本当に戦争を止めるだけの実力と覚悟があるのか試してくれていたんですよね」

「ん？」

「ええ、えええっ……」

マミカの頭に『？』が浮かび、ロゼッタは大きな体でオロオロしている。

「でも、マミカさんに教えられたり、帝国の人々や現状を見て気付きました。ボクの考えは甘かった。侵略国家であるルーテシア帝国も、人々の暮らしは厳しく苦しんでいる人も多い。きっと戦争を望んでいない人も多いはず。それに、ボク一人で戦争なんて止められるはずがない。ボク一人の力は小さいから。世界を変えるには大きな力と仲間が必要だって――」

「ちょちょ、ちょっと待ってナツキ」

マミカが話を止める。その顔は困惑していた。情報量が多くて頭が追い付かないのだ。

しかし、驚いているのはロゼッタも一緒だった。

「ななな、なんだってぇぇぇえええっ！　デノアの勇者はキミだったのか！」

中々話に加われなかったロゼッタが大声を出す。探し求めていた調教したいデノアの勇者が目の前にいるのだ。しかも運命の人とまで思えるほどキュンキュンきた相手なのだから。

ナツキがロゼッタの方を向く。

「ロゼッタさん、ボクは弱くて勇者なんて呼ばれるのはおこがましいですが、フレイアさんやシラユキさんと一騎打ちしたデノア軍兵士はボクです」

「やっぱりそうなのか。ナツキ君がデノアの勇者。あの大将軍フレイアとシラユキを倒した唯一の男。た、確かに……余り強そうには見えないけど……。で、でもでも、すっごく好みなんだ！　エッチしたい！　結婚しよう！　おなしゃす！」

突然の求婚。ロゼッタにとっては、敵の勇者という問題より超好みの男子ということの方が優先らしい。

「け、結婚はダメです、ロゼッタさん。先ず結婚を前提にお付き合いして、デート三回してからキスをして――」

「よし、今すぐ付き合おう。もろちん……じゃなかった、もちろん結婚を前提にね。よし、デートだ、エッチなデートをしよう！　今すぐ！　ふんすっ！」

「ち、近い、顔が近いです。あと鼻息が荒いです」

ムッチムチの肉体美でグイグイくるロゼッタ。これにはナツキもたじたじだ。


「ナツキがデノアの勇者……」

そう呟いたマミカの脳裏には、これまでの人生や帝国の現状、政治と権力を掌握する嫌いなババアの顔が浮かんだ。

(面白い……これは面白いことになりそうね。そう、アタシを楽しませるドキドキワクワクでちょーエキサイティングな事件が起こったのよ！　ナツキの存在は、この腐敗した帝国をひっ

くり返す力になるかもしれない)

マミカは思い出した。ミーアオストクの城を抜け出した目的を。

(確かにナツキは弱い。でも最強の魔法使いフレイアとシラユキを倒したとか言ってたし。何か特別な力があるのかも。それにナツキのスキルは不思議なところが多いのよね。もしかしたら超レアな特殊スキルなのかも。しかも、さっき剣から火球が出たとか言ってたし。アタシがナツキと組めば、この世界を革命することも可能かもしれないし!)

マミカの決意が固まった。後は実行に移すだけである。

「ねえ、ナツキ。よくアタシの考えを見抜いたわね」

さっきまでの動揺を隠し、自信満々の顔でマミカが話し始めた。

「マミカお姉様……」

「そうよ、アタシが全て仕組んだの。ナツキを一人前にして、この世界を救う為に」

「やっぱり!」

「ナツキ、この戦争を止めて世界を革命するわよ!」

「はいっ、マミカお姉様」

純粋なナツキが、完全にマミカを信用している。やっぱり騙されやすかった。

しかし騙されやすい人間がもう一人いた。

「す、凄い! 戦争を止めて世界を革命だと……」

そう、ロゼッタまで目をキラキラさせている。

面白そうなので、ついでにロゼッタにまで話をするマミカ。ノリノリである。

「ロゼッタ、あんたは今の帝国をどう思っているの？」

「えっ、どうって……」

「次々と周辺国に戦争を仕掛け、戦費で税金は上がり国民の暮らしは厳しくなるばかり」

「それは、そうだね……」

皇帝に忠誠を誓うロゼッタとしては、むやみに帝国を批判できない。しかし、戦線を拡大し続け国民の暮らしが蔑ろになっている現状は理解していた。

「それもこれも現皇帝アンナ様の政策が原因」

「ま、マミカ、陛下への批判はダメだよ……」

「でも、もしそれが陛下のご意思ではなく、何者かの謀略だとしたら？」

「ええっ！」

遂にマミカが核心に触れた。これまでも薄々感じていたことだ。

「現皇帝アンナ様は一〇歳。本当にご自身で政治や戦争の計画をお決めになっておられるのかしらね？」

「そ、それは……」

ロゼッタが黙る。自分でも幼い子供が戦争を拡大しているのに疑問があったのだろう。

「ルーテシア帝国の皇帝って一〇歳だったんですか！　ボクは、もっと歳が上の人だと思ってました。そんな子供が隣国を侵略して国民まで苦しめているなんて思えません」

マミカの話を聞いていたナツキが驚きの声を上げた。

「そうよ、ナツキ。前皇帝であるアンナ様の母君が急逝し、急遽、次の皇帝に担ぎ出されたのがアンナ様。そして、その後見人となったのが、アンナ様の叔母である元老院議長アレクサンドラ・ゴッドロマーノ！」

マミカが一呼吸置く。

「全ての元凶は簒奪者アレクサンドラ！　これは、囚われの身の陛下をお救いし、国家を蝕む不逞の輩を倒す正義の戦いなのよっ！（まあ、アタシの想像だけど）」

「そうだったんですか！」

「そうだったのかぁーっ！」

マミカの即興に滅茶苦茶影響されまくるナツキとロゼッタ。まさか、この即興演説が国をひっくり返す反逆の狼煙になるとは、まだ誰も知らなかった。

第七章　ナツキ姉妹（シスターズ）

マミカの適当な演説に感化されたロゼッタは、鼻息荒く興奮の面持ちで帰っていった。

いや、厳密（げんみつ）に言うと溢れ出る性欲が抑えられないロゼッタは、ナツキと添い寝したいと言い出したのだ。しかしマミカに「今夜は重要な話があるから」と言われ、しぶしぶ帰ったのだが。

暴走してナツキを襲った手前、大人しく帰るしかないロゼッタなのだ。


そして、部屋に残った二人は――

「凄いです、マミカお姉様！」

キラキラした目のナツキがマミカを見つめている。

「うわっ、眩（まぶ）しっ！　アタシを尊敬するナツキの眼差しが……」

ちょっぴりマミカは困惑していた。ノリで言った話なのに、ナツキは完全に信じ込んでいるのだから。

今、マミカの心の中では、ナツキを独り占めしたくて欲望が渦巻いていた――

（ああっ♡　ナツキのアタシを信用しきった顔がたまらないっ♡　なんか、最初からアタシがナツキを知っていて試したとか言ってたし。まあ、全然知らなかったんだけど。ナツキがデノア軍の兵士だなんて）

ふと、深紅と白銀の凸凹コンビの顔が浮かぶ。

（それでフレイアとシラユキもナツキを探してたのね……。待って！　それって、あの二人もナツキを狙ってるってことよね。ふんっ、ナツキは誰にも渡さないし。一生アタシに隷属させてやるんだから。二人に会ったことは黙ってよっと）

この期に及んで、まだマミカは自分の恋心に気付いていなかった。


「ほらっ、ナツキ♡　一緒に寝るわよ♡」

「はい、お姉様」

裸になったマミカが布団に入る。そして、いつもより激しくナツキに手足を絡ませた。

「あ、あの、マミカさん？」

「うふふっ♡　ナツキぃ♡　ほらほらぁ♡」

「ちょ、ちょっと、変なとこ触らないで」

「だぁ～め♡　ロゼッタに触られたところを上書きしないと」

「ダメですぅぅーっ！」

本人も気付いているのかいないのか、完全にラブラブモードになったマミカがナツキの体をナデナデしまくる。

何かが目覚めそうなナツキだった――

◆　◇　◆

翌朝、悶々と淫らな妄想をし続けたロゼッタがベッドから体を起こす。隣のベッドに目を向けると、やっと回復したネルネルが起きて伸びをしているところだった。

「ネルネル、もう体調は大丈夫かい？」

「ああ、復活したゾ。ロゼッタ」

ボサボサの寝ぐせが付いた髪のまま、ネルネルが支度を始める。朝食にでも行くつもりなのか。

「ねえ、ネルネル。私は気付いたんだ」

唐突にロゼッタが語り始めた。

「この世界は間違っている。いまこそ革命の時なんだね」

「ぐへっ、ロゼッタ……へ、変なものでも食べたのカ？」

同僚の意味不明な発言にも冷静なネルネル。大将軍は変わり者ばかりだから慣れっこだとでも言いそうだ。

「ち、違うよ。昨日マミカと会ってさ。突然のバトルでビックリだよ。あっ、そうそう、そうだよ、デノアの勇者にも会ったんだ。超好みでさ。つまり革命だよ」

「お、おまえは何を言っている……いや、それより今、デノアの勇者に会ったって言ったんだゾ。そこ重要なんだナ」

大きな体で喜びを表すような身振り手振りのロゼッタに、ネルネルはデノア勇者の件だけツッコんだ。

「えへへぇ♡　そうなんだよ。すっごく好みでさ。もう結婚しようと思うんだよね。エッチは一日一回って決めようと思ってさ。うへへっ♡」

「お、おい、ロゼッタ。意味が分からないいんだナ。順序だてて喋るんだゾ」

一呼吸おいてから話し始めるロゼッタ。

「つ、つまりだね。昨日出掛けた時に、行き倒れの少年を襲う不埒な輩を見つけてね」

「ふむ、それで」

「そう、道に勇者が落ちていたんだよ。その少年が超好みでさぁ♡　やっぱり、お持ち帰りだよねっ。もう結婚だよ♡　ムラムラが止まらないいんだよぉ♡」

「そ、それで……」

「ベッドインしてイケナイコト寸前でマミカが現れたんだよ。こうドカーンとかバキーンって感じに戦って。それで、皇帝陛下をお救いし腐敗した帝国を立て直す正義の戦いなんだよ！ふんす！」

ロゼッタは説明が下手だった。

「…………ロゼッタ、おまえマミカの精神系魔法で洗脳されたんだゾ」

「ちちち、違うよ！　私だってスキルレベル10の大将軍なんだよ。簡単に洗脳されたりしないよ」

「そんなのは知ってるゾ。で、でも、ロゼッタは根が素直で優しいから騙されやすいんだゾ。もっと人の話は疑うことも必要なんだからナ」

ネルネルはロゼッタの話から状況を推察した。

（デノア王国の勇者とマミカがアレクシアグラードに……。勇者は予定通り帝都に向け侵攻中なんだナ）

（マミカは何をしに……。これはデノア勇者を追って来たと見るべきか。いや、あのつかみどころがないマミカだけに別の目的があるのかもしれないんだゾ）

（次にデノア勇者と結婚……エッチ……まあ、ロゼッタが性欲強過ぎて暴走しているだけなんだナ）

（最後に革命？　皇帝を救い帝国を立て直す？　マミカか勇者にでも何か吹き込まれたか？　わたしたち帝国騎士は皇帝に絶対的忠誠を誓っているはずだゾ。神聖不可侵とされる皇帝の命令に背き、国を変えるなどと言い出すのはマミカくらい……）

（まさか、マミカは帝国を裏切って勇者側に付いているのカ？　も、もし、大将軍が二つに割れるなんてことになったら、それこそ帝国を二分する大事件なんだゾ）

ネルネルが黙り込んでしまい、ロゼッタが彼女の顔を覗き込むようにキョロキョロしている。

「えっと、ど、どうかな？　ネルネルもマミカたちと会ってみたら？」

黙っていたネルネルがロゼッタの方を向く。

「そうだな。会ってみたいゾ。ぐひゃひゃ、も、もし勇者が危険人物なら、始末するんだナ」

「だ、ダメダメダメぇぇ！　私の結婚相手なんだから。酷いことはさせないからね」

ナツキにベタ惚れのロゼッタと疑心暗鬼のネルネル。二人でナツキに会いに行く支度を始めた。

◆◇◆

一方、昨日の疲れや夜のイチャイチャで気怠く物憂げ(アンニュイ)な朝を迎えたナツキだが――

体のある部分が大変なことになって困っていた。

「うっ、ううっ……どうしよう……元に戻らないよ」

体の一部がイケナイ感じになってしまい戻らないのだ。男子の生理現象なので正常なのだが、すぐ横にはマミカが寝ているのだ。しかも手足を絡めナツキを抱き枕のようにして。

「んんぁあぁん♡　ナツキぃ♡　朝ぁ……」

マミカが目覚めた拍子に、腕がナツキの体の一部に触れた。隠そうと思っていた体の変化は、一瞬にして彼女の知るところとなる。

「ぬっへへぇ♡　ナツキ、これ何かなぁ？」

「ちょっと、ダメです！」

「あれあれあれぇ？　いけないいんだぁナツキってば♡」

「ち、違うんです。これは朝の……」

「うっへへぇ♡　もうバレちゃったしぃ♡　ナツキのエッチ♡」

「ううう……くぅ…………」

真っ赤な顔を両手で隠すナツキ。下半身ががら空きだ。

「ほら、お姉様に任せなさい。ここをこうすると元に戻るんだよぉ♡」

朝っぱらからマミカがイケナイコト全開だ。遂に○○○（自主規制）に狙いを定めてしまった。

もっと信用させてから裏切ると言っていたはずだ。しかし、ナツキが自分を尊敬しているのと、ロゼッタに寝取られ（NTR）未遂になったことから、もう抑えが利かない状態なのだろう。

「ほらほらぁ、イケナイんだぁ♡」

「ああっ！　もうやるしかないのか」

「おっ、ヤる気になったの。ナツキぃ♡」

ナツキがヤる気になったのはイケナイコトではない。最終手段で姉喰いスキルと必殺技のコンボをお見舞いすることだ。

「マミカお姉様、ごめんなさい！」

もみっ！

ナツキの手がマミカのお腹に触れる。

「きゃはっ♡　ナツキ積極的ぃ♡」

「えいっ！」

ずきゅぅぅうぅーん！

「ぐはっはぁぁぁぁあああ〜ん♡」

ナツキ渾身の姉喰いスキルが炸裂した。普段のマミカなら強力な魔法障壁（マジックシールド）が展開されているはずだ。

しかし、今のマミカは完全に無防備でナツキを受け入れる準備をしていた。つまり、直接その身の奥深くに姉喰いスキルを打ち込まれてしまったのだ。

マミカの中で耐えられない程のドロドロとした情欲と、好き好き大好き弟くんの姉属性が混ざり合い湧き上がる。突き抜けるような快感で陥落し、一気に身も心も屈服されてしまった。

ぷしゅぅぅうぅ〜っ！

ベッドに倒れたマミカ。だが、ナツキの攻撃は終わらなかった。

「マミカお姉様、行きます！　必殺、腋ペロ（マリーアタック）！」

ペロペロペロペロペロペロ——

「うっきゃあぁぁぁぁあああ〜ん♡」

ピィイイイイイ——（自主規制中）

※大変えちえちな状況で自主規制されました。

「おっ♡　おっ♡　おほっ♡　も、もうダメぇ♡　しんじゃうからぁ♡」

ナツキの姉喰いで完全屈服したはずが、追撃の腋（わき）ペロで変な声上げて堕とされてしまうマミカ。ドS女王の顔は完全に崩れ落ち、まるでドMっぽい感じになってしまった。

「マミカお姉様、ダメですよ！　エッチなのは結婚してから……せめて彼女になってからです」

「あ、あへっ♡　おおっ♡　おほっ♡　な、何言ってんのよ。エッチなのはナツキの方だし……」

「まだ反省してないんですか。なら、もう一度……」

再びナツキが腋ペロ（マリーアタック）の体勢に入る。

「はあああぁぁああ～ん♡　もう許してぇ♡　きくからぁ、ナツキの言うこときくから♡命令に従いますぅ♡」

帝国大将軍、精神系魔法レベル10のドS女、人間使い（ヒューマンテイマー）マミカ――ナツキを徹底的に調教して魂に自分の刻印を刻むなどと豪語していたはずだ。しかし現実は、逆にナツキに堕とされて何でも言うこときく女にされてしまった。

誰もが恐れるドS女王マミカ。士官学校時代から、その女王っぷりは健在だった。最強の精神系魔法使い。人を意のままに操り屈服させる女。学校に君臨する女王。目が合ったら調教される人間使い（ヒューマンテイマー）。彼女を語る言葉は尽きない。

噂が噂を呼ぶ。いつしか誰もが恐怖し、彼女のご機嫌をとり腫れ物に触るような扱いになった。しかしマミカは、幼い頃の辛い思い出のせいなのか、それとも元からの性格なのか、弱い者イジメだけはしなかったのだが。

そんな恐怖の女王マミカが、ナツキの腋ペロで屈服してしまった。今のマミカにドS女王の見る影もない。

「くぅ……まさか、舐められただけであんなになるなんて……しかも腋を……」

乱れた髪のままのマミカが呟く。まだ、イケナイところを舐められたのなら納得できるが、それが腋なのだから恥ずかしいやら屈辱やら……。

「マミカお姉様、どうかしましたか？」

出発の支度をしているナツキが、マミカに声をかけた。

「くぅぅ〜っ、もうっ！　もうもうもうっ！　屈辱ぅぅ〜っ！　このアタシが年下男子に弄ばれるなんてぇ！」

「えっと、何かいけなかったですか？」

「全部よっ！　全部！　誰よ、あんなエッチな技を教えたのは!?」

初心で純粋な少年だと思っていたのに、意外と強引でエッチなナツキを不審に思うマミカ。誰か他の女に仕込まれたのではと、メラメラ嫉妬の炎まで燃えているほどだ。

「腋ペロですか？　それならフレイアさんが教えてくれました」

「あの女かぁぁあああああっ！」

マミカが吼える。

「フレイアさんは一晩中、夜の修業だと言ってベッドの中で色々教えてくれましたよ」

「あ、あああっ……アタシのナツキが……」

再び脳が破壊（NTRショック）的なものでダメージを受けるマミカだ。自分より先に出会っているのだからNTRではないのに、やっぱりNTRっぽく感じてしまう。

しかも、実際はスキルの特訓をしただけなのに、ナツキの言い方がアレなので単に勘違いである。

「な、ナツキ……それで、どこまでやったの？」

「はい？　スキルの使い方ですよね」

「は？　エッチは？」

「マミカさん、エッチは結婚を前提にしてからですよ」

「じゃあじゃあ、まだ童貞なの？」

「ど、童貞です……」

女子から童貞と言われて、ナツキの顔が恥ずかしさで真っ赤になる。エッチなことをしているようでいて、やっぱりナツキは初心（うぶ）だった。

「きゃはっ♡　ドーテーなんだぁ♡　うふふふっ、ナツキってぇ♡　そうか、童貞かぁ♡　どーてーどーてー」

「マミカさん、あんまり童貞連呼しないでくださいよ……」

「何よぉ♡　童貞は希少価値よ♡」

貞操逆転世界のルーテシア帝国では、男性の処女性が重んじられている。つまり童貞は大人気なのだ。女性が男の初めてを貰うのは、それだけでも価値のあることだった。

そんな童貞の話で復活したマミカだが、まだ少し腫れているナツキの腕を見て表情が曇る。

「ねえ、その腕を怪我させたのって軍の収容所のヤツって言ったよね」

ナツキと話している時には見せない怖い目になって話すマミカ。

「えっ、はい……そうですが」

「よし、潰そう。そいつら」

「ちょっと待ってください」

「だってアタシのナツキを怪我させたんだし」

マミカの表情がドSな顔になっている。ナツキを殴った相手が許せないのだろう。

「これは違うんです。一対一で戦ってできた傷です。ボクが勝って終わったのだから、これ以上やったらダメなんです。それに……一兵士を倒して終わる話じゃ……」

ナツキは考えていた。末端の兵士は上官の命令で動いているだけなのだ。いくら悪さをした兵士を倒しても、根本原因である国や支配者を変えなければ問題は終わらないと。

「ナツキ……戦ったって誰と？　そういえば剣から火球が出たとか言ってたわよね？」

「えーと、確かガーレンとか呼ばれてました。凄く強そうな男の人です」

ナツキの話でマミカが記憶を手繰（たぐ）り寄せる。士官学校時代に拳闘大会で連勝していたという男の噂を思い出す。

「ガーレン……もしかして、あの大男の……はあああっ！　あのガーレンに勝ったの？　めっちゃ強いわよ。男子の部では負け知らずなんだから。あっ、ロゼッタと試合して一敗してたけど」

マミカの話によると、ガーレンが唯一負けた相手はロゼッタらしい。ロゼッタは規格外としても、男子の部で連勝するほどの強者（つわもの）なのだ。とても戦って勝ったという話は信じられないだろう。

「ナツキ……あんた、ベッドではつよつよだけど、戦闘ではよわよわだったのに……」

「くううっ、ベッドでつよつよは余計です」

「う〜ん、ナツキのスキルを詳しく調べてみた方がいいわね。昨夜の体の芯にズンズンムラムラくる攻撃といい、ペロペロする攻撃といい」

ペロペロはスキルではない――

アイカは同じ精神系スキル持ちとして、ナツキのスキルに興味を持った。能力を解明してみたいと。ただ、すぐ後に別の人物も解明しようとするのだが。

支度が整い二人が宿屋を出たところで、思わぬ人物と遭遇してしまう。まるでナツキたちが出てくるのを待ち構えていたようなタイミングだ。

「ぐひっ、や、やあ、マミカ。久しぶりなんだナ」

ズザッ！

瞬時にマミカがナツキを守るよう前に出た。その顔は本気モードだ。いつでも攻撃を繰り出せる態勢になっている。

「お、おっと、危険なんだナ。近付かれると精神掌握されるゾ」

待ち構えていた女、ネルネルが後ろに飛んで距離をとる。

「ネルネル、あんた何しにきたの！　まさか、アタシ……いや、ナツキを殺りにきたとか」

「ぐひゃひゃ、そうだと言ったら？」

ぐにゃぁあぁ～ん！

ネルネルの周囲に闇のオーラが展開する。闇夜よりも暗く、冥界の魔物のようにおぞましく、青黒い触手のような暗黒物質だ。

「待って！　二人ともっ！」

間に割って入った大きな女が叫ぶ。見上げるような長身で色々なところが突き出て目のやり場に困る女。そうロゼッタだ。

「いきなり何するんだよネルネル。マミカも下がってよ。今日は会いに来ただけなんだから」

「その女は会いに来ただけじゃないみたいだけど？」

そう言ってマミカがネルネルを睨む。

「ほら、ネルネル。その触手を引っ込めてよ。先ずは話し合おう。ナツキ君は私の結婚相手なんだからさ」

ロゼッタがネルネルの肩を掴んで持ち上げる。優しく言っているようでいて、その握力は強く一呼吸で肉を捻り潰しそうな迫力だ。

「わ、分かったんだゾ――」

「ロゼッタ！　あんた、まだアタシのナツキに！」

ネルネルが触手のような暗黒物質を引っ込めたが、代わりにマミカがロゼッタに怒った。勝手にナツキを結婚相手にされているのには黙っていられない。

「そ、それは一時おいておこうよ。マミカもナツキ君が好きなのは分かるけど」

マミカの恋心をロゼッタが勝手に的中させてしまう。

「はあ？　誰が好きですってぇ！　はあ？　はあ？」

「だって、好きなんだよね？」

「ち、違うしぃ！　ぜっんぜん好きじゃないですぅー！　下僕だしぃ」

「素直じゃないなあ」

「はあ!?　はあぁっ!?　だだだ、誰が素直じゃないとかぁ！」

途中から大将軍とは思えない子供の喧嘩になってしまう。警戒して気を緩めなかったネルネルも、さすがにバカらしくなって戦闘態勢を解除した。

◆　◇　◆

アレクシアグラードの街をナツキを捜して歩き回ったフレイアとシラユキだが、一向にナツキを見つけること叶わず途方に暮れていた。

実は軍の収容所にも顔を出したのだが、ちょうどナツキとすれ違いになっていたのだった。少年を逃がしたのを咎められると恐怖した兵士たちが全員で口裏を合わせ、知らぬ存ぜぬで通しきってしまう。

ただ、ボディに一発くらったガーレンが、ぐったり横になっているのを不思議に思っただけだ。

「はあぁーっ、ナツキ……どこ行っちゃったのよ」

レストランのオープンテラス席でフレイアが伸びをしてぼやく。

朝食をとる為に店に入ったのだ。シラユキと二人で席に着いてオムレツとミルク粥を食べていた。

「弟くん……他の女に酷いことされてないか心配……」

遠い目をしたシラユキが呟く。

「実はマミカがナツキを監禁してイケナイコトしまくっていたりとかね。まっ、冗談だけど」

キッ！

「ま、マミカ……許さない……」

フレイアの冗談を、シラユキが本気にしてしまう。

「冗談だって。まったく、あんたって冗談通じないわね」

「ぐっ、マミカならやりそう。非モテなのが判明したから」

「非モテ関係無いでしょ。まあ、マミカならしそうだけど」

二人でナツキの話をしていると、隣の席に団体客が現れた。席を二つくっつけて四人で座るようだ。フレイアもシラユキも一顧だにせず、ただ『朝っぱらから騒がしい』と流していた。

「ほら、皆座って」

四人組の中の大きな女が皆に席を勧める。ちゃっかり自分だけ好みの少年の隣を確保するように。

それに派手な女が怒った。

「ちょっと！　なに隣を確保してんのよっ！」

「ぐ、偶然だよ。結婚相手なのは一先ずおいておくんだろ」

少年の奪い合いなのか、二人の女が喧嘩を始めた。朝っぱらから騒々しいことこの上ない。

四人組は、女の子みたいな少年と、やたら魅惑的で派手な女、長身ムッチリの恵体女、髪の毛ボサボサの怪しい女。変な組み合わせである。

こうして、奇妙な組み合わせの朝食が始まった。

帝国乙女の気品漂うフレイアとシラユキが優雅な仕草で朝食をとる。そして、その隣のテーブルではガチャガチャドタバタと騒々しく食べるナツキたち一行が座っていた。

お互いに気付かないまま。

「はむっ、もぐもぐ……うん、美味しい。店員さん、おかわり」

ガチャガチャ――

もの凄い勢いで目の前の料理を腹に入れてゆくロゼッタ。見た目通りの健啖家（腹ペコヒロイン）のようだ。

その正面のネルネルも、料理を一気に口に入れる。

「うぐっ、もぐっ、げほっ、む、むせたんだナ」

ドタバタドタバタ――

「はい、お水」

「どうもだナ。うぐっ、うぐっ――」

慌てたロゼッタに水を渡され、ネルネルはそれをがぶ飲みする。

総じて二人とも騒がしい。

「えっと、お二人とも、お腹空（す）いてたんですね」

二人のがっつき具合を見ていたナツキが言う。

「あはは、昨日は走ったりエッチしたくなったりで体力使ったからね。もう、お腹ペコペコでさあ。はぐっ」

新しく運ばれてきた料理を食べながら話すロゼッタ。それにネルネルも続いた。

「げほげほっ、き、昨日は乗り物酔いで食べてないんだナ。久しぶりの食事なんだゾ」

「何でアタシこいつらと食事してるんだろ」

ご機嫌斜めのマミカが呟（つぶや）いた。

ナツキの強気攻めで堕とされた余韻（よいん）に浸っていたのに、いきなり二人に押しかけられ台無しだ。

「マミカお姉様。仲間なんだから、もっと仲良くしましょうよ」

「結婚迫ってる女や殺そうとしてる女と仲良くできるわけないでしょ」

ここで奇跡のユニゾンが巻き起こる。

ガタッ！

「あのっ――」

「アタシのナツキなんだから！」

「私のナツキ、私の弟くん！」

「私のナツキ少年なのよぉ！」

ナツキがマミカに声をかけようと立ち上がったタイミングで、同じテーブルのマミカと、隣のテーブルにいるシラユキとフレイアが同時にナツキの名前を出す。ぴったりとセリフが重なるように。

「は？　ナツキって」

「えっ、ナツキ？」

「今ナツキって言った？」

三人が同時に振り向く。

「「「っ…………!!」」」

お互いに見つめ合い言葉に詰まる。特にフレイアとシラユキは、ナツキの姿を見て固まってしまう。

ヒュウウウウ――――

一瞬の静寂の後に、嫉妬心に燃えた女が一斉に動き出す。

「な、ナツキぃいいぃいーっ！　って、やっぱりマミカが隠してたのかぁぁぁぁあっ！」

ナツキとマミカが一緒にいるのを見たフレイアが吼える。

「弟くんっ！　や、やや、やっぱりマミカが監禁していた……」

再会の喜びで一瞬顔が緩んだシラユキだが、マミカを見て目を鋭くする。

「はああ!?　な、なんで、あんたらが……」

マミカも驚きの余り、声を上げた。まさか真後ろに二人がいるとは思っていなかっただろう。

「マミカ、あなた昨日は知らないって言ってたわよね。これ、どういうこと？」

大切なナツキを奪われ、フレイアが顔を赤くして怒り出した。

「ぐぬぬぬっ……マミカ……極刑」

ヤンデレっぽいハイライトが消えた目で恐ろしい発言をするシラユキ。超怖い。

「はあ？　知らないし！　ナツキはアタシのだから！　毎晩一緒に寝て、毎晩抱き合ってイチャイチャして、毎晩ちゅっちゅペロペロさせてんだからっ！　もうラブラブだしぃ！　どうっ、羨ましいでしょ！」

二人の発言にイラッとしたマミカが、話を盛って挑発する。自慢しまくりだ。もうラブラブらしい。

「きゃあああぁぁーっ！　ナツキ少年の貞操がぁぁぁぁ〜っ！」

「もう殺るしかない。地獄の最下層、永久不変の凍土より来たりて敵を討て――」

フレイアが絶叫し、シラユキが氷系魔法の詠唱に入る。さすがに大魔法は迷惑千万なのでフレイアが止めに入った。

「ちょっと待ったぁぁーっ！　シラユキやめなさいって！」

「止めないで。どいて、そいつ殺れない」

「店ごと破壊する気かぁぁぁぁあああああぁぁーっ！」

「だってナツキの初めてが」

「あんた、そんなんだからモテないって言ってるでしょ！」

せっかく最近は柔らかくなったシラユキなのに、やっぱり極端で暴走気味だ。フレイアが言う通りモテないのも納得だろう。

そして、唐突に始まったナツキ争奪戦に、ロゼッタまで参戦してしまう。

「あの、ナツキ君は私の婚約者なんだけどな。結婚するんだ。あはは」

これには彼女候補の三人も黙っていない。

「はあ？　はああっ!?　ナツキはアタシのですしぃ！　ロゼッタみたいな性欲脳女には渡さないしぃ！」

マミカもキレた。

「ちょっと、何でロゼッタまでいるのよっ！　ここで何やってるのよ！　もう、大将軍の大安売りかっ！」

　これにはフレイアもビックリだ。ここにいるはずのないメンバーが揃っているのだから。

「だから会ったら逃げろって言ったのに……やっぱり殺るしかない。全員まとめて。弟くんは私のもの。ふひひっ」

「皆さん！　喧嘩はやめてください！」

　シラユキは相変わらずだ。

　騒々しい女たちを、ナツキが一喝した。

　シイイイーン！

「こんなところで騒いだらお店の人に迷惑ですよ。言うこときかない人は、もう一緒に寝てあげません」

　ガアアアァァァァーン！

　ナツキの言葉で四人の帝国乙女が大ショックだ。添い寝を禁止されたら生きてゆけない。それくらいの一大事なのである。

「ナツキぃ、う、嘘よね。添い寝してくれないとアタシ……」

　恐る恐るといった感じにマミカがナツキに声をかける。

「本当です。悪いお姉さんにはお仕置きです。もう、お腹ポンポンも抱っこもしてあげません。マミカお姉様、『何でも言うことききく』って言いましたよね」

「ううぅ……言いましたぁ。何でも言うこときくから捨てないでぇ♡　もう、ナツキがいないと眠れないのぉ♡　うぇぇ～ん」

目の前でマミカが完全屈服しているのを見せつけられて、そこにいる四人の大将軍が茫然とする。こんなマミカお姉様、反省しましたか？」

「マミカお姉様、マミカを見るのは初めてだ。

「反省したしぃ」

「じゃあ、ご褒美です」

ぎゅっ！　ぽんぽんぽんぽん――

ご褒美のハグとお腹ポンポンをするナツキ。若干ポンポンが下腹部に入っていて危なっかしい。

「あふっ、こ、こんなとこでぇ♡　ダメぇ♡　おかしくなっちゃうからぁ♡　あんっ♡　おっ、おほっ♡」

多少オホりながらマミカが良い子になった。

「あはぁん♡　腋ペロもしてぇ♡」

「あれは敵にしかできません」

「もうっ、イジワルぅ♡」

姉喰いスキルを打ち込まれているマミカには、ナツキの抱っことポンポンは極上の快感だ。

優しい手つきが体の奥にズンズンと浸透する。

「ちょっとぉ！　ナツキ少年がマミカまで……あぁぁん！　悔しい！　もしかして、その女にも腋ペロしたのっ！」

フレイアがジタバタしながら悔しがる。マミカにまでベッドでイチャコラして、何でも言うこときかせてるのは嫉妬でしかない。

「フレイアお姉さん、何でアレクシアグラードに？」

マミカを堕として良い子にさせたナツキが、フレイアの方を振り向き話しかける。

「だって、ナツキ少年が心配だから追いかけてきたの♡　もぉ、ずっと気にしてたんだからね♡」

普段は凛々しく威厳のあるフレイアなのに、相変わらずナツキの前では甘々な声だ。

「フレイアお姉さん、迷惑をかけないように一人でと思ったのに。でも嬉しいです」

「はぁん、ナツキぃ♡　好きぃ♡」

「フレイアお姉さん」

ぎゅぅぅ～っ！

ナツキに優しく抱きしめられてフレイアの頬が緩む。あのリリアナでの甘い日々と会えなかった時間が、よりフレイアの恋心を燃えさせたのかもしれない。もう完堕ち女のようだ。

ぎゅっ！　ぽんぽんぽんぽん――

フレイアにもご褒美の抱っことポンポンだ。若干ポンポンが下乳に入っていて危なっかしい。

「ちょ、だ、ダメぇ♡　前より更に積極的ぃ♡　当たってる、当たってるからぁ♡　そこポンポンしないでぇ♡　あひぃ♡」

多少アへりながらフレイアが良い子になった。

「シラユキお姉ちゃん。お久しぶりです」

フレイアを堕としたナツキが、今度はシラユキに話しかける。

「お、弟くん……会いたかった」

「ボクも会いたかったです」

「うんっ、うんっ」

シラユキの目に涙がにじむ。会ったら色々と伝えたいことがあったのに、今はただ見つめ合うだけになってしまった。

ぎゅっ！　ぽんぽんぽんぽん――

当然、シラユキにもご褒美の抱っことポンポンだ。完全にポンポンが胸の辺りに入っていてアウトだ。

「ちょちょっ、ナツキ、当たってる♡　当たってるからぁ♡」

「はい、頑張ります」

ぽんぽんぽんぽん――

ナツキは無意識なのかもしれないが、シラユキとしては人前で恥ずかしいことをされて限界だ。

「あっ、あひっ♡　ふひっ♡　ひ、人が見てるのにっ♡　ダメ、ダメだよぉ〜っ♡」

「店の中で魔法を使っちゃダメですよ」

「わか、分かったから。もうゆるじでぇ〜っ♡」

完全に屈服したシラユキが良い子になった。


三人を堕としてしまったナツキが席に戻ると、ニコニコと笑顔のロゼッタが横に来て指で自分を指した。期待を込めた顔で『自分の番は？』と言っているみたいだ。

「えっと……ロゼッタさんはおあずけで」

「ちょぉおおおっとおおおおぉぉぉぉっ！　なんでさぁぁ〜っ！　私もギュッてして欲しいのにぃ！　あと、ポンポンもぉ！　やだやだぁ」

むちっ、むちっ、むちっ――

超恵体のロゼッタが駄々をこねる。手足をバタバタして店を壊しそうで危なっかしい。ムチムチと肉の音が聞こえてきそうだ。

「ぐはぁ……なんだコレ。わ、わたしは何を見せられているんだ。こ、これは意味不明なんだゾ。もう付き合っていられないんだゾ」

目の前の光景が信じられないといった感じにネルネルが愚痴をこぼす。最強の大将軍が一人の少年を取り合って大騒ぎなのだから。

この冗談のように変な組み合わせが、この後まさかの運命を辿るとは誰も想像できないだろう。

帝国や世界を変えてしまう新時代が到来するのだ。次々と年上女性を堕とし、甘々で超恥ずかしいことをさせるナツキ。世界を救う奇跡の勇者によって。

だがしかし、まだ誰もそれを知る由もなかった。

一触即発の大将軍三人を良い子にしたナツキが席に戻る。フレイアもシラユキもマミカも、とても人には見せられない蕩けた顔で甘い恍惚（こうこつ）の世界に行ってしまったようだ。

ただ、ポンポンギュッギュしてもらえないロゼッタだけが、太ももをスリスリして欲求不満でムズムズしているのだが。

「おい、そろそろ本題に入るんだナ。その少年は何者だ。こ、事と次第によっては、帝国に仇（あだ）なす賊として反逆罪に問われかねないんだゾ」

呆れて見ていたネルネルだが、口を開いて詳しい説明を要求する。後半部分は小声になって凄味を利かせながら。

「そうそう、その話をしにきたんだよね」

ネルネルの話にロゼッタが同意した。

「あぁ♡　ぐっ……そ、そうよ。何でネルネルまでいるのよ。あんたたちはフランシーヌ方面軍に参加中では？」

少し正気を取り戻したフレイアが、アヘって垂らした涎（よだれ）を拭きながらそう言う。

「お前たち……何も知らないんだナ。今、帝都は大混乱なんだゾ。デノアの勇者が大将軍を打ち破って帝国領内に侵攻中と。わ、わたしたちを帝都に呼び戻す命令が出るくらいにナ」

ネルネルが答えた。

「ええ……それ私たちのせい……」

焦った顔のフレイアがそう言って隣のシラユキを見た。

「私は関係無い……」

と、シラユキは惚（とぼ）ける気満々だ。

「あんたねぇ……まったく」

そんなシラユキとフレイアをスルーして、ネルネルが話を進める。

「今朝、ロゼッタが言っていたのも気になるんだナ。か、革命とか……この国でその発言は命取りになるんだゾ」

ルーテシア帝国のような専制主義国家で『革命』などと言えば、思想犯や反逆罪で逮捕されるのが常である。

しかし、一度火の点（つ）いたロゼッタは突き進んでしまう。

「違うよ、ネルネル。これは皇帝陛下に反逆するんじゃないんだよ。陛下を蔑（ないがし）ろにする逆賊を討ち滅ぼす正義の戦いなんだよ！　ふんす！　ふっ、ふがっ」

「声が大きい」

ネルネルがテーブルの上のパンをロゼッタの口に詰めた。

「そうです、ロゼッタさんの言う通りです」

それにナツキが続く。ロゼッタと同じように、目をキラキラさせながら話し始めた。

「今の皇帝は一〇歳とのことで、叔母（おば）のアレ、アレ……クサ……」

「アレクサンドラ、もぐもぐ……」

口に詰められたパンを食べながら、ロゼッタが助け船を出す。

「そう、それです！　ロゼッタさん」

昨日会ったばかりで襲われかけたのに、いつの間にかナツキとロゼッタが意気投合しているようだ。きっと、単純で騙されやすく正義感が強いという性格が似ているからだろう。

「叔母（おば）のアレクサンドラさんが実権を握っているそうですよね。皇帝が幼いのをいいことに、勝手に戦争を拡大しているとか。ボクは戦争を止めたい。皇帝に会って戦争をやめるように言うつもりでした。でも、マミカお姉様は、そんなボクの考えなんて全てお見通しだったんです！」

ナツキがマミカを見る。尊敬の眼差しで。

そして、ロゼッタ以外の大将軍は、半信半疑な顔でマミカの方を向いた。

「マミカお姉様の計画はこうです。幼い皇帝を傀儡（かいらい）にして暴虐の限りを尽くしているのがアレクサンドラさん。だから、囚われている皇帝の女の子を救い出して、こちら側に連れてくるのです。そうすればボクたちの方が官軍になります。そうですよね、お姉様！」

「そ、そうね……」

ナツキに話を振られて頷(うなず)くマミカ。

「皇帝さえコチラに付けば、この国の兵士たちも味方になってくれるはずです。そうすれば、戦争を終わらせて平和にすることができます。そして、一部の人だけ富を得て贅沢するのではなく、平民の人たちも平等に御飯が食べられる国にするんですよ！　ですよね？」

「そ、そうそう……」

話を振られたマミカの目が泳ぐ。

「マミカお姉様は、ボクがデノアの兵士だと分かったうえで試したんです。ボクの覚悟と実力を見極める為に。そして剣の稽古をして現実の厳しさも教えてくれた。だから分かったんです。世界を変えるのには仲間が必要だって。ボク一人の力は小さいけど、皆が集まれば大きくなれる。そうですよね？」

「うっ、そ、そんな感じかしら……」

勝手に話が進んでいき戸惑うマミカ。

「ボクは勘違いしていた。人に頼んだら迷惑をかけてしまうのだと。でも、それは違った。他にもこの国を変えたいとか戦争を止めたいと思っている人は多いんですよね。そういう人たちの声を結集し力を合わせるのも時には必要なんです」

「う、うんうん……」

ちょっとやけくそ気味にマミカが頷(うなず)く。

「マミカお姉様だけじゃない。フレイアお姉さんもシラユキお姉ちゃんも一緒に行くって言ってくれた。大将軍の中にも国を変えたいって思う人がいたんです。つまり、ここにいる皆が力を合わせて作戦を成功させ、平和で国民が飢えず笑って暮らせる国造りをするんです！　そこまで考えていたなんて、さすがマミカお姉様！」

ナツキの演説が終わる。もはやマミカの作戦ではなく、ナツキが勝手に作っているような気もするが。

とにかく、さすがお姉様。通称『さすおね』である。

「マミカ、それ、本当なのかナ……」

ネルネルに問われマミカが動揺した。作戦など何も考えていないのだから。

「そ、そうね。だいたい合ってるわ。ナツキ、やるじゃない。アタシの真意を理解するなんて」

そんなことを言うマミカだが、内心は焦りまくっていた。

（えっ、ええっ！　アタシ、作戦なんて何も考えてないんですけど！　帝都に潜入してアンナ様を連れ出すですって!?　なんかアタシの知らないうちに大事（おおごと）になってるんですけどぉぉぉぉ！）

さすがにマミカも皇帝（アレクサンドラ）誘拐までは考えていない。

（で、でも、このままあのババアに従っていても、嫌われているアタシは辺境に飛ばされたままだし。その内、極東も戦争になり、ヤマトミコ神風突撃乙女隊との激戦で……。ここはナツキの作戦に乗ってみるのも……）

　マミカの頭脳に勝算が見えてきた。

（そうね、悪くない。ロゼッタはナツキの言うこと聞きそうだし、なんかフレイアとシラユキもされるがままだし。大将軍が協力すれば可能かも。まさか、ナツキはそこまで考えて…………。ナツキ、恐ろしい子！）

　マミカがナツキの作戦に乗ることを決意する。ついでにマミカの中でナツキの株が上がった。ガーレンに勝った件といい、本気で帝都に攻め込む計画といい、これまでの弱くて頼りないイメージから、頼りになるベッドでつよつよの男子に評価アップだ。

「それでこそアタシのナツキね。毎晩ベッドで熱く官能的な夜を過ごし、一から仕込んでやった甲斐（かい）があったわ」

　つい、マミカが余計なことまで口走ってしまった。当然他の女は黙っていられるはずもなく

「誰がアタシのナツキよっ！　ナツキ少年は私のだから！　な、なな、ナツキをベッドで、な、何したですってっ！　私が彼女第一候補なんだからね！　実質私が彼女みたいなものなんだけど！」

　烈火の如き勢いでフレイアが反論する。最初に目を付けたのは自分だと。彼女候補一号だと。

「あ、あああ……やっぱり殺（や）ろう……私の弟くんが寝取られた……。もうマミカも世の中も全

部破壊し、私とナツキだけの清らかな世界にして……永遠の契りを……くふっ。くふふっ」

地獄の永久凍土のように寒いヤンデレになってしまうシラユキ。本気で破壊しそうで危険な女だ。

「ちょおおおっとぉぉぉぉーっ！　マミカばかりずるいよ！　私だってナツキ君とイチャイチャエチエチしたいのに。もうムラムラが抑えられないよぉ！」

ドスドスドスドス！

何かもう欲求不満が爆発しそうなロゼッタが地団駄を踏み出した。ドスドスと大きな音を立てて店の床を破壊しそうだ。

こんな時、物語のハーレム主人公ならヒロインを落ち着かせ何事も無かったかのように弁解するところだが、この無意識に姉属性女のハートを刺激するナツキはちょっと違う。

「はい、マミカお姉様に仕込まれました。お風呂は男女一緒に入って体の隅々まで洗いっこ。夜は裸で抱き合い一緒に寝る。男性は女性が満足するまでサービスを欠かさない。ですよね、お姉様！」

ちょっとドヤ顔のナツキが言い放つ。前は無知だったけど、今は帝国の文化に精通していますよとでも言いたげだ。

ただ、ピュアな心に変な話を信じ込まされて、ちょっと悪い子になっている気がする。

「ええっと……そうだったかしら？」

さすがにマミカも言いよどむ。ナツキに嘘を吹き込んだのは自分なのに。激怒するフレイアたちに囲まれて絶体絶命だ。

「マミカ、ナツキに何教えてんのよ！」

「ＮＴＲの罪でマミカ被告に極刑を言い渡す」

「マミカぁ、私も洗いっこしたいよぉ」

「ちょっ、冗談だし。まだ手を出してないしぃ！」

ヤバい女に囲まれるマミカ。まさか、ロゼッタにナツキを寝取られ激怒した事態が、今度は自分の身に降りかかるとは思ってもみなかっただろう。

「喧嘩はやめてください！　分かりました。ホントは結婚しないとダメだけど……それが帝国の文化なら尊重しないとですよね。彼女候補の人には帝国の文化に合わせたサービスをします」

ナツキが爆弾発言した。今まで頑なに結婚を前提としなければエッチはダメだと言い張っていたのに、彼女候補ならイチャラブＯＫになったのだ。完全にマミカに毒されている。

「な、ナツキ！　わ、私は彼女候補よね？　第一候補だし」

ぎゅっ！

ナツキの腕に抱きついたフレイアが言う。

「はい、フレイアお姉さんは彼女候補です。一緒に寝ましょう」

「うっきゃぁぁ～ん♡　ナツキ、大好きっ♡」

フレイアは大喜びだ。

「弟くん……私もだよね？」

恐る恐るシラユキがナツキに聞いてみた。

「はい、シラユキお姉ちゃんも彼女候補です」

「じゃ、じゃあ、腋ペロも？」

「そ、それは……」

「腋ペロは帝国の伝統文化。文化は尊重」

「で、ですよね……少し考えさせてください」

「うっへぇ♡　くふっ、ぐふふっ♡　ナツキ、すきぃ♡」

妖しい笑みを浮かべるシラユキが楽しそうだ。強引に変なプレイを正当化しそうで怖い。


「当然私もだよね。ナツキ君っ♡」

ちゃっかりロゼッタも交ざっている。

「あの、ロゼッタさんは、おあずけで」

「だから何でさぁぁぁあああ〜っ！」

「えっ、だって、まだ知り合ったばかりですし」

「これから知れば良いじゃないかぁ。エッチからおなしゃす！」

「えええええ…………」

益々ロゼッタの欲求不満が溜まる結果になった。

そんなアホな光景を眺めながら、ネルネルはボサボサの髪の中からナツキを見極めていた。この少年が帝国を揺るがす災いになるのか。それとも本来あるべき姿に正す救世主なのかを。

シリアス展開のはずなのに、ナツキの右側にフレイアが、左側にシラユキが、首にはマミカが抱きついている。両腕と頭に柔らかなおっぱいの感触を感じたナツキが真っ赤になってしまった。

「はぁあぁあん♡　ナツキ少年、すきすき、大好きぃ♡」

若干(じゃっかん)グへっているフレイアが抱きついたままスリスリする。顔が緩み切っていて、とても人には見せられない。

「ぐふっ、ぐふふっ♡　弟くんっ♡　もう離さないぞぉ♡」

普段とは全く違う口調で話すシラユキ。ヤンデレっぽい目と緩んだ口元が変な感じだ。なまじ超絶美形なだけに、ちょっとだけ怖い。

「当たってます。胸が当たってますって。ダメです、まだ付き合ってないのに。帝国文化のお風呂と添い寝は許したけど、まだエッチはダメですから」

必死に逃げようとするナツキだが、両側から捕まえられて動けない。

そもそも、お風呂と添い寝とポンポンまで許したのに、それ以上がダメなど通るはずがない。

このドスケベな姉たちには。

三方向からの柔らかな感触に、ナツキはいまだかつてない感情が湧き上がり困惑していた

（うわああっ……お、おっぱいが……結婚するまでエッチはダメなのに。何だか体が熱くなってきちゃった。ボクはどうしちゃったんだぁぁーっ！）


「ちょっと、アタシのナツキにベタベタ触らないで！」

ぎゅぅぅ～っ！

後ろからマミカがナツキの首を抱きしめる。格闘技の締め技みたいで苦しそうだ。

「苦しっ、ま、マミカお姉様。絞まってます。ギブ、ギブッ！　首、絞まってますから」

腕を緩めるマミカだが、今度は胸をムニュッと押し付けてくる。誰にも渡さないというアピールだろうか。

「ちょっと、マミカ！　あんた彼女候補じゃないでしょ。離れなさいよ」

マミカの手を引っぺがしながらフレイアが言う。

「そう、無関係のマミカは触っちゃダメ」

シラユキも続く。

「あ、アタシは特別だし！　ナツキの師匠兼女王様だし！」

あくまでナツキが好きなのを否定するマミカ。もうバレバレなのに、まだ白（しら）を切るつもりか。

「彼女じゃないなら触るの禁止」

「そうそう、禁止」

「それとも、マミカも好きなの？」

「好きなの？」

フレイアとシラユキに核心を突いた質問をされるマミカ。認めれば楽になれるのに、まだはっきりしないようだ。

「あ、アタシは……べつに、好きとかじゃ……」

そこにナツキがトドメを刺す一言。

「ボクはマミカお姉様のこと好きです」

「へっ、あ、あの、すす、好き……なんだ。へ、へぇ」

ドS女王が動揺しまくっている。

「マミカさんは、時に優しく時に厳しく、ボクを導いてくれました。それに、ボクがイジメられているのを、自分のことのように本気で怒ってくれたし……。マミカさんと話していると元気が出てきます。そんなマミカお姉様が好きです」

きゅぅぅ～ん♡

「あぁっ♡　そ、そうなんだ。ナツキがアタシのこと……。こ、光栄に思いなさい。あ、アタシもナツキのこと、ちょっと……いや、けっこう……す、好きなんだけどね。しょうがないわね、不本意だけど彼女候補になってあげてもいいんだけど」

そんなこと言いながらも、マミカが真っ赤になっている。もう誰が見てもナツキが大好きなのはバレバレだ。バレていないと思っているのは本人だけだろう。

　こうして、マミカが彼女候補三号になった。


「何よ、このベタなツンデレっぽい態度は」

　呆れた顔のフレイアが呟くと、反対側のシラユキまで言い放つ。

「可愛いのが余計に腹立つ」

　そして懲りないロゼッタがナツキに言い寄る。

「ねえねえ、ナツキ君、私は？」

「だから、おあずけです」

「何でさぁぁぁぁ～っ！」

　ロゼッタがおあずけされたところでネルネルが口を開いた。

「そ、そろそろ本題に入るんだナ。その少年がデノア王国の勇者なのは理解したんだナ。次はアレクサンドラ議長が簒奪を企んでいる話なんだゾ」

「それよっ！　その話が本当なら現状はアレクサンドラの計画に加担し陛下を蔑ろにしていることになる。ならば私たちが成すべきことは一つ。陛下をお救いし国を正すまで！」

　凛々しい顔と声でフレイアが言う。さっきまでグヘへ顔だった人とは別人のようだ。

「でも、どうやってマミカは簒奪の事実を知ったの？」

シラユキが呟いた。

「それはアレよ。ほら、マミカのスキル的な？　精神系魔法で議長の心を操作して読み取ったとか？　知らないけど」

シラユキの疑問に答えるフレイアだが、詳しいところは分からない。マミカの方を向いて声をかける。

「どうなの、マミカ？」

「うっ、そ、それは企業秘密だしぃ。スキルの詳細は明かせないし」

そんなことを言うマミカだが、実際は何の根拠も無い。適当に言った話がどんどん大きくなり焦っている状況だ。

皆の疑問を払拭するようにナツキが話し始めた。

「やりましょう。ボクは今まで帝国を倒しデノア王国を救うことばかり考えていました。でも、帝国で色々な人と話をして、国民の多くは戦争なんて望んでいないことを知りました。この戦争が一部の人だけ得をして、多くの帝国市民が苦しんでいるのならばやめさせるべきです」

ナツキの話に、目をキラキラさせて見ているロゼッタも口を開く。

「だよね。過去にルーテシアが連合国から攻め込まれる苦難の歴史があったよ。でも、今やっているのは、一方的に隣国へ侵略し人々を苦しめているだけだよ」

「ロゼッタさんの言う通りです。ルーテシア皇帝は、まだ一〇歳なんですよね。きっと勝手に酷いことばかりやらされて心を痛めているかもしれません。実際に会って本心を聞いてみましょう」

きゅん♡　きゅん♡

話しているナツキを見るロゼッタの目がハートマークになっている。もう完全に、好き好き大好き弟君のようだ。

「ううっ、ナツキ君かっこいい♡　一緒に陛下をお救いし国を立て直そう。そして結婚しよう」

「いえ、だから結婚もおあずけで」

「はぁふぅ♡　断られると余計好きになっちゃうよ♡」

おあずけされているロゼッタが、更にキュンキュンしている。じらされると余計燃え上がってしまう恋心か。

「た、確かにアレクサンドラ議長は怪しいんだゾ。お、幼いアンナ様を帝位に就けたのも彼女なんだナ。周囲からも傀儡との声も上がったんだゾ。しかも、反対勢力は粛清されたり謎の死を遂げたり……」

自分に言い聞かせるように、ネルネルが話し始めた。

「そ、そもそも前皇帝オリガ様も不慮の死を迎え……それは、不審な点がいくつもあると、まことしやかに囁かれているんだゾ」

ネルネルの話で大将軍たちが黙ってしまう。前々から疑問に思っていることは多かったのだ。

しかし、皇帝の言葉（現状では代理としてアレクサンドラが伝えているが）に異論を唱えるなど許されない。

ナツキとマミカの話がなければ誰も口にしなかったはずだ。

「わ、わたしは調べてみる価値はあると思うんだナ」

ネルネルの言葉に皆が賛同する。

「そうね」

「うん」

「だよねっ」

「はい」

「ただ、このことは暫く秘密にしておくんだゾ。て、帝都にはレジーナとクレアがいる。大将軍同士で戦うのだけは避けるようにナ」

「もうマミカと戦っちゃったけどね。えへへぇ」

笑顔のロゼッタが口を滑らす。

「ちょっ、それ言うなし！」

速攻でマミカがツッコんだ。

計画は内密にし帝都まで行動を共にすることで同意したナツキたち。ナツキが心配で付いてきたフレイアとシラユキだが、いつの間にか反逆軍の仲間入りだ。果たして、こんなパーティーで大丈夫なのだろうか。

◆
◇
◆

フレイアとシラユキ、そしてネルネルとロゼッタまで加わり大所帯となったナツキ一行。六人になって賑やかなパーティーだが、もう一泊宿をとり準備をすることになった。

そして、決行の前に綿密な作戦とナツキのスキル解明が先だとネルネルが言い出す。

「やるからには失敗するわけにはいかないんだゾ。も、もし陛下を救出できなければ、全員まとめて反逆罪なんだナ」

その一言で気が引き締まる。

ネルネルの作戦はこうだ。

「先ず作戦第一、わたしとロゼッタは先に帝都に入るんだナ。何も知らず、ふ、フランシーヌから帰還が遅れたという体にして。こ、これは、中から混乱させたり仲間を誘導したりするんだナ。あと、できるだけクレアとレジーナを仲間に引き入れるよう説得するんだゾ」

作戦の第一段階は、帝都への潜入と混乱と誘導だ。

「作戦第二、フレイアとシラユキが陽動として、宮殿の正面で騒ぎを起こすんだナ。これはなるべく派手に。さ、騒ぎで警備を引き付ける役目なんだゾ」

作戦第二段階は、帝都宮殿正面での陽動作戦だ。

「作戦第三、ナツキとマミカが宮殿裏口から潜入し、陛下を確保。そ、そのまま、わ、わたしたちと合流して脱出するんだゾ」

作戦第三段階は、皇帝の救出と帝都からの脱出だ。

「最後に作戦第四、陛下がこちら側にあるのを宣言し、ちょ、勅命を以て逆賊を討つと宣言するんだナ。官軍として帝都に帰還するんだゾ！」

作戦第四段階は、皇帝の命により帝都奪還だ。

この作戦で最終決定し、各々が動き出すこととなる。作戦名『ナツキ姉妹』。ルーテシア解放戦線だの救国軍事同盟だのという意見も出たが、名前が可愛くないという理由で却下された。帝都に向け出発する前に、必要な物を揃えたり準備をすることとなるメンバー。だが、その前にネルネルが重要な要件があるからと、ナツキを借りると言い出したのだが。

「ちょっと、ネルネル！　アタシのナツキに変なことしないでしょうね！」

ネルネルを睨みながらマミカが言う。仲間になったとはいえ、ネルネルのことは信用していなかった。

「ちょっとナツキのスキルを調べるだけなんだゾ」

「それ、ホント？　調教とか痴漢プレイするんじゃない？」

「それをするのはマミカなんだナ」

「あ、アタシは良いのよ！」

何度もチラチラとナツキの方を振り向きながら、マミカはロゼッタと一緒に頼まれた買い物に向かう。最後に一声だけかけてから。

「ナツキ、何かされたら逃げるのよ！」

「だ、大丈夫だよマミカ。ネルネルだって仲間なんだよ」

何度も振り返るマミカを、ロゼッタが引っ張って歩いていった。

一方、別の用事を頼まれたフレイアとシラユキだが、やはりネルネルを信用していないのかナツキを気にしている。

「ネルネル、あんた本当に大丈夫なんでしょうね？」

訝しげな顔をしたフレイアがネルネルをジッと見る。

「わ、わたしの闇のオーラでナツキのスキルを調べるだけなんだナ。信用されないのは心外なんだナ」

ネルネルはこう言うが、普段の行いが悪いのでしょうがない気がする。

「弟くん、何かされたらお姉ちゃんに言って。そいつ殺るから」

シラユキの目が本気だ。

「大丈夫ですよ。ボクのスキルを調べるだけですから。これから一緒に戦うのですから、ネルネルさんを信用してあげましょうよ」

無邪気な顔で言うナツキだ。これからどんな変態プレイをされるのか微塵も疑っていない。

マミカたちと同じように、何度も後ろを振り向きながら二人は歩いていった。

◆◇◆

ネルネルに連れられ宿の部屋に戻り、ナツキは彼女と二人っきりになる。後ろ手にドアを閉めるネルネルの顔が怪しい。

ガチャッ！

「ぐひゃひゃっ、こ、これで邪魔者はいなくなって二人っきりなんだナ」

不気味な笑い声を上げるネルネル。絶対に何かしそうだ。

「ネルネルさん。スキルを調べるってどうやるのですか？」

「ぐへっ、な、ナツキ……その前にすることがあるんだゾ」

ネルネルが手を前にかざすと、突如として周囲の空間から闇の触手が現れた。

「闇の触手（ヘンタイバインド）！」

シュルシュルシュルシュル——

「ぐあぁああああっ！」

無数の青黒い触手がナツキの体に襲いかかる。手足の自由を奪い、腕や足にとぐろを巻くよう絡みついてしまった。

「ぐひゃあぁ、お、お前、本当に不用心なんだナ。わ、わたしが本気だったら、今頃はバラバラの肉片になっていたんだゾ」

不用心にもネルネルを信用していたナツキは、簡単に不気味な触手に捕まってしまった。絶体絶命である。

「ね、ネルネルさん……」

「くへぇ、お前……お終(しま)いなんだナ。ご、拷問の時間だゾ」

「ううっ、ネルネルさん……」

両手両足を封じられ絶体絶命のナツキ。しかし、ナツキの顔は恐怖どころか期待と興奮で輝いている。

「ネルネルさん……もしかして、ボクが油断ばかりで危なっかしいから鍛えてくれるんですか！」

「は？」

ネルネルは意表を突かれた顔をする。

「そうですよね。こんな油断だらけのボクが帝都に侵入しても、簡単に捕まってしまうかもしれません。分かりました！　ネルネルさん、ボクを思う存分に鍛えてください。どんなキツいのも耐えてみせます。頑張りますっ！」

「な、ななな……」

ド変態でドスケベなネルネルの性癖にクリティカルで刺さった。目をキラキラ輝かせた初心(うぶ)

な少年に、『どんなキツいプレイも耐えてみせます』だなんて言われたら大興奮だろう。

「ぐひゃ、ぐひゃひゃ……ど、どんなのも耐えるのカ？　なな、なら、遠慮なくやっちゃうんだゾ♡」

「サー、イエッサー！　ばっちこいです」

歓喜の表情を浮かべたネルネルが触手を自由自在に動かし始めた。それはナツキの服の中に入り込み、ウネウネと体中をまさぐる。

グニャァ――

しゅるしゅるしゅるっ！

「あああぁっ、な、中にっ！」

「ど、どこまで耐えられるかナ♡　ふひゃひゃ」

触手は服の奥深くまで入り込み、ナツキのイケナイ場所をモゾモゾし始める。もう自主規制寸前だ。

他国では触手プレイといえば凛々しく気高い女騎士や可愛いヒロインがされるのがオヤクソクだろう。しかし、ここ貞操逆転世界のルーテシア帝国では、触手プレイの餌食になるのは男子と相場が決まっている。

にゅるにゅるにゅるっ――ぐにょぐにょぐにょ――

「ふごぉ……うぐぅ、ふぃひのなふぁにぃ……」

太く長く逞しい棒のような触手がナツキの口内にまで進入する。容赦なく口の中をこねくり回し、奥まで深く進入してしまう。

上半身も下半身も下着の中まで入りこんだ触手が、時に激しく時に優しく刺激を送り続けているようだ。

「あぐっ、うぐぅ、が、がんふぁります！」

「ぐへっ、こっちはどうなんだナ♡」

「くううっ！」

「ぐっぐはっ♡　そ、そそそ、そこは放送禁止なんだゾ♡」

直接ではないが、もうイケナイコトしまくりの触手だ。

「ブッひいいいいいいイいイいーっ！」

ブババババババババアアアアアアッ！

涎（よだれ）を垂らしながら健気（けなげ）に耐え続けるナツキの姿に、遂にネルネルのド変態ゲージがレッドゾーンに突入し鼻血を吹き出した。

ネルネル心の叫び――

(あああああああっ！　なな、なんだこの少年は。わ、わわわ、わたしを信じ切った顔で耐え続けるなんて……。そ、そんな最高のリアクションされたら手放せなくなるんだゾぉぉぉぉっ！)

彼女の性癖にドストライクだった。

「ぐわああっ、そ、そこはダメですぅぅーっ！」

「ぐひゃぁあっ！　最高なんだナ♡」

危うくナツキの初めてが触手になりかけたところで、それに気付いたネルネルによって解放された。

「はぁはぁはぁ……た、耐え続けましたよ。ネルネルさん」

触手から解放されたナツキが勝ち誇る。散々触手攻めされたのに、ちょっとドヤ顔なのが面白い。

「ぐひゃひゃ、こ、これは最高の男なんだナ♡　ロゼッタたちが熱を上げるのも分かるんだゾ」

どうやらネルネルまでナツキを気に入ってしまったようだ。ヤバい女に目を付けられたナツキの将来が心配である。

「ネルネルさん、次はどうするんですか？」

「そうだナ。次はこれなんだゾ」

カポッ！

使い込んで使用感ありありのブーツを抜いたネルネルが、その足をナツキの顔の前に持ってくる。風呂に入っておらず、見ただけで臭(にお)いそうな足だ。

「うぷっ、く、くさっ！」

「ぐはぁ、わ、わたしの足の臭(にお)いを嗅ぐんだナ」

蒸れて超臭いネルネルの足を嗅がされて気絶寸前のナツキ。しかし、これが彼女の変態プレイだと気付かないナツキは別のことを考えていた。

（ううっ！　凄い臭いだ。で、でも、女性に臭いだなんて言ったら失礼だよな。気を付けないと。はっ、でも……女の子がこんなに臭いわけないよな。これには訳があるはず……）

ちょっと女の子に夢を見すぎだ。

（そ、そうだ！　これはきっと戦闘訓練なんだ。思い出せ。あのデノア正規軍での女教官による訓練だって、一見無意味に感じた腰取りや夜の特訓も必要なことだったじゃないか）

「ううっ、ネルネル教官。これは劣悪な環境でも任務を遂行する為の訓練なんですね！」

ナツキが盛大に勘違いした。

「ぐっ、れ、劣悪……」

「帝都に潜入した時に、下水道を通って逃げる為の」

「げ、下水……」

「す、凄いです、ネルネル教官。女子なのに、こんなに臭くして」

結局ナツキは臭いと言ってしまう。

「く、臭い……そ、そんなに臭いのカ？」

「はいっ！　凄く臭いです！　下水より臭いです」

「ううっ……」

「訓練の為に、こんなに臭くしてくれるなんて。ありがとうございます！」

「くぅぅ……真顔で臭い臭い言われると恥ずかしいんだナ」

まさかの事態だ。あの、部下に臭い足を舐めさせて喜ぶネルネルが恥ずかしがっている。羞恥心と無縁だったはずのネルネルが、初めて気になる男子ができたことで恥じらいを覚えたのかもしれない。

「くうぅっ、な、ナツキ一兵卒、訓練はここまでだゾ。合格なんだナ」

「サー、イエッサー！　ありがとうございます、教官！」

超臭い足を嗅がれるのが限界になったネルネルが、ナツキより先に音を上げた。ナツキの純粋さによって、ネルネルの羞恥心を目覚めさせてしまったようだ。

「ネルネル教官、次は何をしますか」

「ああっ、そんなキラキラした目で見るなぁ……」

グイグイくるナツキにネルネルもたじたじだ。

「つ、次はナツキのスキルを調べるんだナ」

「サー、イエッサー！」

「ここじゃ狭いから広い場所に行くんだゾ」

「サー、イエッサー！　行きましょう」

毒気を抜かれてしまったかのようなネルネルが、仲良くナツキとお出かけする。最初は拷問プレイで勇者の秘密を吐かせたり泣かせようとしていたのが嘘みたいだ。

スキルを使える広い場所まで歩く二人。ちょこっとネルネルの横に来たナツキに、頬を赤らめて距離をとるネルネル。

ささっ！

「ん？　どうかしましたか？　ネルネル教官」

「な、何って……に、臭（にお）うから離れるんだナ」

「大丈夫です。臭いのも特訓です」

「わ、わわ、わたしが大丈夫じゃないんだゾ……」

長いこと風呂に入っておらず、プンプンと臭（にお）う体臭を嗅がれたくないネルネルが、恥ずかしさのあまりナツキから離れる。

「ううっ、恥ずかしいんだナ……」

ドンッ！

その時、ネルネルが道の向こうから歩いてきたガラの悪そうな男たちとぶつかってしまう。

そのはずみで小柄な彼女がよろけてしまった。

「あうっ……」

「おい、コラッ！　何処見て歩いてんだ！」

「小汚（こぎたね）え格好した女だな、オイッ、ぶっ殺すぞ！」

まさか相手が帝国大将軍だとは思いもしない男たちは、小柄で汚い格好のネルネルに因縁をつけてきた。

それもそのはず。街に飾られている七大女将軍の肖像画には、髪や身なりを整えた彼女が描かれており、まるで別人なのだ。薄汚れた見た目から非力な貧民の女だと思ったのだろう。

大将軍の中でも比較的戦いも辞さない性格のネルネルに喧嘩を売ってしまった男たち。通常なら瞬殺されそうだ。

そして、その時ナツキのとった行動は――

第八章　共寝の誓い

重税や格差社会の弊害なのか、はたまた女性上位社会への不満なのか、それとも元からクズなのか。ガラの悪い男たちが因縁をつけてきた。激昂した男がネルネルの襟元を掴み、揺するようにねじり上げる。

「ゴラアッ！　どこ見て歩いてんだ！　チビ女がっ！」

「おうよ！　こちとら失うもんは無ぇんだ！　女様だからって容赦してえからな！」

興奮した男たちが唾を飛ばしながら捲し立てる。

「くっ、面倒くさいんだナ。まとめて殺すか……（ぼそっ）」

ボサボサの髪の奥にあるオパールのように妖しい虹色の瞳が光る。幾多の戦場で一騎当千の強さを誇る大将軍なのだ。指先一つ動かすことなく、目の前の男たちを肉塊に変えるくらい造作もない。

「あぁぁん！　何か言ったか!?」

「やっちまおうぜ！」

「くっ、闇の触――」

ガバッ！

ネルネルがスキルを発動する直前だった。ナツキがネルネルを守るよう間に入ってきた。いや、この場合、実際に守られたのは男たちなのだが。

「待ってください！　軽くぶつかっただけじゃないですか。暴力はダメです」

ナツキを見た男たちがニタニタと下卑(げび)た笑いを浮かべる。丁度良いカモが転がり込んできたとでも思っているのだろう。

「何だぁ、このガキは？」

「がははっ、弱そうな小僧だな。この小汚(こぎたな)い女にお似合いだぜ」

「間違いねえ。女様は美しいから価値があるんだ。こんなブスは要らねえんだよ」

「はっはっは！　確かにブスだな。しかも小汚(こぎたね)え！」

「分かったかブス！　お前は存在価値がねぇ！」

相手が弱そうと思ったからか言いたい放題だ。

ナツキは思い出していた。かつてゴミスキルだのゴミ男子だのと悪口を言われていた頃を。

あの頃は悪口を言われてもスルーしていた。言いたいヤツには言わせておけば良いと思っていたし、言い返して険悪になるよりも我慢すれば波風立たないとさえ考えたのだ。

しかし、無数に浴びせられる言葉の刃は、少しずつだが心を抉(えぐ)り徐々にダメージとして蓄積されるのだ。やがてそれは自己肯定感の低下や劣等感を招き、更に負のスパイラルへと陥ってしまうのだから。

「そうだ、誰だって世界に一人しかいない大切な存在なんだ。お姉様が教えてくれたんだ……」

マミカの話を思い出すナツキ。誰であっても他人の存在を否定して良いはずがない。

「何だこのガキ、ビビったのか？」

「おい、痛い目にでも遭いてえのか！」

ナツキは真っ直ぐに男たちを見据える。

「取り消してください！　容姿を侮辱するのはダメです！」

自分より大きな男たちに、ナツキはハッキリと注意した。

「あぁぁん、ブスにブスって言って何が悪いんだ、ゴラッ！」

「そうだそうだ、小汚えブスだろが！」

「取り消して！　人は容姿だけじゃない、心が綺麗な人や真面目に頑張っている人だっているんだ！　ネルネルさんは、世界にたった一人の大切な仲間なんだ！」

きゅぅぅ〜ん♡

ナツキの予期せぬ発言に、ネルネルの胸の奥に不可思議な化学反応が起きた。いや、正確に言うと心臓ではなく脳なのだが。

脳内にドーパミンとセロトニンとエストロゲンが分泌され活性化する。恋の化学反応だ。

しかし事態は勝手に進行する。

「おらっ、くらえっ！」

バシッ！　ドカッ！

「ぐあっ、痛いっ！」

ネルネルの頭が恋愛化学反応でおかしくなっている頃、ナツキはガラの悪い男たちに殴られていた。最近やけにボコられるナツキ君だ。

「ボコっちまえ！」

「おらぁぁぁあっ！」

「ぐああっ、ボクは挫(くじ)けない！　ネルネルさんを守るんだ！　獄炎剣(フレイアブレード)！」

ズドドンッ！

苦し紛れに放ったナツキの姉喰いスキルが炸裂した。ガーレンに撃った時より小ぶりだが、両手からミニ火球が放たれ二人の男の腹に命中する。

「痛(い)ってえぇっ！」

「こ、こいつ強いぞ！　戦闘スキルを使いやがる」

「逃げろっ！」

「くそっ、覚えてやがれよ！」

モブっぽい捨て台詞を言った男たちは、一目散に逃げ出して見えなくなった。絵に描いたようなザコっぷりで、見事ナツキの引き立て役に貢献してくれたようだ。

「ネルネルさん、大丈夫ですか——おっと！」

ネルネルの方に近寄るナツキだが、足元がふらつきよろけてしまう。

壁ドォオオーン！

「はうぅぅっ♡」

脳内が恋愛化学反応でおかしくなっているネルネルに、トドメの一撃でナツキの壁ドンが炸裂した。もちろん偶然だ。

ナツキの身長はネルネルよりちょっぴり大きいので、ギリギリ壁ドンが成立し顔が近い。

「あっ、すみません……」

「はうっ♡　だ、大丈夫なんだナ♡」

これまで恋愛というものに興味もなければ縁もゆかりもなかったネルネルが、初めて異性としてナツキを意識した瞬間だった。

今、ネルネルの見ている景色は、それまでのモノクロームのように荒んだ世界から、一〇億色以上の色鮮やかな世界へと変貌を遂げたのだ。

ネルネル恋愛ビジョン――

（はわわわわぁぁ～っ♡　ななな、なんなんだナ。脳内麻薬がドクドク出まくって心臓がバクバク鼓動しているんだゾ。こ、これは、わわ、わたしは精神攻撃を受けているんだナ！）
※違います。
（こ、これが噂に聞く壁ドン？　うっ、ううっ、心なしかナツキがカッコよく見えてきたんだゾ♡　よ、弱いくせに、わ、わたしを守るなんて……。はぁぁん♡　何だかナツキの為に、お弁当を作ってやりたい気分なんだナ♡）

ラブコメといえばお弁当だが、ルーテシアで男にお弁当を作る女は稀だ。

（うっきゃあぁぁ〜！　今まで男を調教したり拷問したいと思ったことはあったけど、男の為に尽くしたいなんて思ったのは初めてなんだナぁぁぁぁぁぁーっ）


闇の女、ド変態大将軍ネルネルは意外とチョロかった。今までずっと男に縁がなかったのだからしょうがない。不気味で恐ろしく恐怖の対象であり、男から守られたり大切にされるのが初めてなのだから。

「ネルネルさん、大丈夫ですか？　どうかしましたか？」

「ぽへぇぇ♡」

ナツキが声をかけるが、ネルネルは上の空だ。ぽけーっと呆けた顔でナツキの目を見つめるばかり。

「ネルネルさん！　ネルネル教官！」

ガクガクガク！

「うへうへうへぇ……」

ネルネルの肩を掴んでガクガクと揺するナツキ。スキルを調べてもらうはずなのに、肝心のネルネルがこれでは埒が明かない。

「はっ！　ちょっ、ま、待つんだナ」

突然、正気に戻ったネルネルが、ナツキから距離をとる。

「うっ、わ、わわ、わたしは急用ができたからナツキは先に帰るんだゾ」

「えっ、そうなんですか」

「そうなんだゾ。重要で緊急な用事なんだゾ」

「はい、ではネルネルさんたちの宿で待っています」

疑問に感じながらもナツキが来た道を戻ってゆく。そして、ネルネルはフラフラと街の雑踏に消えてしまった。

ナツキが部屋に入ると、フレイアやマミカたちが戻っていて、部屋中が喧騒に包まれていた。皆、ナツキは自分のものだと主張しているようだ。

ガチャ！

「ただいま。戻りました」

「ナツキぃ～っ！　ネルネルに何かされなかった？」

ぎゅぅぅ～っ！

露出度高めの格好でマミカが抱きついてきた。

このところスキンシップが激しい姉たちの影響か、ナツキの体の奥深くにムクムクと立ち上る熱い感覚が強まっている。つまり、イケナイコトをしたくなってしまうのである。

「だ、ダメです。マミカお姉様、当たってます」

「ぬへぇへぇ♡　ナツキぃ、どうしちゃったのかなぁ？　また、あそこがイケナイ感じになっちゃったぁ♡」

先日の、ある一部がイケナイ感じになっちゃったのを思い出す。とにかく自主規制な感じだ。

「ちょっと、マミカ！　またって何よ！」

当然、フレイアがツッコむ。

「くっ、ＮＴＲ……極刑……」

同じくシラユキもだ。

「ううっ、いいないいな。私もイチャイチャしたいのに」

ロゼッタは通常運行で欲求不満だ。

他の女の嫉妬をスルーしたマミカがナツキの顔の傷に気付いた。

「てか、ナツキ、顔が腫れてる」

「あっ、さっきオジサンたちと喧嘩して……」

「最近のナツキって、よく喧嘩するわね。わんぱく？」

「こ、子供扱いしないでください」

「気を付けなよ。でも……ふふっ♡　可愛いっ♡」

「も、もうっ！」

そんな会話をしながら、明日からの作戦決行に備える。ナツキがお姉ちゃんたちとまったり過ごしていたその時、思いがけない事件が起きた。

ガチャッ！

「ただいまなんだゾっ♡」

突然入ってきた知らない女に、そこにいる大将軍たちがぎょっとする。何が起きたのか理解できないといった感じだ。

その女は当然のように部屋の中に入ると、ベッドに腰かけて煌（きら）めく虹色（オパール）の瞳をナツキに向ける。

「ナツキ、大丈夫だったかナっ♡」

そう言った若い女。まるで宝石のようにキラキラと、星を内包したかのように輝く瞳。神秘的な紫の髪は美しくセミロングでカットされ、サラサラと肩にかかり流れている。

小柄な体は守ってあげたくなるような少女らしい可憐さで、まるで儚（はかな）げな深窓の令嬢のように可愛らしい。

ナツキはごく自然に少女と顔を合わせる。

「ネルネルさん。髪切ったんですね。似合ってますよ」

「「「「ええええええええぇぇぇーっ！！！！」」」」

そこにいる四人の女、フレイア、シラユキ、マミカ、ロゼッタが、全員同時に驚愕（きょうがく）した。

「えっ、あれっ、ネルネルなの？」

信じられないものを見たといった感じの顔をするフレイア。

「こ、骨格から違うような……影武者？」

あのシラユキが、驚きで目を丸くしている。

「あれだよね、闇の力で肉体変化したんだよね」

ロゼッタに至っては変化や変形したのではと疑うほどだ。

「ううっ、あんたって美少女だったの？　いつも変な格好してるから知らなかったし」

マミカが訝しげな顔をする。ライバルが増えたとでも言いたげだ。

「し、失礼なんだナ。骨格変化もメタモルフォーゼもしてないんだゾっ」

話し方が同じなのに、全く違うキャラに思えてしまう。前は不気味な印象の喋り方だったのに、今では可愛い美少女ヒロインの喋り方だと感じてしまうほどに。

「てか、ナツキはよく分かったわね。この美少女がネルネルだって」

ナツキの方を見たマミカが呟く。

「分かりますよ。髪型が変わってもネルネルさんはネルネルさんです。何処からどう見てもネルネルさんです。世界に一人だけの大切なネルネルさんです」

ずきゅぅぅぅぅーん♡

恋愛モードになっているネルネルのハートが撃ち抜かれた。

「ぐはぁ♡　はっ♡　はっ♡　か、体が熱いんだナっ♡　そ、そうだ、ナツキ。わ、わたしのことも姉と呼ぶのだゾっ♡　そうだな、お姉さんやお姉ちゃんは他の女が使っているから……。

そ、そうだ、『ねぇねぇ』が良いんだゾっ♡」

「そうですね、ネルネルねぇねぇだと言い難いから。うーんっと『ネルねぇ』でどうですか？」

ネルネルがメタモルフォーゼして『ネルねぇ』になった瞬間である。

いまだに他の女たちが信じられないといった感じに驚いているなか、当のネルネルはナツキの隣に座り体を寄せる。

当然、いつもの汚れた身なりではなく、入浴とエステで綺麗に整えた体だ。白くきめ細かな肌は薔薇の花のような芳香で、サラサラの髪からは甘く蕩けるような匂いが漂う。

使い込んで臭そうなボロい服も新調し、白く上品で可愛らしいなワンピースだ。まさに、清楚で可憐な美少女好きな男を殺しそうな装備である。

「あの、ネルねぇ……ち、近いですよ」

「ナツキきゅん♡　ずっとこうしたかったんだゾっ♡」

変態大将軍から美少女大将軍に完全変態したネルネルが、ナツキにしなだれかかる。もう完全に別人だ。

これにはフレイアも絶叫する。

「あぁ～ん！　また新しい女がぁ！　まさかネルネルまでぇ！」

天を仰いで叫ぶフレイアに、マミカが追随する。

「だからネルネルと二人っきりにさせるんじゃなかったのよっ！　ナツキったら、ちょっと目を離すと女を堕とすんだからぁ！　ナツキ、悪い子！」

「ちょ、ちょっとマミカお姉様。ボク、女を堕としたりしませんから」

悪い子扱いするマミカに反論するナツキ。だが、実際に横のネルネルは蕩けた瞳でナツキに抱きついている。

説得力ゼロだ。

「い、いや、むしろ最初はネルネルがナツキに何かするって思ってたのよ。それが、まさかあのネルネルがこんなになっちゃうなんて……」

マミカが言うように、誰もが警戒していたのはネルネルの方だった。彼女の性格からして、ナツキに何か如何（いかが）わしいことをするのだと思うだろう。

まさか、ナツキの姉堕殺法（あねおちさっぽう）がネルネルの性癖より勝っているとは思うまい。


懲りないロゼッタが再び、いや何度目か忘れたがナツキに言い寄る。満面の笑みでグイっと身を乗り出した。

「ナツキ君っ♡　私っ、私っ！」

「ロゼッタさんはおあずけです」

「またかよぉぉぉぉ～っ！　何で何でぇ！」

「だから、もう少しお話ししてから……」

「キミ、それわざとでしょ。もうもうっ！」

ドスドスドス！

駄々をこねるロゼッタの地団駄で床が抜けそうだ。

「だって、ロゼッタさんは……おっ、おっぱ……」

ロゼッタのブルンッブルンッと揺れる爆乳をチラ見しながらナツキが呟（つぶや）いた。

実際のところ、ナツキはロゼッタのことを気に入っていた。最初こそ強引に迫られ怖がっていたのだが、優しくて気さくな笑顔や性格に魅かれ始めている。

しかし、姉たちにイチャコラされてからというもの、ナツキの中で目覚めた何かがブレーキをかけていた。

結婚するまでエッチはダメだと思っていたのに、どうしても揺れる爆乳に目がいってしまう。このままでは性にふしだらな男になってしまいそうで気が気ではない。

「ほら、ロゼッタまでナツキにちょっかいかけない」

ちゃっかりナツキの隣に移動したフレイアが、ロゼッタの巨体を押し退ける。

ぷるんっ、ぷるんっ――

ロゼッタの爆乳が離れた代わりに、フレイアの巨乳がナツキの眼前に迫る。ザックリと大きく胸元が開いたローブから、プルプルと揺れる胸が目の毒だ。

「うぅっ……フレイアお姉さんも近すぎですぅ」

「えっ、何でよぉ♡」

チラッ、チラッ！

「だ、だから見えそうです」

「何がぁ？」

「フレイアさん、わざとやってますよね」

ニマァっとイタズラな顔をしたフレイアが体を寄せる。わざと胸元を緩くしているようだ。

本当にイケナイお姉さんだった。

「ナツキきゅん♡　わたしの方も見て欲しいんだゾっ♡」

プクっと頬を膨らましたネルネルが拗ねた顔をする。プク顔が可愛い。

「ほらぁ、ナツキは大きい方が好きなんだよねっ♡」

「あぐぅっはぁ！　ち、小さいおっぱいには夢が詰まっているんだゾ」

途中から胸の話になってしまいネルネルがフレイアに対抗意識むき出しだ。ただ、胸の戦力差は如何ともしがたい。


しかし、そんな中で存在感が消えている大将軍が一人いた。リリアナからずっとナツキに会えるのを夢にまで見ていたコミュ障の女。そう、シラユキである。

やっと会えたナツキはマミカに色々仕込まれて、ちょっぴり帝国色に染まっていた。そして、何故かロゼッタに結婚を迫られている始末。更にネルネルまでラブラブモードに突入し、もう嫉妬やら寂しさで心が地獄の永久凍土になってしまいそうなのだ。

「な、な、ナツキ……だ、だから言ったのに……逃げてって」

ぽつりと呟くシラユキ。その顔は完全にヤンデレ目だ。

「あ、あの、シラユキお姉ちゃん……」

シラユキの様子がおかしいことに気付いたナツキが声をかける。

「ううっ、うううっ……うわぁぁぁあああぁぁ～ん！　ナツキは私の弟くんなのにぃ！　やっと会えたと思ったらぁ、マミカとイチャイチャしてるし、ロゼッタと結婚とか言ってるし、ネルネルもラブラブになっちゃうしぃぃぃぃ！　もうヤダぁぁああっ！　さみしぃぃぃいいっ！」

「うわああっ、シラユキお姉ちゃん」

氷の女王のようにクールで鋭い目つきをした超美人のシラユキがガチ泣きだ。あの気品があり整った眉を歪ませて、大粒の涙がポロポロと次から次へとあふれ出す。

これにはナツキもオロオロと困ってしまった。

「シラユキお姉ちゃん……あの」

「ひぐっ、ひっぐっ、えぇぇ～ん……。私にも構ってぇ」

「ごめんなさい、シラユキお姉ちゃん」

ぎゅっ！

年上女なのに赤ちゃんみたいなシラユキを、ナツキが優しく抱っこする。

泣くシラユキには誰も勝てないのか、他の女も『勘弁してくれ』といった顔で黙ったままだ。

「ぐすっ、ぐすっ……頭なでなでしてぇ♡　してくれなきゃヤダぁ♡」

完全に甘えん坊になってしまったシラユキが言う。

「こうですか？」

ナデナデナデ――

「ふへぇ♡　しゅあわせぇ♡」

緩んだ顔でそう呟くシラユキ。幸せいっぱいだ。

「もっとギュッってしてぇ♡」

「こうですか？　ぎゅっぎゅっ」

「ぐへぇ♡　しゅきしゅきぃ♡　ナツキぃ♡」

もう人前だというのを忘れているのか、シラユキがデレッデレになってしまった。これには
マミカもＮＴＲ的嫉妬で文句を言わずにはいられない。

「もおおっ、アタシのナツキなのに……」

ガシッ！

シラユキを引っぺがそうとするマミカの肩をフレイアが掴んだ。

「やめときなさい。シラユキが暴走すると街が吹っ飛ぶから」

「それ、どんな破壊兵器よっ！」

「シラユキ自体が動く破壊兵器みたいなもんだから」

そう言ったフレイアが、両手を広げて『やれやれだわ』とジェスチャーする。

「シラユキって、こんな性格だったんだ。知らなかったよ」

ロゼッタが呟(つぶや)く。誰もがそう思うようだ。


シラユキがナツキの抱っこで落ち着いたところで、やっとネルネルが本題に入った。まあ、本題を後回しにしたのは、お風呂に入って美容院で髪を整えた自分を見て欲しかったからだ。最後はシラユキに全て持っていかれて不本意なのだが。

「な、ナツキきゅんのスキルを調べるんだナ」

可愛い喋(しゃべ)り方のネルネルにマミカがツッコミを入れる。

「ネルネル、普通に喋(しゃべ)ってよ。違和感あり過ぎだし」

「これが普通なんだゾっ♡」

虹色(オパール)の瞳からキラキラが飛び出しそうなネルネルだ。これにはカワイイ大将軍を自称するマミカも黙っていられない。

「なんかアタシとキャラかぶってるみたいで腹立つんですけど」

そんなマミカの嘆きは置いておき、とりあえずナツキのスキルを調べることとなる。


「――――という訳です」

ナツキは幼年学校入学時に天の祝福（ギフト）を判定した時の話をする。姉喰いスキルという、誰も知らない珍しい固有能力だったこと。戦闘に役立たないゴミスキルだとされ、スキルを伸ばす教育を受けられなかったことを。

「姉喰い……聞いたこと無いわね」

同じ精神系スキルだと思っているマミカが呟（つぶや）く。

「ナツキのスキルを受けると気持ち良くなっちゃうのよね」

そう言ったのはフレイア。少し顔を赤くして、堕とされたのを思い出しているようだ。

「うんうん、すっごく昂（たかぶ）ってきちゃうんだよね」

そのロゼッタには余り効いていなかったのだが、感度が高まったり体の中の何かが昂（たかぶ）るのを感じていた。

「わたしは実際にナツキきゅんがスキルで攻撃するところを見たんだゾ。ゴロツキたちに小さな火球を発射したのをナ」

ネルネルが街で絡まれたゴロツキをナツキが退治した話をする。

「も、もしかしたら……ナツキきゅんのスキルは精神系魔法じゃないかもしれないんだナ」

「それ、どういうことよ？」

「現にアタシはエッチな精神系攻撃を受けてるんですけど」

フレイアとマミカが同時に質問する。

「ま、まだ仮説の話だが、姉喰いスキルは対象の人物の中に、何らかの繋がりをつくる結合魔法のようなものではないのだろうカ。その能力を持つ対象を強く思い浮かべながら敵を攻撃すると、対象と能力の連結（リンク）が発生し、能力の一部を引き出せるような。精神系魔法に思えるのは、そ、その副産物かもしれないんだゾ」

姉喰いスキルの核心に触れるネルネル。体の奥深くにスキルを打ち込まれ、その対象人物と心の繋がりが発生すればリンクできるとでもいうのだろうか。

そして実際に目の前で披露してもらうことになるのだが。エチエチ的大惨事の始まりである

皆の見ている前で実際に姉喰いスキルで攻撃することになったナツキ。拳を前に突き出した構えをとる。

ガーレンとの戦いでは短剣の切っ先から火球が出た。そして、街のゴロツキの時は素手で小さな火球を出すのに成功している。原理は分からないが、とりあえず素手で出してみようという話になったのだ。

「いきます！　むむむっ、獄炎剣（フレイアブレード）！」

シイイイイイ――――ン

何も起きなかった。

「あれっ？　さっきは出たのに」

お姉さんたちの前でカッコいいところを見せようとしたナツキだが、不発に終わって恥ずか

しくなってしまう。

「大丈夫よナツキ。リラックス。でも、やっぱり出たのは白いのとか？」

「マミカ、その話から離れようよ」

「白いのって何よ」

「もしかして私……」

「「それはない」」

マミカがナツキをリラックスさせようとイケナイことを言い出してしまい、他の女まで盛り上がってしまった。

白いのは措いておき、ネルネルが助け船を出す。

「明確な攻撃意思がないと出ないのかもしれないいんだナ。次はロゼッタに向けて撃ってみたら良いんだゾ」

「ちょっと、何でさ」

ロゼッタが声を上げた。

「街で見た感じではナツキきゅんの攻撃力は大した事ないいんだゾ。ロゼッタの防御を突破できないはずなんだナ」

「そういうことなら。むしろナツキ君に撃ち込まれるのなら……ふへっ♡　本望かな」

ネルネルの話でロゼッタがやる気になった。ナツキの方を向いて両腕を広げる。まるで愛しい男の攻めを受け止めるように。ちょっとMっぽい。

「良いよ、ナツキ君。思う存分撃ち込んでくれ。私の物理魔法防御は、共に最強レベルだからね。そこらの剣や魔法程度では傷も付かないはずさっ」

「そ、そんな。ロゼッタさんに攻撃なんてできません。綺麗な肌に傷が付いたらどうするんですか。そ、その、ロゼッタさんは魅力的な女性なんですから」

きゅぅぅぅぅ〜ん♡

「きゅぅっ♡　そ、そんなに褒められると恥ずかしぃよ♡」

ナツキの無意識なタラシ技でロゼッタがキュンキュンし始めた。ナツキとしては本当のことを言っているだけなのだが、言われた当人は嬉しさで天にも昇る気持ちだ。

幸せ気分でぽえぽえしているロゼッタを、とりあえずネルネルが放置プレイした。

「話が進まないんだゾ」

仕方がないので攻撃は諦めて、ナツキから詳しく状況説明を聞くネルネル。闇の触手を聴診器のように当てているが、それは調べているのではなく、ただのお医者さんごっこだ。

そして、顎に指を当て考え込む。

「ふぅ〜む、こ、これは……話をまとめると。姉喰いスキルは、対象の女性を喰うスキルと、リンクした女性のスキルを使用し出力するスキルに分かれているようなんだナ。喰うのは本人から見て年頃の姉的な存在の女性を見境なく。出すのは喰われているだけでなく深い関係性を持った女性ということになるんだゾ」

「そうなんですか？」

ナツキの顔がパアッと明るくなる。役に立たないゴミスキルと呼ばれてきたが、やっと自分のスキルの原理や効力が解明されそうなのだ。

「わ、わたしの考えが正しければ、フレイアだけでなくシラユキやマミカの能力も使えるはずなんだナ。ナツキきゅんが強く想っている女性とのスキルがリンクするのかもしれないんだゾ」

「ぼ、ボクがお姉さんたちの……」

「私っ、私っ、私も喰われたよ。一回だけど」

グイッとロゼッタが割り込んできた。

「ナツキきゅん、試しにこのロゼッタを喰ってみるんだナ。二人の関係性でリンクが成立するかもしれないいんだゾ」

「はいっ、ネルねぇ」

ネルネルの指示でナツキがロゼッタと向かい合う。身長差があるので、ナツキの目線に爆乳が入ってしまい少し目を背けた。顔が埋もれてしまいそうで恥ずかしいのだ。

「いきます！　えい！　えいえいえいっ！」

ずきゅぅぅぅーん！　ずきゅぅぅぅーん！　ずきゅぅぅぅーん！　ずきゅぅぅぅーん！　ずきゅぅぅぅぅーん！

「ぐっはぁぁ～ん♡　きたきたきたぁぁーっ！　昂るぅぅっ♡」

前に使った時は効かなかったと思っているナツキは、いつもより多めに連射した。体の奥深くに何度も何度も打ち込みだ。

「なななな、ナツキ君っ！　結婚しよう！　いますぐ！　よ、よし、エッチから始めるぞっ♡」

「うわあぁっ、だから、あおずけです。お、おすわり！　待てっ！」

「くぅ〜ん、わんわんっ！」

急に犬になったロゼッタが本当におすわりした。何度も姉喰いを打ち込まれ、姉属性本能を揺さぶられた彼女は完全にナツキの言いなりだ。

「えええ……メス犬？」

マミカのドS心が刺激され、つい口に出してしまう。

「ロゼッタ……それ、恥ずかしくないの？」

自分まで恥ずかしくなってしまったような顔をしたフレイアが呟く。何気に今度自分にもやって欲しいとか思っていた。

「うわぁ……しゅ、しゅごい……」

手で顔を隠しながらも、指の隙間からバッチリ見ているシラユキ。自分も犬にされてしまうのだろうかとドキドキだ。

そんな中、ネルネルが前に出る。

「う〜む、わたしも試してみないと分からないんだナ。ナツキきゅん、わたしにも使ってみるんだゾ」

「サー、イエッサー！　行きます」

ずきゅぅぅぅぅーん！

「ぐっはぁああっ！」

予想していたより強烈な波動を感じ、ネルネルがくずおれた。ロゼッタは規格外の超防御力と極大性欲と無限の精力を兼ね備えた女戦士なのだ。それと比べてはいけない。

打たれ弱いネルネルは姉喰い一発で陥落し、足ピーン状態で失神寸前だ。

「もっとですよね。分かりました。頑張ります！」

ずきゅぅぅぅぅぅーん！　ずきゅぅぅぅぅぅーん！　ずきゅぅぅぅぅぅーん！　ずきゅぅぅぅぅぅーん！

「ぐっひゃぁっ！　あひぃぃぃぃぃん！」

何を勘違いしたのか、ナツキが陥落状態のネルネルに姉喰いを連射する。更に打ち込むのだと思い込んでいたようだ。一発で陥落していたネルネルは天国と地獄を何往復もして、遥か彼方に意識が飛んで失神してしまった。

「ぷしゅぅぅ――――」

「あれ、もしかして……ボクやっちゃいました？」

「完全にやっちゃってるし」

「やりまくりね。ナツキ少年」

「弟くん……しゅごい……」

「わんわんっ！」

宿屋の密室で怪しい実験が行われ、失神美少女一名やワンワンプレイの恵体女などの被害者が出た。天下に轟く一騎当千の大将軍なのだ。こんな醜態、とても人には見せられない。

ナツキのスキル解明は中途半端に終わったが、帝都に向け出発する準備だけは整い、今夜は同じ宿屋に一泊することとなる。
部屋は三つ借りており、二人ずつ一部屋に泊まる予定だ。
ここで大問題が巻き起こる。誰がナツキと同室になるのかだ。

「当然アタシよね。これまでずっとナツキと一緒に旅してきたんだから。これからもずっと。そうよね、ナツキ♡」

魅惑的な瞳でナツキを見つめるマミカが言う。自分以外はあり得ないとでも言いたげだ。

「ちょっと待って。彼女候補一号は私なんだけど。最初にナツキと仲良くなって、最初にベッドで添い寝して、最初に一緒に朝を迎えたのは私。当然、私と一緒の部屋よね。そうでしょ、ナツキ♡」

　そこに待ったをかけたのがフレイアだ。ナツキとの出会いや添い寝を熱く語る。

「弟くんと同じ部屋なのは私。それは星が生まれる前から決まっていた運命。もはや二人は離すことのできない円環(えんかん)の理(ことわり)。月と太陽が導き合うように定めの記憶。くふふっ……でしょ、ナツキ♡」

　ちょっと意味不明なポエムを詠(よ)んでいるのがシラユキだ。彼女なりにナツキの気を引きたいのだろう。ナツキなら理解してくれるだろうが、他の男だったら気を引く前に違う意味で引かれそうだ。

「ナツキきゅんとはスキルの分析が残っているんだゾっ♡　この後も一晩中調教……ゲフンゲフン、スキルを調べようと思っているんだナ。そこのところ分かってるのカ。ナツキきゅん♡」

　ネルネルまで主張する。ただ、見た目は美少女に完全変態(メタモルフォーゼ)したネルネルだが、やはりちょっと変態趣味なのは残っているようだ。少しだけ片鱗(へんりん)をのぞかせる。

「ナツキくぅぅぅ～ん！　私っ私っ！　ほら、一緒に寝てイチャイチャしようよぉ♡　もっとお互いを知るんだよね。ナツキ君の好きなワンワンプレイもしてあげるからさぁ♡」

　ロゼッタもグイグイ迫る。ここぞとばかりに距離を縮めようと躍起だ。変なプレイを覚えてしまって危険度が更に上がったかもしれない。

　五人の大将軍から迫られ絶体絶命のナツキ。誰か一人を選べと言われても選べない。全員大切な仲間なのだから。

「えっ……」

今、ナツキの頭の中は、究極の選択を迫られていた——

(ど、どうしよう…………。誰か一人を選ばないとならないのかな)

(マミカお姉様は尊敬する人だし。これまでボクを導いてくれた恩もある。お姉様は大切にしたい……)

(フレイアお姉さんはスキルの特訓をしてくれた人だし。ボクのことを気にかけてくれている優しい人だ。できれば一緒にいてあげたいけど……)

(シラユキお姉ちゃんには帝国の情報を教えてもらったりお金を貸してもらってる恩があるし。それに、お姉ちゃん寂しがり屋だから心配だよ。添い寝してあげないと泣いちゃいそうだし……)

(ネルねぇはボクのスキルの謎を解明しようとしてくれているし。ボクの為に頑張っているのに、無下に断るのも失礼だよな……)

(ロゼッタさんは……一先ず措いておこう)

究極の選択を迫られるナツキ。迫りくるエッチなお姉さんたちに、ナツキの選んだ女性は。

「ほら、ナツキ少年♡　一緒に寝るわよ」

フレイアが手を伸ばす。

「永遠が支配する時の迷宮にて、共に夢の世界に」

ポエマーのシラユキが手を伸ばす。

「ナツキ、アタシの手を取りなさい」

マミカも手を伸ばす。

「ナツキきゅん♡　一緒にベッドで話すんだナっ」

細く華奢（きゃしゃ）な手を伸ばすネルネル。

「むっはぁ♡　一緒にエッチ……じゃなかった、寝ようよ」

前屈みにグイグイ出るロゼッタも手を伸ばす。

五本の手を前に、誰の手を掴もうかナツキは迷っていた――

（どうしよう……誰か一人を選ばなきゃならないのか。全員大切な人なんだから選べないよ。こんな時どうしたら……）

その時、ナツキの脳裏に、あるメスガキの姿が浮かんだ。

（そうだっ！　そういえば、前に幼年学校でミアが言っていたぞ）

ナツキはミアの言葉を思い出した――

『いいっ、ナツキ！　今度の林間学校の班決めは、絶対にあたしを選びなさい！』

胸にパシッと手を当ててミアが言い放つ。

『何でさ。ミアと同じ班だとコキ使われそうだよ』

『何言ってるのナツキ！　逃げちゃダメよ。男なら、敢えて苦難の道を進みなさい！　凡庸なクラスの女子じゃなく、高嶺の花のあたしを狙うくらいしなさいよ』

『ちょっと意味が分からない……』

『い、意味なんてどうでも良いのよっ！　と、とにかく、無理だなんて思わないで、当たって砕けろの精神で挑んでみなさいって言ってんのよ！』


（――――――そうかっ！　逃げちゃダメだっ！　ミアが言ってたのは、そういうことだったのか。もう仲良くなっている優しいお姉さんじゃなく、一番問題が多くて困ったお姉さんを選べってことなんだよね）

　ナツキが盛大に誤解した。

「お願いします。ロゼッタさん！」

　シュタッ！

「「ええええええええっ!!」」

　まさかのまさか、ナツキがロゼッタの手を取り、部屋に女たちの絶叫が響く。自分が選ばれると信じて疑わなかったフレイアたちは力なくくずおれた。

「えへへぇ♡　やっと私の想いを受け入れてくれたんだね。嬉しい♡　今夜は熱い夜になりそうだよ。ノルマは一一回かな」

勝ち誇るロゼッタ。顔がにやけっぱなしだ。

「あああぁ、聞きたくない」

「絶……望……」

「ナツキ、その女に襲われたのよ!?」

「ぐへぇ……人生甘くないんだナ……」

負けヒロインになった四人にナツキは声をかける。

「皆さんは必ず今度添い寝しますから安心してください。今回は訳あってロゼッタさんにしただけですから。それに、戦争が終わったら、いくらでも添い寝できますからね」

ナツキの言葉で少し元気を取り戻した四人。無意識に言ったはずのナツキの言葉により、皆の戦争終結への闘志を燃やしてしまう。

「それに、ロゼッタさんは一度問題を起こして反省しています。そうですよねロゼッタさん」

「う、うん……そうだね」

ロゼッタが頷く。

「また同じ失敗はしないはずです。誇りある帝国騎士なんですから。騎士の名誉に誓って、無理やり襲ったりなんてしませんよね」

「ええっ、あっ、その……そうだね。とほほぉ……」

やる気満々だったロゼッタが泣きそうだ。ナツキをベッドに連れ込んだら、ちょっと強引に迫ろうとしていたのに、そんなことを言われたら悪さはできない。

「ほら、安心してください。一緒に寝るだけですから。男女の営みは性欲だけじゃダメなんですよね。愛し合う気持ち。相手を思いやり大切にする気持ちが大事なんです。性欲だけで行為をするなんてダメです！　それは愛じゃないです！」

ガアアアァァァァァーン！

性欲が先走りしていた大将軍たちがショックを受けた。そんな当たり前のことを年下男子に教えられるなんて恥ずかし過ぎる。

「ぐはぁ……な、なんか、エッチなことばかり考えていた自分が恥ずかしいよ……」

青ざめた顔のロゼッタがブツブツ呟いている。ナツキは、そんなロゼッタの手を引いて部屋を出ていった。

「では、おやすみなさい。明日から皆で協力して帝都を目指しましょう」

バタンッ！

シィィィイィーン――

二人が出ていってから、部屋に沈黙の時が流れる。

「ま、まあ、これなら安心でしょ」

フレイアが口火を切った。

「でも、羨ましい……」

シラユキは納得していないようだ。

「次はアタシを選んでもらうんだから」

マミカが呟く。

「わ、わわ、わたし、彼女候補にしてもらってないんだナ」

ネルネルが今頃気付いた。


一方、同室になったナツキとロゼッタだが――

エッチが禁止されションボリしていたロゼッタがベッドに入ると、その横にナツキまで潜り込んできて驚く。まさか添い寝してもらえるとは思っていなかったのだ。

「えっ、ナツキ君……」

「こ、これが帝国の文化なんですよね？」

「えっ？」

マミカに仕込まれた帝国流女性の扱い方を実践するナツキ。まだ騙されているのに気付いていないようだ。

「ううっ、ロゼッタさんは魅力的なので恥ずかしいのですが、ちゃんとサービスできるように頑張ります」

ぎゅぅぅ～っ！

「はうぅぅ～ん♡　ななな、ナツキ君♡」

ナツキに抱きつかれて天にも昇りそうなロゼッタ。ただ、エッチは禁止されているので生殺し状態だ。

「で、では、寝ましょう」

「う、うん。そうだね」

童貞のナツキと、ある意味童貞みたいなロゼッタの同衾（どうきん）だ。初々（ういうい）しい感じに二人とも緊張している。

ロゼッタは、ドロドロと燃え上がるような感情を押し殺して考えていた――

（うわああああっ！　襲っちゃダメだ！　襲っちゃダメだ！　襲っちゃダメだ！　これも愛なんだ。ナツキ君を想っているなら、相手を尊重しないと。我慢、我慢だよ。でも、おあずけはツラいよぉぉ～っ♡）

ナツキは、ムズムズと立ち昇ってくる感情を押し殺し考えていた――

（うわああああっ！　触っちゃダメだ！　触っちゃダメだ！　触っちゃダメだ！　愛が大切なんだ。ロゼッタさんのおっぱいが大きいからって触ったりしたらダメだ。女性は大切にしないと。我慢、我慢だぞ。でも、気になるぅぅ～っ！）

二人とも似たようなことを考えていた。

「そ、そうだ、ロゼッタさん、ありがとうございます。協力してくれて」

大きなおっぱいから意識を逸らそうと、ナツキがロゼッタに話しかけた。

「えっ、そんなの当然だよ。我々帝国騎士は、本来国民を守るのが仕事だからね。陛下の権力が利用され国民が苦しんでいるのなら、それを正す為に矢面に立って戦うのが私の役目さ」

今までエッチなことばかりだったロゼッタが、帝国騎士の顔になって話し始める。それは優しくて力持ちの女戦士の顔だ。

「ロゼッタさん……騎士が全てロゼッタさんみたいな人なら、きっと素晴らしい国になりそうですよね」

「そ、そんな大したものじゃないよ。私は、ごく当たり前のことをしているだけだよ。えへへぇ♡　ナツキ君に褒められると照れちゃうな」

「そんなことありません。ロゼッタさんは素晴らしい人です。ここに来るまで色々な騎士や兵士を見ました。市民をイジメている人や、賄賂を要求する人……。人は誰しも悪い心を持っているのかもしれません。でも、ロゼッタさんのような人がいれば、きっと良い国になるはずです」

「うへっ、うへへぇ♡　そんなこと言われたら、もっと好きになっちゃうよ♡　て、照れるねぇ♡」

ナツキに褒められて、ロゼッタがデレッデレになってしまう。もう顔が緩みっぱなしだ。

「ボクも頑張ります。帝都に入ったら皇帝を助け出して――」

目を輝かせて話すナツキを見ながら、ロゼッタの胸には込み上げる思いがあった。

「ナツキ君、いいかい。頑張るのは良いけど、命を粗末にしちゃダメだよ。もうダメだと思ったら、一旦退いて命を大切にするのも大事なんだからね」

「えっ？」

「私は多くの青少年兵士が死ぬのを見てきたんだ。徴兵され最前線に投入された男性兵士は戦死者が多い。その多くは貧困層や辺境に住む民族などの若い男性だった。皆、夢や希望があったはずなのに。人生これからだったのに……」

「ロゼッタさん……」

破竹の勢いで領土を拡大する帝国だが、その実、戦争における兵士の扱いは劣悪だった。最前線に投入される若者は地方から集められたレベル1や2のスキルしか持たない貧困層で、ろくに武器も与えられず最初に突撃を行うのだ。

前から扱いが良かったとは言えないが、アレクサンドラ議長が権力を握ってからは戦死者が激増している現状である。

「私は大将軍なんて大それた地位にいるけど、命令に従って戦っているだけで……。無謀な戦争で死んでゆく若者を救うことさえできないんだ。だからナツキ君。キミは死なないで。絶対に……」

ぎゅっ！

辛そうな顔になるロゼッタを、ナツキが優しく抱きしめた。

「大丈夫です。ボクは死にません。戦争を終わらせて若者が夢や希望を持てる国にするんですよね。もう誰も戦地に向かわなくて済むように。一緒に頑張りましょう」

「うん、うん」

ロゼッタの心に温かい光が灯る。優しい力持ち少女が受けた心の傷を癒すように。

ナツキは誓いを新たに帝都に進む決意をした――

（そうだ、早く戦争を終わらせないと。こうしている内にも戦地で亡くなる人がいるんだ。人の心に良いところも悪いところもあるのなら、決して戦争や犯罪は無くならないのかもしれない。それでも、この無益な戦いで苦しむ人を少しでも減らせるのなら。ボクは進む。ボクは、世界を救う勇者になるんだ！）

せっかく勇者らしい誓いを立てたのに、ここでナツキは余計なことまで考えてしまう。そう、帝国文化の添い寝マナー（マミカ式）である。

「ロゼッタさん。今夜は、いっぱいサービスしますからね」

ポンポンポンポンポン――

欲求不満と興奮で我慢限界のロゼッタに、ナツキのお腹ポンポン攻撃がクリティカルヒットする。夢にまで見たナツキとのイチャイチャだが、エッチを禁止されているのでたまらない。

「うひぃ♡　おっ♡　おっ♡　おほっ、んっほぉぉーっ♡」

「はい、頑張ります！」

ポンポンポンポンポンポンポン――

ナツキの無意識な手つきでロゼッタが陥落した。変な声を上げながら夢の中に沈んでゆく。

もう絶対逃れられないナツキのエチエチテクに溺れながら。

一夜明け作戦開始当日。

一晩中甘い夜を過ごしたロゼッタが部屋を出て皆の前に顔を出した。少し気怠そうなイケナイコトした後の余韻を残すような顔で。

「ふぅ♡　皆、おはよう。んぁ♡　ナツキ君てば、意外と強引で激しいんだね。熱くて逞しく……何度も何度も……」

※注意：ナツキはエッチなことをしていません。お腹ポンポンしただけです。

まるで事後のようなロゼッタのセリフに、他の女は黙っていられない。

「ななっ、ナツキ」

さっそくマミカが詰め寄る。ロゼッタと引き離すようにナツキを確保してしまった。

そしてフレイアとシラユキはロゼッタに問いただしている。

「ちょっと、何したのよロゼッタ！」

「ぐぐっ、ロゼッタ……極刑？」

「ちょ、ちょっと、何もしてないよ」

と言うロゼッタだが、やっぱり火照った体と照れた顔が怪しい。

「ロゼッタ姉さんは何もしてませんよ。ちゃんと約束を守ってくれました」

再びロゼッタの隣に立ったナツキが言う。その顔は真顔だ。ただ、呼び方が『姉さん』となっていて二人の親密ぶりを表している。

「えへへ、当然だよナツキ君。帝国騎士だからね」

「ロゼッタ姉さん。凄いです。ただのエッチなお姉さんじゃなかったんですね」

「うへへ、エッチなのは否定しないんだ」

明らかに二人の距離が縮まっている。前日までは『おあずけ』状態だったのに、今は仲良く笑顔で話をしていた。

マミカが「本当に何もされてないの？」と聞くが、ナツキは「はい」と首を縦に振っているだけだ。

「ロゼッタ姉さんとは帝国の現状や今後について話をしたんです。仲間になったのだから、ロゼッタさんのご要望通り、『姉さん』と呼ぶことにしました。姉さんは騎士の鑑ですよね。尊敬します」

「うへへぇ♡　照れるねぇ。困っちゃうな♡」

ナツキの目がキラキラしている。明らかにロゼッタに対して好意を持っているように。それに対しロゼッタもデレデレになって応えている。

このナツキの変化で、不安を覚えた姉が二人。そう、フレイアとシラユキだ。

フレイアの心の声が叫ぶ――

（ちょちょ、ちょっと待って！　ナツキってば、マミカも尊敬してるし、ネルネルも尊敬してるみたいだし、ロゼッタまで尊敬しちゃってるじゃない！　も、もしかして私って、ただの淫乱なお姉さんになってない？）

淫乱なのは自他ともに認めるところだ。

（マズいわね！　このままだとナツキが他の女のところに。どうにかして私の株を上げないと。良いところを見せてナツキに凄いって思ってもらおうかしら――）

シラユキの心の声が叫ぶ――

（えっ、えええっ！　待って待って！　私の弟くん、マミカやネルネルやロゼッタを尊敬しちゃってるんですけど。わ、わわ、私のことは？　も、もしかして私って、ただのムッツリでコミュ障で痛い女だと思われてない？）

痛い女なのは自他ともに認めるところだ。

（マズいマズいマズい！　このままだとナツキが他の女のところに。どうにかして私は変な女じゃないよって分かってもらわないと。コミュ力は壊滅的だけど、ポエムとか小説の話で凄いって思ってもらおうかな――）

二人共必死だった。ナツキに気に入られようと。


フレイア（淫乱なお姉さん）が凛とした表情になって言う。

「こほん、ナツキ少年。この先は厳しい戦いになるだろう。だが安心してくれ。私がいれば千人力だ。見事、作戦を成功させてみせよう」

「フレイアお姉さん。よろしくお願いします。頼もしいです」

シラユキ（痛い女）も凛とした表情になってポエムを語り始めた。

「こほん、弟くん。この寒風吹きすさぶ世間の荒波。一縷の灯は彼の胸のぬくもりか。あゝ私の心は舞い上がる。まるで片翼になった海鳥のように。つがいとなる、あの人の翼を求めて――」

「シラユキお姉ちゃん、何かよく分からないけど凄いです」

シラユキは外しまくっていた。だがそれが良い。

シラユキのポエムで場が寒くなったところで本題に入る。遂に作戦決行である。

◆

ナツキ姉妹(シスターズ)は宿を出て街の城門のところに来ていた。

「では、わたしたちは先に行くんだゾ。あまり帰りが遅くなると怪しまれるからナ」

ロゼッタの背中に乗ったネルネルが言った。

ネルネルとロゼッタは先行し、先にクレアたちと合流する予定だ。元々クレアと三人で帝都に戻るはずだったのを、偵察と称してここアレクシアグラードに来ていたのだから。

あまり帰りが遅くなればアレクサンドラ議長に怪しまれてしまうだろう。

「ネルねぇ、ロゼッタ姉さん、帝都のことは頼みます」

心配そうな顔をしたナツキが声をかける。

「任せるんだナ。できるだけクレアとレジーナも仲間になるよう声をかけてみるんだナ」

その時、ネルネルを背負っているロゼッタがモジモジしだした。何か言い忘れたことがあるようだ。

その態度を見たネルネルも何を言わんとしているか察し、恐る恐る話し始めた。

「な、ナツキきゅん。そ、その……」

「何ですかネルねぇ」

「ううっ……か、かの……じょ……ごにょごにょ」

「えっ、よく聞こえなかったです」

ネルネルの声は途中で小さくなってしまう。

代わりにロゼッタが話し始めた。

「なな、ナツキ君！」

「は、はい？」

ロゼッタがネルネルの顔を見て頷き合う。意を決して口を開く。

「ナツキ君。今まで、け、結婚とかエッチとか言って困らせちゃったけど、ほ、本気でナツキ君と付き合いたいんだ。私たちも彼女候補にしてください。おなしゃす！」

そう言って真っ赤な顔で手をナツキに伸ばす。

「彼女候補……」

ナツキは考えていた。これ以上彼女候補を増やして良いのかを。

(彼女候補って何人もいて良いのかな？　結婚できるのは一人なんだよね。そんなに何人もつくるのは遊び人の悪い男になっちゃいそうだし……)

しかし帝国の伝統文化を思い出す。

(あっ、でも、帝国の文化だと何人いても良いのかもしれない。何処かでそんなことを聞いたような。候補なら良いのかな？　それに、ネルねぇもロゼッタ姉さんも大切な仲間だし。平等に接しないとダメだよね)

ナツキが彼女たちを平等に扱うと決めてしまった。もう戻れない修羅のハーレムルートへ突入だ。血の雨が降らないよう祈るばかりである。

少し考え込んでいたナツキが口を開く。

「分かりました。ネルねぇもロゼッタ姉さんもボクの大切な人です。彼女候補にします」

ナツキが二人を彼女候補にしてしまった。ネルネルが彼女候補四号、ロゼッタが彼女候補五号だ。

「や、やったぁぁーっ！　彼女だ彼女だぁ♡」

「ぐへへぇ♡　彼女になったんだナ♡」

「ま、待ってください。候補ですよ、候補」

「彼女になったんならこっちのもんだよねっ♡　エッチも解禁かな」

「ぐひゃぁ♡　今度は、徹底的に愛の触手プレイなんだナっ♡」

聞いちゃあいない。実質彼女みたいなものだと思っているようだ。

「くぅうっ、何でライバルが増えてくのよっ！」

益々ライバルが増えて、ご機嫌斜めなマミカが言う。

そして、ライバルたちの追随に、フレイアは作戦での活躍を誓い、シラユキはナツキを想う歌を作曲しようと思った。

そんなハーレム的展開でニコニコのロゼッタは腰をかがめ、足を踏み込む。

「じゃあ、先に帝都に入って待ってるね。スキル、肉体超強化！　神速超跳躍走法（ホリズンドライブ）！」

ズドドドドドドドッ！

ビュウウウウウウウウウウウゥゥゥゥ――――

「ぎゃあああああぁぁぁぁ――――」

張りきったロゼッタが超スピードで加速する。ネルネルの悲鳴と共に。凄まじい勢いで走り去り、地平線の彼方に消えてしまった。

エピローグ

帝都、宮殿大広間――

先に帝都に着いたフランシーヌ方面軍司令官クレア・ライトニングは、アレクサンドラ元老院議長の叱責を受けているところだった。

「どういうことじゃ！　勅命を以て大将軍を呼び寄せたはずじゃが。命令に従い帰還したのがそなただけとは？」

イライラした表情のアレクサンドラが言い放つ。皇帝の命で呼びつけたはずなのに、やってきたのが一人だけでは納得がいかないのだろう。

「恐れながら、議長。ネルネルとロゼッタの二名は、勇者の情報収集を行ってから帝都に向かうと申しまして……。情報を集めたのち、すぐ帰還する算段でございますわ」

「勝手なことを申すな！　それを監督するのが司令官たるそなたの役目であろう！　もうよい！　下がれ！　すぐレジーナと帝都の防備に努めよ！」

「はっ！」

恭しく礼をしてクレアが下がっていく。

宮殿を出て、近くにあるルーテシア帝国軍事省の建物に入ったクレアが不満をぶちまける。

「もうっ、もうもうもうっ！　やっぱりわたくしが怒られましたわ。あの自由人の同僚たちのせいで。だから言いましたのに」

キラキラと煌めく金髪縦ロールをなびかせながら怒るクレア。怒っている様も美しく華麗で、他者を魅了してやまない。しかも、怒っているのに、その姿は怖くも嫌味も無く見惚れてしまいそうに愛らしい。

「ふあっはっは。クレア殿、災難でありましたな」

剣の大将軍レジーナが出迎える。能天気そうに笑いながら。

いつ見ても王子様系女子のようにスラッとした長身でスタイル抜群の体。白を基調とした騎士服に身を包み、パンツスタイルの下半身は、より煽情的な脚や尻のラインを強調している。

「レジーナさん、笑い事じゃありませんわ。デノア王国の勇者が帝都に向け進撃中とのことですのに、同僚の大将軍ときたら男にうつつを抜かしてばかりで」

クレアは優雅な仕草で両手を広げ、やれやれといった顔をした。

この二人、並んで立つとより一層美しさが際立つ。お姫様のように美しいクレアに、男装王子様女子のように美形なレジーナ。まるで夢物語のように見る者を惚れ惚れさせてしまう。

単純で能天気なレジーナだが、意外と聞き上手でクレアの話し相手になっているのだった。

レジーナ・ブライアース、この比類なき剣の達人はルーテシア帝国至上最強の剣士である。

毎年行われる騎士の祭典ルーテシア帝覧武闘大会で、他を寄せ付けぬ圧倒的強さで連覇し、人は彼女を敬意をこめて剣聖と呼ぶ。

彼女の名声はそれだけにとどまらない。余りにも早い太刀筋故、誰も彼女の剣の動きを目で追うことができず、ただ閃光が走っただけと評されているほどだ。

剣技に於いて彼女の右に出る者は過去にも現在にも居らず、多分未来にも存在しないとさえ言われている。

それだけの強さを誇りながらも、何故かレジーナの評判がギャグ枠のように扱われるのには理由があった。その捉えどころがない雰囲気と、ちょっとおバカで騙されやすい性格が原因なのだが。

「うわっはっは！　ネルネル殿もロゼッタ殿も相変わらずでありますな。男を捜してアレクシアグラードへ。これは愉快愉快。この私もご相談にあずかりたいところであります」

腰に手を当て豪快な感じにレジーナが話す。ちょっと意味がよく分からない。

「フレイアさんとシラユキさんも行方不明だというのに、あなたまで遊びに行かれては困りますわ。あと、『ご相談』じゃなく『ご相伴』ではなくて？」

とりあえずクレアがツッコんでおく。

「ははは っ！　そうとも言いますな」

「そうとしか言いませんわ」

「細かいことは良いではないですか。ははっ」

「はぁ、あなた、ホントに良い性格してますわね」

「ありがとうございます！」

褒めてはいないのだが満面の笑みでお礼を言うレジーナ。本当に良い性格だ。

「ところでフレイアさんとシラユキさんが負けたというのは本当ですの？　わたくし、いまだに信じられませんわ」

心配そうな顔になったクレアがレジーナに質問した。詳しい情報を知りたいのだ。

「それが、私にもさっぱり。部下が報告してくれただけで、私は全く分からないのでありますよ。こりゃ、私としたことが。不惑の致すところであります」

「えええ………」

クレアの目が『このうっかりさんのレジーナ』と言っているようだ。あと、『不惑』ではなく『不徳』ですわとツッコむタイミングを逃してしまった。

「しかし大将軍を倒すほど強いデノアの勇者。相手にとって不足なし！　今から剣を交えるのが楽しみでありますよ」

「勢い勇んで負けたりしないでくださいましね」

「クレア殿……」

ガシッ！

真顔になったレジーナがクレアの肩を抱く。

その凛々しく気高い美形女騎士でありながら、どことなく王子様系女子の顔を覗かせる表情。

そんな夢のようなキメ顔で囁くのだからたまらない。

「ボクが負けるわけないだろ。美しいお嬢さん」

キラキラの瞳で見つめられたクレアの頬が染まる。このレジーナ、たまに王子様風リアクションで帝都の女たちをメロメロにするのだ。まるで男装の麗人のように。

「レジーナさん……あなた、相変わらずですわね。ロゼッタさんとは違う意味で男前なのですから」

「ありがとう。ボクのお姫様」

「ふぅ、まったくですわ。冗談はそれくらいにしてくださいな。レジーナさんが男好きなのは周知の事実なのですから」

「ええっ！　わ、私が男好きなのバレてるのでありますか!?」

演技派女優から元に戻ったレジーナが頭を抱える。

「バレるも何も、部屋にドギツい官能小説がいくつも置いてありますのに。そ、その、かなりハードな……」

「ぐはっ！　ふ、不覚っ！　クレア殿にはバレておりましたか」

「他の皆さんにもバレていますわよ。レジーナさんは隠しごとが苦手なのですから。まあ、そこが長所でもありますのよね」

ちょっとおバカだが愛されキャラのレジーナ。彼女の単純で裏表のない性格は、他の者同様にクレアも好感をもっていた。それ故、たまに愚痴を聞いてもらったりと甘えてしまっているのだが。

　この二人が並んでいる姿は、まさにお姫様と王子様のような天にも昇る美しさで、帝都の女性たちの憧れでもある。

「レジーナさんも官能小説ばかりでなく、現実の男性に手を出されてはいかがですか？　あなたなら引く手あまたでしょうに」

「そ、そうかな？　もしかして、私ってモテモテでありますか？」

「史上最強の剣聖レジーナ、男装の麗人、美しき女騎士、パツパツのワガママボディ、癒されそうなおバカキャラ。あなたに抱かれたいと願う男性は五万といましてよ」

「ちょっと、最後の方はどうなのでありますか」

　実際のところ、この美しき女騎士に憧れる男は星の数ほどいそうだ。見た目の美しさや強さも然る事ながら、パンツスタイルの騎士服を内側からムチムチと盛り上げる魅惑のボディは、世の男性たちを魅了してやまない。

「ふっ、私は自分より弱い男には屈しないのであります。いつか、私を倒すほどの剣士が現れた時は、この身も心も全て捧げる所存！　ふへっ、も、もう、そりゃ何でも……」

「あのドギツい官能小説のようにですか？　ふふっ」

「クレア殿ぉ〜、それは内緒にしてくだされぇ〜〜〜」

「レジーナさんより強い男なんて、この世にいますのかしらね？　限りなく可能性が低いようなな？　まあ、頑張ってくださいまし」

クレアの言うように、この常勝不敗の女騎士を倒せる男など、この世に存在するのかは怪しい。

ただ、この時はクレアもレジーナも知らなかった。いずれ現れる勇者によって、レジーナの不敗伝説は終わりを告げ、何でも言うこときかされる女にされてしまうのだということを。

宮殿玉座の間にアレクサンドラの声が響き渡る。皇帝アンナに報告に来ているのだ。

「陛下、デノア王国の勇者らしき者が、我が国の領土を侵攻中のようです。至急、総力を以て排除いたしますので、陛下は絶対に宮殿から出ないように。分かりましたね！」

「ゆ、勇者……デノアの勇者が余のおる宮殿に向かっておるのか？」

おどおどした顔でアンナが聞き返した。

「陛下っ！　絶対に出てはなりませぬよ！　もし陛下に何かあれば再びお世継ぎ問題で帝国は混乱するのです！　陛下は私の息子と結婚し、世継ぎとなる子供を産まなければならないのです！　それまで宮殿を出ることは許しませんから！」

「ううっ……し、しかし、ここ帝都で戦になれば、市民に被害が……」

アンナの悲痛な思いに、あざ笑うような顔を向けるアレクサンドラ。

「ふふふっ、ふはははっ、あっはっはっはっは！　おかしい。今更、市民に被害ですって。何を仰っておられるのです。もう被害は出ているのですよ。皇帝アンナの名において戦争を起こしているのです。敵国の民も、我が国の兵士も、幾千幾万の死体の山を築いておるのですから」

「ああ……あああああっ……」

幼いアンナの顔が歪む。一〇歳の少女にとって、自分の名において多くの人間が死んだという現実を受け止めるのは荷が重過ぎる。

「ふはははははっ、あっはっはっはっは！　全部あなたのせい。そう、陛下が殺したのです。いいですか！　自分の罪の重さを知ったのなら、ここを出ようなんて思わないこと。あなたには、ここ以外で生きることなんてできないのですから」

「あああ……あああっ、わあああああぁぁぁぁーっ！　あああぁーん！　えぐっ、ひぐっ……」

遂に堪えきれず、アンナが泣き出してしまった。人前で涙だけは流すまいと耐えてきたにもかかわらず。

戦争により多くの人が亡くなった現実を突きつけられたばかりか、自分を救い出してくれる勇者という、ほんの微かな希望まで打ち砕かれてしまう。

どこまでも卑劣で狡賢い悪女アレクサンドラ。罪は全てアンナに着せ、自分は富と権力を思うがままにしているのだ。

玉座の間を出たアレクサンドラに側近が近付き、顔を耳元に寄せ囁いた。魔法伝書鳩で届いたばかりの情報を伝えたのだ。

「なにっ、それは本当か？」

「はっ、確かにフレイア様とシラユキ様だったと申しております」

「何故、二人がアレクシアグラードに……」

側近を下がらせたアレクサンドラが自室へと入る。暫し考え込む。

部下からの報告は、フレイアとシラユキをアレクシアグラードで見かけたというものだ。ナツキを捜して軍の収容所を訪れた時のことだろう。

不祥事が発覚するのを恐れた収容所の上官が部下に口止めをしていたはずだ。しかし、『人の口に戸はたてられぬ』と言うように、何処からか噂が漏れてしまったのかもしれない。

「リリアナで勇者に敗れた二人がアレクシアグラードに……。何故……」

アレクサンドラの眉間にシワが寄る。

「デノアの勇者……大将軍の敗北……アレクシアグラード……。まさか……二人が最初から裏切っていたとしたら……」

用心深く権謀術数に長けたアレクサンドラが出した結論がそれだ。通常ならば皇帝に忠誠を誓う帝国騎士が謀反など、あり得ないと思うであろう。しかし、人を欺くことには並ぶ者がいない彼女としては、その可能性を捨てきれないのだ。

「まさか……いや、しかし……これはマズいのじゃ。もしそうだとするならば、大将軍はどこまで関与して……。フレイアとシラユキは信用ならん。デノアの勇者と行動を共にしておるのやもしれぬ。早急に手を打たねば」

稀代(きたい)の悪女アレクサンドラが動き出す。ナツキ姉妹(シスターズ)の更に裏をかくように。戦いは策謀戦の様相を呈してきた。

翌日、クレアとレジーナが宮殿に呼び出された。アレクサンドラ議長から新たな命令を受ける為である。

「クレア・ライトニング、レジーナ・ブライアース、両二名の大将軍は帝都を出て敵を迎撃せよ！　クレア大将軍は帝都南方ボドリエスカの砦(とりで)を。レジーナ大将軍は帝都西方ゼノグランデの砦(とりで)を」

予想外の命令を出すアレクサンドラに、クレアの表情が曇る。

「議長、デノアの勇者が侵攻中とのことで、帝都の防備を固めておる最中、我々が離れるのは危険なのでは？　それに戦力の分散は敵を利するばかりかと……」

「クレアよ、事態は刻一刻と変化しておるのじゃ。敵の動きに合わせて当方も作戦を変えるのは当然のこと！」

「事態の変化とは？　作戦に当たり、わたくしたちにも情報をお教え願いたいですわ」

「ならぬ！　事は帝国を揺るがす重大な事態なのじゃ。そなたはボドリエスカにて南方からの敵を迎撃せよ。たとえ相手が誰であっても通してはならぬぞ。必ずデノア勇者一味を倒すのじゃ」

「はっ！　畏まりました」

納得のいかないところがありながらもクレアが従った。

「レジーナよ、そなたはゼノグランデにて西方を警戒。もし、帝都で何かあった時は、大至急引き返し対処せよ」

「ははぁ！　畏まりであります」

レジーナの方は深く考えずに返事をする。いつものことだ。

「陛下の護衛は我が親衛隊に守らせる。心配は要らぬ。よいか、そなたらは今すぐ出発せよ！」

「はっ！」

「ははぁ！」


二人の大将軍が敬礼して退出する。完全に二人が部屋から出たのを確認してからアレクサンドラが呟いた。

「ふう、一先ずはこれで良い。誰が裏切っているのか分からない以上、二人を一緒にさせておくのは危険じゃ。離れて任に当たらせておくべきじゃな」

　アレクサンドラの計画はこうだ。

　嘘がつけない単純な性格であり帝都に残っていたレジーナは裏切っている可能性が低い。故(ゆえ)に帝都直近のゼノグランデの砦(とりで)に置き、何かあればすぐ呼び戻すつもりでいた。

　クレアは街道沿いにあるボドリエスカの砦(とりで)を守らせ、侵攻してくるであろう勇者を迎撃させるつもりだ。もし、フレイアとシラユキが裏切っていれば、彼女に対処させるつもりでいる。

　忠義に厚く規律を重んじるクレアならば皇帝の命令に従うはずだから。

　そして帝都と皇帝を守るのは、彼女の手駒であるアレクサンドラ親衛隊。特殊で強力なスキルを持つ彼女直属の部下に周りを固めさせる布陣だ。

「この布陣ならば……問題無いはず。もし、大将軍二人が裏切っていたとするならば、強敵なのは勇者ではなくフレイアとシラユキじゃ！」

　発想の転換だ。フレイアとシラユキが勇者に負けたのではなく、元から三人がグルだったと考えていた。

「大将軍を失うのは大きな損失だが……い、いや、大将軍の中に裏切り者がいると考えるのならば、いっそのこと……。そもそも、周辺国の支配が完了した暁(あかつき)には、あの最強の魔法使いであるフレイアたちは邪魔になるだけ」

　アレクサンドラの目が据わり、指を顎(あご)に当てて考え込む。

「そうじゃ、そもそもレベル10のスキル持ちなど危険極まりない存在なのじゃ。我が軍の戦力ならば頼もしいが、一旦敵となったのなら、これ以上の脅威はない。邪魔になった大将軍は始末するべきか……」

　考えていたアレクサンドラが立ち上がり地図を広げる。

「フレイアとシラユキは始末するとして……。ネルネルとロゼッタはどうなのじゃ？　あやつらは裏切っているのか？　いくら精鋭揃いの親衛隊といえど、大将軍四人を敵に回しては勝ち目がない。やはりマミカを呼び戻すべきじゃったか……」

　そこまで考えてから否定する。

「いや、マミカこそ一番危険じゃ。むしろ主犯はマミカではないのか？　ミーアオストクに魔(ま)法伝書鳩(ほうでんしょばと)を飛ばし、マミカの所在を確認するか……。いや、あの女ならば部下を洗脳して偽の情報をよこすことも容易(たやす)いはず。全てが信用できぬわ」

　主犯がマミカではないのかと、アレクサンドラが疑い始める。偶然にも、大体当たっているのだが。

「クソっ！　あの下賤(げせん)の者め！　平民出身で身寄りがないのを、士官学校エリートコースに入れてやったというのに。これだから身分低き卑しき者は嫌いじゃ！」

　自分が金を出したわけでも育てたわけでもないのに怒り出すアレクサンドラ。まだ裏切ったと確信も無いのに酷い言いようだ。

「この国の全てを手に入れた暁(あかつき)には、あのような下賤の輩(やから)は全て処刑してやるわ！　私が全てを手に入れる！　富も権力も名声も。美食も美酒も男も全てじゃ！　あと少し、あと少しで手に入る。ここまで来て失うわけにはゆかぬ！　たとえ相手が大将軍であってもな」

大将軍を同時に相手にするのは避けたいアレクサンドラは、どうやって分断し孤立させてから倒すのか算段を講じていた。

だが、すぐその後(あと)に朗報が入るのだが――

ネルネルとロゼッタが帝都ルーングラードに到着した。通常よりずっと早い。異次元レベルのロゼッタの走りあっての芸当だが。

「うげぇぇぇぇ〜っ！　やっぱり酔ったんだナ」

美少女に完全変態(メタモルフォーゼ)したネルネルだが、冷や汗で服を汚し嘔吐しそうになっている。せっかくのお洒落(しゃれ)が台無しだ。

そもそも、地上を高速滑空するような動きに対応できるのはロゼッタの体くらいだろう。

「ネルネル、大丈夫？」

「大丈夫じゃないんだナ」

「少し休むかい？」

背中に乗ったネルネルを、ロゼッタが逞(たくま)しい腕で掴み前に回す。気遣い抱きかかえながら、ぐったりした彼女に声をかけた。

「さ、先に宮殿に向かうんだゾ。議長に帰還の報告と、クレアとレジーナに事情を説明しないとならないんだナ」

「わかった。じゃあ宮殿に急ぐよ」

「急ぐといっても普通に走るんだゾ」

「わ、分かった」

当然のように超加速しようとしていたロゼッタが、ジョギングくらいの速さで走り出す。ジョギングなのに一般人の全力疾走くらいありそうだが。

◆◇◆

アレクサンドラ議長のところに報告が入った。大将軍二名の帰還の知らせである。

「ほう、今頃帰還したか……ふっ、会おう」

報告を聞いたアレクサンドラがほくそ笑む。彼女にとって丁度良いタイミングだったのだ。

宮殿大広間――

アレクサンドラの前に二人の大将軍、ネルネルとロゼッタが並ぶ。

「ただいま戻りました。遅くなって申し訳ありません」

恐縮した顔でロゼッタが言う。

「て、敵の勇者の情報を集めていたんだナ」

続いてネルネルも発言した。

「ずいぶん遅いご帰還じゃな！　重役出勤のつもりかの!?」

少し棘のある言い方でアレクサンドラが返事をする。だが、顔を上げたネルネルを見て訝しむような表情になる。

「き、貴様は誰じゃ！」

目の前の美少女がネルネルだとは気付かないようだ。同僚の大将軍でも気付かなかったのだから、アレクサンドラも当然分からなかった。

「うっ、大将軍ネルネルなんだゾ。何で皆わたしだと分からないんだナ」

「はあ？　ネルネルじゃと！　まるで別人ではないか。く、曲者めっ！」

アレクサンドラに曲者扱いされてしまうネルネル。

「毎回、面倒くさいんだゾ」

「それはこちらのセリフじゃ！」

「それより議長、何故ここに親衛隊が勢揃いしているんだナ？」

偽物っぽいネルネルを追及するアレクサンドラだが、ネルネルにとっては彼女の周りにいる親衛隊の方が気になるようだ。

アレクサンドラの周囲を守るように、親衛隊一二人が勢揃いしているのだから。

そう、アレクサンドラは二人が裏切っているのを疑い、親衛隊を呼び寄せ守らせているのだ。

いずれも特殊なスキルを持つ精鋭揃いである。

用心深い性格の彼女らしい。

「デノアの勇者がこの宮殿を狙っているとの情報があったのじゃ。警備を厳重にするのは当然であろう」

さも当然であるようにアレクサンドラが言う。本当は自分を守らせているのだが。

「ふむ、その喋り方……やはりネルネルか。前は猫背でボサボサの髪で趣味の悪い服装だったが……。言われてみれば声が似ておるようじゃ。デノアの勇者が我が国に侵攻中である故、敵の送り込んだ間者かと思うたぞ」

「だから本物だって言っているんだナ」

「まあ良い。それより、そなたらに新たな任務を申し渡す」

クレアたちにしたように、アレクサンドラがネルネルとロゼッタを別々の任務に就けようとする。

「ネルネルよ、そなたは帝都東方のバラシコフの砦を守るのじゃ。デノア勇者の襲来を警戒。もし、帝都で何かあれば大至急戻り対処せよ」

「ん？　勇者が帝都に向かっているなら、ここを離れるのは愚策なんだナ。大将軍が一体となって帝都を守るべきなんだゾ」

「黙らぬか！　これは陛下のご命令であるぞ！　大将軍が帝都全方位を守り、デノア勇者の襲来に備えよとの仰せじゃ！　よいな！」

　ネルネルの反論を、皇帝の権威を使い封じ込めるアレクサンドラ。彼女らしいやり方だ。

「わ、分かったんだナ……」

　アレクサンドラは、続いてロゼッタの方を見て命令する。

「ロゼッタよ、そなたは帝都正面を守るのじゃ！　クレアたちも配置に付けておるが、もし勇者に突破された時は帝都に入らせぬよう全力で阻止せよ！」

「はい」

　不安な顔をしながらロゼッタが返事をする。

　しぶしぶ命令に従い部屋を出る二人。当初の予定が狂い、動揺が隠せない。

　この時、運命の悪戯か神の気まぐれか、任地に向かうクレアたちと帝都に入るネルネルたちが入れ違いとなってしまった。計画を伝えられないままバラバラの任地に向かうことになる。

　皇帝を奪還し戦争を止め、国を正すナツキ姉妹（シスターズ）の作戦だが、最初から計画に狂いが生じてしまった。

　クレアとレジーナには会えずじまい。大将軍は引き離され別々の任地へ。これでは連携した行動は不可能だろう。

　何も知らないナツキは帝都へと向かう。

　もし、ほんの少し彼女たちの時間がズレていたら。運命の歯車が違っていたら。後（のち）に起こる現実は全く違うものになっていたはずだろう。

◆　◇　◆

一方、そんな事情も知らないナツキは、デレデレになった三人の彼女候補からイチャコラされまくっていた。

「ぐへへぇ♡　ナツキ少年は私が独り占めだぁ♡」

緩んだ顔のフレイアがナツキに抱きつき、それに負けじとマミカまで張り合ってしまう。

「こらぁ！　アタシのナツキになにすんのよ！　ほら、ナツキ、こっち向きなさい」

「極刑！　もう極刑しか！」

嫉妬でシラユキが危険だ。

そんなダメな姉たちをナツキはたしなめる。

「お姉さんたち、これから大事な作戦なんですよ」

しかし彼女たちの顔は余裕に満ち溢れていた。

「炎の大将軍である私が味方しているのよ。上手くいくに決まってるでしょ」

「最強のアタシが味方してるのだから負けるはずないし」

「弟くん♡　私、私も♡」

三人の顔を見たナツキも笑顔になる。

「ですよね。行きましょう、帝都に」

ナツキは進む。一路帝都に向けて。
最強の姉たちと共に。

《了》

あとがき

初めまして、みなもと十華(とうか)です。

小説『姉喰い勇者と貞操逆転帝国のお姉ちゃん！』をお手に取っていただき、誠にありがとうございます。

本作は第11回ネット小説大賞において小説賞を受賞した、私のデビュー作になります。

この物語は、真面目で優しいけど少し思い込みが激しいナツキが、『勇者になりたい』とか『誰かに認められたい』という夢を叶える異世界ファンタジーです。

現実でも真面目な人が損をして、ズルいやつが得をするってありますよね。

作中でもナツキは真面目で一生懸命なのに、剣も魔法も使えないゴミスキルとバカにされてしまいます。

しかし、国家存亡の危機に際し、散々イキり散らしていた同級生男子が無様(ぶざま)に逃げる中、ナツキは一人で強敵（貞操逆転お姉さん）に立ち向かうことに。

更に帝国では一部の特権階級が富を独占し、平民は苦しい生活を余儀なくされます。

そんな不条理な社会を打ち砕くかのように、ナツキはポンポンとペンペンで姉を甘やかしたり躾(しつ)けたりしながら、巨大な敵を倒し世界を変えてしまいます。

ちょっと暴走気味ですが。

ただ真面目で真っ直ぐなだけなのに、無意識に姉ヒロインを堕とし、世界を変えてしまうナツキの冒険にご期待ください。

そして物語のヒロインといえば、様々な個性や属性を持ったキャラがいますよね。

その中でも私は姉系ヒロインに特化した物語を作りたいと思い、とにかく色々な属性の姉ヒロインを登場させようと本作を執筆しました（お姉ちゃんヒロインが大好きな人の心に刺されば嬉しいのですが）。

普段は怖そうなのに主人公にだけデレッとしていたり、完璧美人に見えるのに実はポンコツだったり、甘々で何でも許してくれそうだったり。

そんな可愛い姉ヒロインと一緒に冒険したり、イチャイチャしたり、時に涙したり。

物語を通して、貴方の推し姉を見つけてもらったり、笑ったり楽しんだりしてもらえたら幸いです。


最後に、可愛くて魅力的なイラストを描いてくださいました、ねしあ先生。担当編集を始めブレイブ文庫の皆様。制作に携わっていただいた関係者様。お力添えをいただき、誠にありがとうございます。

そしてこの本を手にしている読者の皆様に最大級の感謝を。

それではまた次巻で会いましょう。

みなもと十華（とうか）

唯一無二の最強テイマー
～国の全てのギルドで門前払い
されたから、他国に行って
スローライフします～
原作：赤金武蔵　漫画：田村紘一
キャラクター原案：LLLthika
異世界還りのおっさんは
終末世界で無双する
原作：羽々音色　漫画：ダンタガワ
ジャガイモ農家の村娘、
剣神と謳われるまで。
原作：有郷　葉　漫画：たぢまよしかづ
キャラクター原案：黒兎ゆう

雷帝と呼ばれた
最強冒険者、
魔術学院に入学して
一切の遠慮なく無双する

原作：五月蒼　漫画：こばしがわ
キャラクター原案：マニャ子

どれだけ努力しても
万年レベル0の俺は
追放された

原作：蓮池タロウ
漫画：そらモチ

モブ高生の俺でも冒険者になれば
リア充になれますか？

原作：百均　漫画：さぎやまれん　キャラクター原案：hai

https://www.123hon.com/nova/

話題の作品
続々連載開始!!

転生貴族の異世界冒険録
〜カインのやりすぎギルド日記〜
原作：夜州　漫画：香本セトラ
キャラクター原案：藻
レベル1の最強賢者
原作：木塚麻弥　漫画：かん奈
キャラクター原案：水季
我輩は猫魔導師である
原作：猫神信仰研究会　漫画：三國大和
キャラクター原案：ハム

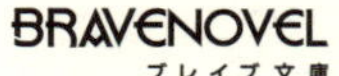

姉喰い勇者と貞操逆転帝国のお姉ちゃん！1
～ゴミスキルとバカにされ続けた姉喰いギフトの少年、スキル覚醒し帝国最強七大女将軍を堕としまくる。～

2024年11月25日　初版発行

著　者　　みなもと十華

発行人　　山崎　篤

発行・発売　株式会社一二三書房
〒101-0003 東京都千代田区一ツ橋2-4-3
光文恒産ビル
03-3265-1881

印刷所　　中央精版印刷株式会社

■本書は小説投稿サイト「小説家になろう」（https://syosetu.com/）に掲載された作品を加筆修正し書籍化したものです。

ISBN 978-4-8242-0319-9 C0193